KB085423

변경

12

변경

이문열 대하소설

3부 떠도는 자들의 노래 12

RHK
알에이치코리아

차례

발돋움

"이 여사, 정말 시집 한번 잘 갔더만, 그 참."

정 사장이 맞은편 의자에 앉으면서 별로 빈정대는 기색 없이 말했다. 억만이나 시집을 말할 때는 언제나 가시 돋친 말을 곁들이던 그라 영희로서는 좀 뜻밖이란 느낌이 들었다.

"웬일이세요? 정 사장님. 오늘은 제 시집까지 비행기를 다 태우시고…… 그래, 도시계획 알아보시니 어땠어요?"

"당장은 야산 등성이 배 밭이지만 대단한 데더구먼. 제3한강교로 연결된 큰길 있지? 성남 가는 큰길, 그게 지금은 그래도 알고 보니 10차선 대로더라고. 강남대로라던가. 그리고 그 배 밭 앞으로 난 큰길 있지? 그것도 8차선이더라고. 바로 남부순환도로라는 건데, 말하자면 서울시 외곽을 한 바퀴 빙 도는 도로야. 그대로 된다면 그 배 밭 그거 말죽거리에서도 엄청난 요지가 되겠던데.”

그것만으로도 듣기 싫은 소리는 아니었다. 하지만 배 밭과 야산, 그리고 사이사이 농가가 띄엄띄엄 들어선 그 동네를 떠올리자 영희에게는 도무지 그런 도시계획이 실감 나지 않았다.

“하지만 그건 어디까지나 계획이잖아요? 지금은 서울 축에도 못 끼는 말죽거리 한구석이고, 그것도 그 유명한 싸리재 넘어선데…….”

“아무리 조변석개하는 게 이 나라 도시계획이라지만 이건 달라. 이렇게 큰 도로는 쉽게 안 바뀐다고.”

“그렇지만 어느 세월에…….”

“그럼 사대문 안은 생길 때부터 도심(都心)이었어? 흑석동 물건 되는 거 봐. 중앙대 들어설 때만 해도 벌건 산등성이 밑에 판잣집 몇 채가 고작이었어.”

“하지만 그게 하마 언젠데요? 벌써 20년이 다 돼 간다고요.”

“사당동, 봉천동 쪽은 또 어쩌고? 그 변두리 비탈, 동네 같아지는 데 10년 더 걸렸어? 거기다가 앞으로는 더 빨라질 거라고. 인구는 나날이 불고, 강북 쪽은 갈수록 휴전선에 가까워지니 결국 갈 데는 강남밖에 더 있어? 더도 말고 신사동 사거리 변하는 것만 봐. 그 배 밭 있는 곳 도로 계획 모양으로 봐서는 바로 몇 년 전 신사동 사거리야. 그런데 그거 얼마 주겠다고?”

“평당 5천 원이랬지만 1, 2천은 더 내놓을 수 있다는 눈치 같았어요."

"도둑놈들, 내 보기에는 만 원도 싸. 보나마나 도시계획 다 알아보고 덤비는 놈들일 텐데……."

"하지만 실제 근처 농지 시세가 그 정도예요. 그런데 3천 평이나 되는 큰 덩어리니까."

말은 짐짓 땅을 사겠다고 나선 사람들을 편들고 있었지만 그때 이미 영희의 마음은 결정되어 있었다.

'시아버지를 어떻게 설득하건 그 값에는 결코 배 밭을 넘기지는 않으리라.'

"그거야 쪼개 팔면 되는 거지. 지적도 보니 지금도 몇 필지가 되던데."

정 사장이 영희보다 더 열을 올리며 배 밭의 값을 올렸다.

"그래도 이왕 팔 거라면 한꺼번에 사 주겠다는 사람 있을 때 파는 게 낫잖겠어요? 아무리 요샛돈이라지만 3천만 원 그거 적은 돈 아니라고요. 은행 이자만 받아도 어지간한 월급쟁이 열 배 수입이 넘잖아요? 그렇게 목돈을 쥐어야 뭐든 해 보지."

영희가 다시 그렇게 어깃장을 놓아 보았다. 그제야 정 사장도 영희가 짐짓 해 보는 소리란 걸 알아차리고 같은 어깃장으로 나왔다.

"하긴 5천 원에 팔아도 얼마야? 천 5백만 원이 넘으니까 한 달에 10만 원씩 써 대도 10년은 걱정 없겠네. 그럼 팔라고. 그거 떨어지면 다른 땅도 있잖아? 성남에서 먹은 것도 있고."

정 사장이 그렇게 나오자 영희가 비로소 정색을 했다.

"실은 말이에요, 처음부터 그들이 주는 대로 받고 팔 생각은 없었어요. 그래서 정 사장님께 알아봐 달라고 한 거예요. 하지만 정말 목돈으로 한 3천만 원 쥘 수만 있다면 팔아 보는 것도 괜찮지 않겠어요? 그걸로 다시 값 오를 만한 곳을 사들이는 수도 있으니까요."

"글쎄 — 하지만 만만치는 않을걸. 결국 땅장사하겠다는 건데, 이 여사는 아직 재미만 봐 와서 그거 어려운 줄 몰라. 거기다가 돈이란 거 뭉텅이 돈으로 들어오면 지키기 어려워. 우선 사람들이 달라지거든. 부군 되시는 강억만 씨 그 양반만 해도 그래. 그 드는 솜씨에 그냥 구경만 하고 있을까? 내 보기에는 그 땅 그냥 지키며 버티기만 하면 10년 안에 큰 쇼부(승부) 한번 올 것 같은데……."

정 사장도 어깃장을 빼고 그렇게 받았다. 처음 거래를 시작할 때만 해도 뒤틀린 심사가 남아 있어선지 정 사장은 가끔씩 그런 속을 드러냈다. 그러나 한 1년 넘게 속을 터놓고 오가는 사이에 이제는 제법 오라버니 같은 정을 보일 줄도 알았다.

지금도 나이 든 사람의 신중함으로 영희를 생각해서 말하고 있는 듯했다.

"그럼 절반 정도 팔아서 움직여 보는 것은 어떻겠어요? 강남이 개발된다지만 어차피 한꺼번에는 어려울 거 아니겠어요? 아직 말죽거리까지 가려면 한참 남았을 텐데 마냥 기다리고 있기보다는……."

"그게 쉽지 않으니까 그렇지. 이익이 큰 데는 위험도 많은 법이야. 하지만 하기에 따라서는 그것도 괜찮은 방법이 될 것 같네."

정 사장도 거기까지는 말리지 않았다. 영희는 집에서 기다릴 시아버지를 생각하고 그쯤 하고 일어나기로 했다.

"어쨌든 고마웠어요. 실은 그래 봤자 땅 주인은 엄연히 시아버님이니까…… 가서 말씀드려 봐야 어떻게 결정이 날지 알겠네요. 그런데 수고비는 모자라지 않으셨어요?"

"그거야 나도 사업상 알아야 하는 거니까. 실은 그 돈도 안 받아야 하는 건데…… 어쨌든 그걸로 넉넉했어. 같은 일이라면 다음에는 따로 사례할 것 없이 알아봐 줄 수 있을 거야."

정 사장이 다시 그렇게 인정을 썼다. 역시 입으로만 해 보는 소리가 아니었다.

영희는 정 사장과 헤어지자마자 곧장 집으로 돌아가는 택시를 잡았다. 오후에 중개인들이 오게 되어 있어 그전에 시아버지와 의논을 맞출 일이 급했다. 그런데 동네 어귀에서 차를 내린 영희가 시집으로 들어가는 골목길로 접어들 때였다. 길모퉁이 구멍가게에서 억만이 쑥 나와 길을 막았다. 들에 나가 있는 것으로 알고 있었던 억만이었다.

"어머, 당신이 여기 웬일이세요? 어머님 점심 가지고 하우스 쪽에 가지 않으셨어요?"

영희가 심상찮음을 느끼면서도 짐짓 밝은 목소리로 말을 걸었다. 그러자 억만이 아무 말 없이 영희를 가게 안으로 끌고 들어갔다. 좁은 가게 마루에 억만이 마시던 것인지 병에 반쯤 남은 사이다와 유리컵이 놓여 있었다. 그걸로 미루어 억만이는 진작부터 영희를 만나려고 길목을 지키고 있었던 듯했다.

"여기 앉아 봐. 할 말이 있어."

영희를 마루 끝에 앉힌 억만이 전에 없이 권위적인 목소리로 말했다.

"참 별일이네. 할 말이 있으면 집에 가서 하면 되지, 남의 가게에서……."

영희가 좀 어이없어하며 그렇게 말끝을 흐리자 억만이 다시 한껏 위엄을 실은 목소리로 받았다.

"집에서 할 수 있는 말이 있고 할 수 없는 말이 있는 법이야."

그래 놓고 안방 쪽을 살폈다. 방 안에서는 인기척이 없었다. 주인은 억만이 동네 사람이라 미더운 탓인지 원하는 물건만 내주고 뭔가 다른 일 때문에 자리를 비운 것 같았다. 억만은 듣는 사람이 없는 걸 확인하고서도 목소리를 죽여 물었다.

"정 사장이 뭐래? 배 밭에 뭐 특별한 게 있었어?"

그 말에 영희는 한 번 더 섬뜩해졌다. 집을 나갈 때 누구에게도 정 사장을 만나러 간다고 한 적이 없었는데 억만은 정 사장을 만나서 한 얘기까지 알고 있는 듯이 물어 온 까닭이었다.

"정 사장?"

영희는 먼저 정 사장을 만나고 온 일을 잡아떼려 하다가 이내 생각을 바꾸어 물었다.

“당신, 나 정 사장 만나러 간 거 어떻게 알았어?”

“서당개 3년이면 풍월을 읊는다고, 내가 누구야? 그저께 땅장사들 왔다 간 뒤 니네들 쑥덕거리는 거 보고 감 잡았지. 그래, 정 사장이 뭐랬어?”

거기서 영희는 뜻밖의 복병을 만난 기분으로 잠깐 대답을 미루고 생각에 잠겼다.

‘이 인간이 무슨 생각으로 이러지? 냄새를 맡긴 제대로 맡은 모양인데…….’

그렇게 자문하다가 문득 그 속셈부터 알아봐야겠다는 생각이 들었다.

“그전에 알고 싶은 게 있어요. 당신, 전에는 시아버님하고 저하고 무얼 하든 별로 관심을 보이지 않더니 이번엔 웬일이세요?”

“관심이 없었던 게 아니야. 그냥 없는 척했을 뿐이지. 그런데 이번에는 달라. 둘이서 쑥덕거려 마음대로 할 수 있는 게 따로 있지.”

“그건 왜 그런데요?”

“첫째로 이건 덩치가 너무 커. 우리 땅 중에서 가장 크고 노른자위야. 둘째, 이런 기회도 흔치 않아. 그걸 한꺼번에 사겠다는 작자가 나선 건 이게 처음이야. 아무리 못났다 해도 집안의 장남이 돼서 이번 일까지 아버지와 너만 쑥덕거려 결정하도록 내버려 둘 수는 없어.”

억만이 눈을 처억 내리깔고 제법 조리 있게 말했다.

'이게 아주 등신은 아니었구나.'

영희는 속으로 그렇게 중얼거렸으나 밖으로 내뱉지는 않았다. 대신 차갑게 반문했다.

"그래서?"

"내 말 못 알아들었어? 나도 좀 끼어야겠단 말이야. 그래, 도시계획 알아보니 어땠어? 까짓 거, 나도 알아볼 수는 있지만 이왕 정 사장이 수고한 거니 나도 한번 들어보자고."

"서울이 지금처럼 발전해 나간다면 한 20년 뒤에는 우리 배 밭에 사거리가 나겠다더군요. 10차선과 8차선 도로가 만나는 곳에서 멀지 않대요."

"그건 지금 봐도 감으로 때려잡을 수 있는 거야. 달리 뭐 특별한 건 없었어? 이를테면 근처에 관공서나 학교 같은 게 유치된다든가."

어쭈, 싶었으나 영희는 이번에도 내색하지 않고 차갑게 말했다.

"미안하게도 우리 도시계획이 그리 상세한 것 같지는 않대요. 그런데 당신 생각은 뭐예요? 당신이 나서 봤자 들어주실 아버님도 아닌데……."

"그래서 이렇게 당신을 기다린 거 아냐?"

"도대체 어떻게 하고 싶은 거예요?"

"태복이 엄마, 우리 이번에 그 땅 팔자. 들으니까 한 3천만 원 쥐게 될 모양이던데."

"잘못 들었어요. 내민 값은 평당 5천이고 뻗대도 8천에 넘기기는 어려워요."

"그러니까 3천만 원 가까이 되잖아? 배 밭 그거 1정보에 귀가 달렸을걸."

"그 돈으로 뭘 하시려고요?"

"몰라서 물어? 언제까지 돈도 안 되는 농사 주무르고 있으라는 거야? 이 기회에 그거 팔아 우리도 좀 품위 있게 살자. 사람같이 좀 살아 보자고."

"어떤 게 품위 있게 사는 거죠?"

"그 돈이면 집 가까운 신사동 쪽에 작은 빌딩 하나 지을 수 있잖아? 아래층은 우리가 점포 하나 큼지막하게 열고 나머지는 세주면 배 밭 농사 몇 배는 나올 거야."

"그러니까 빌딩 주인 사장님이 되어서 손에 흙 안 묻히고 편안히 사시겠다, 이 말이세요?"

"왜 이 강억만이는 그렇게 좀 품위 있게 살면 안 되나? 언제까지 냄새나는 거름이나 주무르며 살아야 되는 거냐고?"

"하지만 장사 그거 아무나 하는 거예요? 당신 장사한다고 나서서 재미 본 적 한 번이라도 있었어요? 게다가 미안하지만 그 돈으로는 신사동 빌딩 만져 보지도 못해요. 자칫하면 목돈 들고 우왕좌왕하다가 뿌스럭 돈 만들어 날리고 만다고요. 우리한테는 가장 큰 몫인 배 밭만 날아가고 만단 말이에요. 더군다나 당신 그 솜씨에……."

"그 얘긴 또 왜 꺼내……."

억만이 그렇게 목청을 높이다가 문득 생각이 바뀌었는지 제법 참을성 있게 나왔다.

"그럼 당신은 어떡할 작정이야?"

"아버님께 좀 더 기다려 보자고 할 작정이에요. 20년이라고 했지만 요즘은 도시 개발 속도가 전보다 훨씬 빨라졌으니까 — 잘하면 몇 년 안에 큰 쇼부 날 것 같아서요."

"큰 쇼부라면?"

"정말로 사대문 안에 번듯한 빌딩 하나 살 돈이 나오거나 — 바로 그 땅에 빌딩을 지어도 수익이 날 만하게 되는 경우죠."

"그게 언제야? 그리고 빌딩을 짓는다면 무슨 돈으로 지어?"

"그때 가서 절반만 팔면 되죠. 그래도 대지가 천 평이 넘는 빌딩이에요. 당신이 지금 신사동 쪽에 꿈꾸고 있는 코딱지만 한 빌딩하고는 종류가 다르죠."

"그 여자 꿈 한번 거창하네. 야산 배 밭에 빌딩을 짓는다고? 야, 듣는 개가 웃겠다. 싸릿재 넘어 야산 배 밭에 지은 빌딩 천 평 아니라 만 평이면 뭘 해?"

억만이 그렇게 빈정거려 놓고 다시 말투를 바꾸어 간곡히 말했다.

"여보 — 그러지 말고 아버님께 말씀드려 이번 기회에 그 땅 팔도록 해요. 나도 이제는 더 못 기다리겠어. 기러기 한 백 년으로 기다리다가 우리 좋은 시절은 다 가고 만다고. 적게 먹더라도 멋있고 편하게 살자."

"그럼 아버님께 직접 말씀드려 보세요. 저는 이 집을 위해서 가장 좋다고 생각하는 것만 말씀드릴 테니……."

영희는 그렇게 말하고 자리에서 일어났다. 그리고 화가 나 씩씩거리는 억만을 보고 나직이 한마디 했다.

"여보 — 이게 마지막 고비예요. 이제 조금만 더 기다리면 당신이 말하는 그 품위 있는 삶도 가능해진다고요. 여기서 서두르면 정말 아무것도 안 돼요. 절 믿고 조금만 더 기다려 주세요."

"언제까지 더 기다리란 말이야? 좋아, 알아서 해. 나도 이젠 참을 만큼 참았어."

억만이 그렇게 위협조로 나왔으나 영희는 뒤도 돌아보지 않고 가게를 나왔다. 좀 불안하기는 했지만 더 얘기해 봤자 달랠 수 있을 것 같지가 않았다.

영희가 집으로 돌아오니 시아버지가 일을 나가지 않고 기다리고 있었다.

"그래, 어떻다든?"

영희가 방 안에 들어와 앉기 바쁘게 시아버지가 물었다. 영희는 정 사장에게 들은 대로 간단하게 도시계획을 전해 주었다.

"나는 통 짐작이 안 간다. 8차선, 10차선이 뭔지 모르지만 그토록 큰 신작로가 나고 서울이 여기까지 밀려온다니…… 그건 그렇고 네 생각은 어떠냐? 그래도 땅값으로는 제법이고, 더구나 무더기로 사겠다는데……."

한평생 농부로 살아왔고 땅이라면 목숨보다 더 귀하게 여겨 왔지만 그새 영희에게서 보게 된 사고파는 재미 때문일까, 시아버지도 이번에는 마음이 흔들리는 듯했다. 그러자 영희도 따라서 마음이 흔들렸다.

'맞아, 3천만 원이면 무얼 해도 적은 돈이 아니야. 한없이 기다릴 게 아니라 이쯤 해서 끝을 보고 말까 —.'

영희는 퍼뜩 그런 생각을 해 보았다. 그러나 다음 순간 마음속으로 세게 도리질을 쳤다.

'아니야. 이렇게 해서 평생 밥술 걱정 않게 되는 것만으로는 안 돼. 그것만으로는 내가 세상에서 받은 것을 다 갚지 못해.'

"하지만 아버님, 그 돈 당장은 커 보이지만 실은 어중간한 돈이에요. 물론 그걸 은행에만 넣어 둬도 농사짓는 것보다야 열 배 낫겠지요. 그러나 요새같이 돈값이 떨어지는 때는 아무런 보장이 못 돼요. 그렇다면 장사라도 나서야 하는데, 아버님이 평생 안 해 보신 장사를 하시겠어요? 아니면 다시 억만 씨를 시키실래요? 거기다가 그 배 받은 우리 전 재산이나 다름없어요. 만약 잘못되면 우리는 그대로 알거지가 되는 거라고요."

영희가 억만이를 들먹이자 시아버지는 당장 얼굴빛이 변했다. 갑자기 격한 목소리가 되어 말했다.

"장사를 왜 억만일 시켜? 하면 어멈 네가 해야지. 정히 안 되면 다른 땅으로 사 두었다가 다시 팔 수도 있을 텐데……"

"그것도 쉽지 않아요. 제가 지금 조금씩 하고 있는 것은 그럭저럭 재미를 본 셈이지만 몇천만 원씩 하는 큰 덩어리는 자신 없어요. 거기다가 어떤 땅을 사든 결국 땅값 오르기를 기다려 차액 따먹는 건데 그 차액이라면 우리 배 밭에서 그냥 기다리는 편이 훨씬 낫지 않겠어요?"

"그럼 아직도 더 오른단 말이냐?"

"그러니까 기다려 보자는 거예요. 만약 서울이 이쪽으로 발전해내려오면 평당 만 원, 2만 원 문제가 아녜요."

"그래? 그거 참 묘한 조홧속이다. 야산 배 밭이, 그것도 나무가 늙어 이제는 배도 시원찮은데, 그게 일등답보다 몇 배나 더 나갈 거라니, 아무리 서울이 그리로 온다 해도 거기 사대문 안이 옮겨오는 것도 아닐 텐데……."

시아버지는 그러면서도 이미 팔 마음은 거두어들인 듯했다. 농부답지 않은 의뭉스러움으로 부동산의 이치를 더 알아보기 위해 짐짓 해 보는 소리였다. 영희도 더 자세히 설명해 줄 수는 없었으나 행여라도 시아버지의 마음이 변할까 겁나 자신 없는 전망을 덧붙였다.

"그게 언제일지는 모르지만 거기가 종로보다 더 북적거릴 수도 있대요. 특히 그런 사거리는……."

"그럼 이따가 땅 사러 올 사람들은 그대로 돌려보내야겠구나."

그때 갑자기 마당에서 저벅거리는 소리가 들리더니 억만이 노크도 없이 방문을 열었다. 시아버지가 허옇게 눈을 흘기며 물었다.

"니가 웬일이냐? 약은 다 줬어?"

억만이 대답 없이 신을 벗고 들어오더니 한숨을 푹 내쉬며 원망 가득한 목소리로 말했다.

"아버지, 정말 이러시는 거 아닙니다. 제가 아무리 좀 실수를 했기로서니……."

그러는 억만의 숨결에는 진하게 소주 냄새가 배어 있었다. 그새 급하게 한잔 들이키고 온 모양이었다. 그러지 않고는 아버지에게 말 한마디 똑바로 못 하는 그 주변머리가 영희의 속을 긁어 놓았다. 그러나 영희가 무어라 말하기도 전에 시아버지의 역정 섞인 목소리가 먼저 억만을 몰아세웠다.

"저놈 말하는 거 봐라. 내가 뭘 어쨌다고?"

"며느리도 자식이라고는 하지만 하마 성이 다릅니다. 아버님 아들은 이 강억만이라고요. 막말로 내가 장사하다 좀 말아먹었다 칩시다. 안 해 본 밭떼기 장사(작물이 어릴 때 밭 전체로 농산품을 싸게 사 상품으로 가꾼 뒤에 내다 파는 장사) 시작 삼아 해 봤다가 이삼 백만 원 말아먹었다고 부자지간 천륜까지 끊어진 게 아닙니다아."

억만이 전 같잖게 뻗댔다. 시아버지가 어이없어하면서도 조금 긴장하는 눈치였다.

"그래서?"

"제가 이렇게 입 꾹 다물고 있어도 알 건 다 압니다. 압구정동 논 판 돈 가지고 둘이서만 수군거려 처리할 때도 섭섭했는데 이거 너무하시는 거 아닙니까? 배 밭이라면 우리 남은 전 재산이나 진배없는데, 그걸 파는 데 나는 쏙 빼놓고 남의 성 가진 며느리만 믿는 거 말입니다. 이 집에 명색 맏아들이 누굽니까?"

그제야 평소의 기세를 되찾은 시아버지가 호통으로 나왔다.

"저게 찢어진 입이라고 어디서 떠들어? 대낮에 술까지 마시고. 너 시방 늙은 애비한테 야료 부리는 거야 뭐야? 그래, 지 새끼 안 믿어 주는 애비는 섭섭하고, 지 새끼 못 믿어 며느리하고만 쑥덕거려야 하는 애비 속 터지는 거는 몰라? 믿게 해 봐라. 내가 왜 너를 빼돌리겠어? 작년에만 해도 저 아이 아니었으면 이 배 밭 벌써 넘어갈 뻔했는데, 지금 그 말이 입으로 나와?"

"그건 저 여자가……."

억만이 속이 상해서인지 그때 부렸던 영희의 술책을 털어놓을 기세였다. 영희가 급하게 끼어들었다.

"당신 지금 무슨 얘기 하시려는 거예요? 정말 여기서 세상 끝장 다 보시려고 그러세요? 할 말 있으면 할 말이나 하세요."

그러면서 매섭게 쏘아보자 억만이 움찔했다. 그때 다시 시아버지가 가소롭다는 듯 물었다.

"그래, 좋다. 끼워 주마. 니 말대로 배 밭 사자고 하는 작자가 나섰는데, 어쨌으면 좋겠냐? 값도 평당 육칠 천은 줄 모양이더라. 3천 2백 평 한꺼번에 몽땅 받고……."

"그럼 파셔야지요. 값은 평당 한 8천까지는 올릴 수 있을 테니 3천만 원이란 큰돈을 한꺼번에 쥘 수 있는 기횝니다."

"그래서 뭐 하려고?"

그때까지만 해도 시아버지의 목소리는 높지 않았다. 그러나 어디 한번 들어 보자는 투였는데, 술 탓인지 억만은 서슴없이 제 속을 털어놓았다.

"우리도 이제 이만큼 고생했으면 한번 편하게 잘살아 보자 이겁니다. 그 돈 말입니다, 아 정히 제가 못 미더우시면 그냥 은행에 넣으셔도 이자만 한 달에 50(만원) 가까이 받을 수 있다 이겁니다. 웬만한 월급쟁이 열 배가 훨씬 넘는 수입이라고요."

"이눔아, 당장은 달지만 돈값 떨어지는 건 어쩔래? 돈 백만 원이 어제 다르고 오늘 다른데, 우리 돈이라고 맨날 그대로일 것 같아? 한 달에 50만 원, 지금이야 네남없이 큰돈이지만, 10년도 안 돼 우리 식구 입에 풀칠하기도 바쁜 돈 되고 말아."

시아버지가 그렇게 대답해 놓고 갑자기 지난 일이 떠올랐는지 새삼 목청을 높였다.

"내가 네놈 속을 모를 줄 알고. 앞일이야 어찌 되든 당장 쓰고 보자는 주의 아냐? 왜, 한 1년 집 안에 틀어박혀 있으니 좀이 쑤시냐? 애비 속이고 장사 핑계로 3백만 원이란 큰돈 울궈 내 아래 윗주머니에 척척 갈라 넣고설랑 조선 갑부 흉내 혼자 내며 찔락거리고 다니던 시절이 그립냐?"

억만이도 지지 않았다.

"아버지도 그러시는 거 아닙니다. 젊어 한번 실수한 거 가지고 일생 사람을 병신 만드실 겁니까? 나도 머리 굵을 대로 굵고 세상일도 알 만큼 압니다. 만만한 게 원산 돼지라고, 이래도 억만이 저래도 억만이 하던 시절은 지났다고요. 아버지는 뭐 영영 늙지 않을 줄 아십니까?"

그러자 쉰을 훌쩍 넘겨도 성깔은 살아 있는 시아버지가 기어이 억만에게 따귀를 올려붙였다.

"이눔이, 가만히 보자 하니, 어디 애비 앞에 눈을 흡뜨고……."

"때리십시오. 그렇지만 이번 일은 아버지 맘대로 하시면 안 됩니다. 반이라도 팔아 주십쇼. 어차피 저한테 넘기실 땅 아닙니까? 저도 제 청춘 가기 전에 사업이라도 버젓하게 한번 벌여 볼랍니다. 이제 더는 못 참겠다고요!"

억만은 마음을 먹어도 단단히 먹은 것 같았다. 순해 빠지고 속없는 위인으로만 보았던 영희로서는 그런 억만이 은근히 놀랍기까지 했다. 시아버지가 억만의 멱살을 틀어잡고 다시 손바닥을 쳐들었다. 억만을 시아버지가 처리해 주기를 기다리고 있던 영희였으나 그렇게 되자 보고만 있을 수는 없었다. 둘 사이에 끼어들며 치켜든 시아버지의 팔목을 잡았다.

"아버님, 이러시면 안 됩니다."

억지로 지어낸 울먹임으로 그렇게 시아버지를 말린 영희는 이번에는 억만을 노려보았다.

"당신 정말 이럴 거예요?"

그러나 그 표정은 일생 연마한 표독스러움을 최대로 이끌어 낸 것이었다.

억만이 그런 영희의 표정에서 무얼 상기했는지 움찔하면서 수그러들었고, 시아버지도 마지못한 듯 멱살을 놓고 물러앉았다. 영희가 다시 애처로운 울먹임으로 돌아가 둘 모두에게 호소했다.

"모두 왜 이러세요? 결국 오랫동안 가난하고 무식하다고 천대 받으며 살아온 우리 식구 좀 더 대접 받으며 잘살아 보자는 의논인데…… 아버님, 아범 말도 무턱대고 억누르시지만 말고 들어주세요. 저이도 옛날 저이는 아니에요. 딴에는 이번이 놓치기 어려운 기회라고 낮술까지 마셔 가며 없는 용기 낸 거라고요. 아까 아버님도 마음 흔들려하셨잖아요?"

그래 놓고 이번에는 간절한 호소를 담은 눈길로 다시 억만을 바라보았다.

"당신 힘든 거 알아요. 진즉에 배워 두지 않은 농사 나이 들어 느닷없이 덮어쓰게 되니 고생스러울 거예요. 하지만 조금만 더 참아요. 지금 성급해서는 안 돼요. 당신 정말 이전처럼 앞뒤 없이 홍청거리지 못해 이러는 거 아니죠? 우리 아기도 있고 모셔야 할 아버님 어머님도 있는데…… 당신 말마따나 사람답게 살아 보려면 조금만 더 기다려요. 세끼 밥 안 굶는다고 사람답게 사는 거 아니잖아요? 재벌까지는 안 돼도 번듯한 사업 한번 벌여 봐야 남자 아니겠어요? 정말 큰 기회는 아직 남아 있어요. 우리 보다 큰 걸 위해 힘들지만 한번 더 참고 발돋움해 봐요."

"시끄러워! 이젠 더 못 참아. 그거 다 날 농투성이로 잡아 두려는 수작인 거 알아. 까짓 변두리 야산 배 밭 한 뙈기 가지고 무슨……."

움찔했던 억만이 다시 기세를 살려 소리쳤다. 영희는 이게, 싶었으나 꾸욱 참고 호소와 설득을 번갈아 했다.

"아네요. 저도 그동안 쓸데없이 나다닌 거 아네요. 뻔하잖아요? 공업화든 선진화든 그거 결국은 더 많이 만들어 내고 더 많이 벌어들이자는 거 아네요? 정부 선전 다 믿지 않아도 수출 많이 하고 돈 많이 벌어들이는 건 어쩌면 될 수 있을 거예요. 그렇지만 땅은 더 만들어 낼 수 없잖아요? 그럼 어떻게 되겠어요? 땅은 그대로고 돈은 많이 들어오면 땅값이 오를 수밖에 없잖아요? 게다가 들은 말도 있어요. 어느 시기까지는 빌려 오든 벌어 오든 외국 돈이 들어오지만, 그다음에는 우리끼리 서로 파 먹게 되는 때가 곧 올 거래요. 그리고 그때는 부동산이 노른자위가 노른자위를 뜯어먹는 데 가장 흔하면서도 끔찍한 수단이 될 거래요."

영희가 자신도 잘 이해하지 못한 논리까지 끌어대 가며 달래자 다시 억만의 기세가 좀 수그러들었다. 시아버지도 눈을 껌벅이며 영희가 한 말을 속으로 곰곰이 되새겨 보고 있는 것 같았다. 영희는 틈을 보아 시아버지 몰래 다시 한 번 억만에게 위협적인 눈짓을 한 뒤 입으로는 여전히 애절하게 호소하듯 말했다.

"당신 일이라면 꼭 배 밭을 팔지 않아도 길이 있을 거예요. 그러니 이번에는 아버님 결정대로 따르세요."

억만이 잠시 혼란된 눈으로 영희를 바라보았다. 그러다가 영희로부터 한 번 더 위협적인 눈짓을 받고서야 거칠게 일어났다.

"제길, 이거 뭐가 꺼꾸로 돼도 한참 꺼꾸로잖아? 자식 놈은 믿지 않고 시집온 지 얼마 안 되는 며느리 말은 팥으로 메주를 쑨다 해도 믿는 판이니."

입으로는 그렇게 투덜대고 있었지만 영희를 은근히 믿는 것 같았다.

"저놈이 저거, 애비 앞에서……."

시아버지가 다시 소리를 높였으나 억만이 방을 나가 버리자 그걸로 끝이었다. 담배 한 대를 붙여 물고는 곧 의논조로 나왔다.

"배 밭 일은 네 말대로 다음에 보기로 하면 된다만 저놈 일이 더 걱정이다. 어째 잘 견딘다 싶더니…… 그래, 너 아까 아범 일 달리 의논하자고 그랬는데, 무슨 생각해 둔 거라도 있냐?"

그러는 말투가 정말로 억만을 걱정하는 눈치였다. 이 자린고비 영감도 이제는 늙는구나, 영희는 문득 그런 생각이 들며 앞으로 억만을 다룰 일이 새삼 걱정되었다. 그때껏 시아버지가 유지해 온 권위가 억만을 다루는 데 적잖이 도움이 되어 왔는데, 머잖아 그쪽은 기대할 수 없을 것 같아서였다.

"당장이야 무슨 수가 있겠어요? 아범이 바라는 거야 다시 장사 나서는 거지만 아직은 믿을 수가 없고…… 제가 그냥 어떻게 달래 볼게요."

영희는 그렇게 얼버무려 의논을 끝냈으나 당장은 어떻게 억만을 주저앉혀야 할지 방도가 생각나지 않았다.

'이번에는 달래는 수밖에 없다. 저 인간이 정말 화를 내 시아버지와 나 사이를 가로막고 들면 아무래도 팔이 안으로 굽게 마련이다. 아깝지만 사탕값을 좀 비싸게 물어야겠구나.'

영희가 억만의 일을 그렇게 결론지은 것은 저녁 설거지를 마칠 무렵이었다. 마음이 일단 그렇게 정해지자 영희는 더 머뭇거리지 않고 억만이 기다리고 있는 방으로 건너갔다.

내처 술 한잔을 더 하고 낮잠에 떨어졌던 억만은 그새 일어나 있었다. 아직 초저녁인 것을 보고 나가서 한잔 더 할까, 그냥 자리에 들까를 망설이는 것 같았다. 영희가 그런 억만 곁으로 다가앉으며 부드럽게 물었다.

"일어나셨어요? 상 차려 올까요?"

그러자 영희를 보니 생각났다는 듯 억만이 바로 그 일을 꺼냈다.

"아까 아버지하고 내 일 의논한다고 그랬지? 그래, 어떻게 됐어?"

그렇게 묻는 품이 상당한 기대를 내비치고 있었다. 영희는 준비한 대로 한없는 다정함과 자상함을 담아 달래듯 말했다.

"그건 당신이 공연히 아버님 화를 돋우어 다된 밥에 재 뿌리는 격이 될까 봐 그랬고요, 하마 신용 잃을 대로 잃은 당신에게 아버님이 다시 뭘 내놓겠어요? 그치만 제가 어떻게 해 볼게요. 조금만 더 참으세요. 길어도 3년만요. 우선은 한 달에 2만 원하고 마음대로 쓸 수 있는 사흘을 드릴게요. 그걸로 무얼 하든 간섭하지 않을 테니 한 3년만 숨통으로 삼고 참아 보세요. 이 방에 여자를 데려와 자도 암말 않을게요. 대신 나머지는 지금처럼 아버님 따라 열심히 일하기예요. 지금까지는 모두 잘돼 가고 있어요. 우리 황금알을 낳아 줄 거위는 잘 자라고 있어요. 부디 못난 성급함으로 그 배를 째려 들지 마세요. 제 말대로 해 주세요. 이대로만 따라 주면 당신 늙기 전에 호강다운 호강 해 볼 수 있을 거예요. 이 모두가 나만을 위한 건 아니에요. 당신과 우리들의 아이 태복이를 위한 일이기도 해요……."

길 위에서 길 찾기

"쩌그(저기)가 전성천 목사님이여. 옛날 이승만 정부 때 공보처 장이라던가, 어쨌든 높은 관리를 했는디 그대로 갔으면 지금 장관보다 더 높은 자리에 올랐을 거라 그러대. 하나님의 부름을 받아 목사가 되었다는디, 역시 하나님하고 직거래를 하시는 분이라 그런지 다르더만. 다른 목사들은 교인들 머릿수나 세고 연봇돈(헌금)이나 헤아리는디 저분은 우리하고 한편이 되어 나선 거라고……."

임장수 씨가 명훈의 허리를 쿡 찌르며 방금 연단 앞에서 무언가를 얘기하고 있는 중년을 가리키며 말했다. 넓지 않은 가건물 교회지만 사람들이 꽉 들어찬 데다 임장수 씨처럼 저희끼리 수군거리는 사람이 많아 그가 하는 말의 내용은 잘 알아들을 수가 없었다.

명훈은 그새 실내의 밝기에 익숙해진 눈으로 가만히 사방을 돌아보았다. 한 서른 평이나 될까 말까 한 교회 안은 발 들이밀 틈이 없을 정도로 사람들이 몰려 들어와 있었다. 명훈의 짐작과는 딴판이었다. 정말로 수진리(水珍里), 탄리(炭里), 단대리(丹垈里), 상대원리(上大院里) 같은 원래의 단지내(團地內) 지역에다 희망촌(希望村), 우마차꾼 동네 같은 외곽 지역의 대표까지 다 모여든 듯했다.

"저분 동생이 서울 시장하고 학교 동창이라 면담을 주선해 주민 대표 두엇하고 서울 시장을 만나러 갔는디, 하마 싹수가 노랗더라는 거여. 그렇게 간절히 우리 어려운 얘기를 했는데도 시장은 들은 척 만 척 대수롭지 않게 여기더란 말이시. 아무래도 모진 변을 당해야 알아들을 사람들이라는겨……."

다시 임장수 씨가 명훈의 귀에 대고 수군거렸다. 전 목사에게서 직접 서울시의 반응을 들어 보고 싶었던 명훈은 그런 그의 알은체에 짜증이 났다.

"좀 조용히 하세요. 저분 말씀 좀 들어 봅시다."

명훈이 핀잔처럼 그렇게 말하자 임장수 씨가 실쭉해진 눈길로 입을 다물었다. 마침 앞쪽에서도 명훈과 같은 기분을 가진 사람들이 있었던지 임장수 씨가 입을 다물 무렵 해서 앞쪽도 조용해졌다. 하지만 그래도 아직 여기저기 웅성거림이 남아 전 목사의 목소리를 겨우 알아들을 수 있을 정도였다.

"우리 하나 하나는 미약합니다. 그러나 모두가 힘을 합치면 큰 힘을 낼 수 있습니다. 싸릿가지는 연약하여 누구나 꺾을 수 있지만 싸릿단이 되면 아무리 힘센 장사라도 꺾지 못하는 법입니다. 더구나 그리스도께서도 분명 여러분 곁에 머물 것입니다. 왜냐하면 그분은 언제나 낮은 곳에 임하시는 분이시기 때문입니다."

그 말로 미루어 서울 시장을 면담하러 갔던 전말 보고는 이미 다 지나간 듯했다. 그나마도 무엇 때문인가 다시 인 웅성거림에 그의 목소리가 묻혀 버렸다. 그 웅성거림을 대변하듯 임장수 씨가 중얼거렸다.

"시방 설교할 때가 아닌디. 그래서 워쨌다는 거여. 워쩌자는 거냔 말여……."

전 목사도 그런 사람들의 뜻을 알아차렸는지 곧 무어라 말을 맺고 옆으로 물러났다. 그가 물러나자 그보다는 좀 젊어 보이는 양복 차림의 남자가 나타났다. 그는 목소리부터가 전 목사보다는 강하고 또렷했다.

"여러분. 사담(私談)은 중지해 주십시오. 좀 조용하십시오. 먼저 우리끼리 의사소통이 되어야 힘을 모으든지 투쟁 단체를 만들든지 할 것 아닙니까?"

그는 그렇게 말해 놓고 말없이 사람들을 돌아보았다. 그의 말에 드러나게 웅성거림이 줄어들었다. 그래도 그는 한동안이나 말없이 발언대를 차지한 채 모인 사람들을 바라보고만 있었다. 그러다가 작은 목소리로 말해도 교회 구석구석까지 말이 들릴 만큼 조용해진 뒤에야 비로소 입을 열었다.

"저는 이 교회에서 장로 일을 보고 있는 박종하입니다. 저는 철거민도 아니고 전매 입주자도 아닙니다. 그러나 이곳에 뿌리내리고 살려고 한다는 한 가지 사실만으로도 이미 여러분과 이해(利害)를 함께하고 있다고 믿습니다.

방금 목사님께서 말씀하신 바와 같이 이제 서울시에 대해서는 이대로는 아무것도 기대할 수 없다는 게 명백해졌습니다. 높게는 하나님의 뜻이 있지만 때로는 세상의 이치에 따르는 게 곧 하나님의 뜻을 이루는 바가 될 수도 있습니다. 예부터 관리들이란 견디다 못한 백성들이 들고일어나야 겨우 그들에게 무슨 어려움이 있다는 걸 알아차리는 자들입니다. 이제 우리 모두 힘을 합쳐 여기서도 얼마든지 그런 일이 일어날 수 있음을 저들에게 경고해 줍시다. 필요하다면 저들에게 맞서는 한이 있더라도 하나님께서 허락하신 우리 몫을 주장합시다.

마침 각 단지에서 관심 있는 분들이 모두 모여 주신 것 같으니 저는 여기서 제안 드립니다. 우리 모두 흩어져서 불평불만만 하고 있을 게 아니라 하나의 구심점(求心點)을 가진 단체를 만드는 게 어떻습니까? 서울시와 협상을 하든 투쟁을 하든 조직과 체계를 갖추고 함께 대책을 세워 나갑시다."

그런 그의 구체적인 제안에 모여 있던 사람들이 들떠 호응했다.

"옳소!"

"좋습니다아 —."

"당장 투쟁위원회를 만듭시다!"

개중에는 벌써 터질 듯 불만에 차 있는 사람 외에 불콰하게 낯

술까지 마시고 온 사람들이 섞여 있어 분위기는 금세 달아올랐다. 박종하 장로가 그런 사람들을 진정시키듯 차분한 목소리로 말했다.

"하지만 무슨 단체를 만들든 대표성을 획득하는 게 중요합니다. 다시 말해 그 단체는 단지 내 주민들로 이루어져야 할 뿐만 아니라, 나머지 주민들로부터 그들의 대표로 인정되고 지지 받아야 힘을 가질 수 있습니다. 그런데 지금 여기 오신 분들은 아마도 우리 단지 안의 각 지구에서 오신 분들이시겠지만 아직도 그 지구를 대표할 자격을 얻지는 못한 분들로 여겨집니다. 따라서 이 단체를 만드는 일은 먼저 각 지구에서 대표 자격을 가진 사람들을 모으는 일에서 출발해야 할 것으로 보입니다."

그러자 교회 안이 다시 웅성거리며 여러 가지 반론들이 튀어나왔다.

"갑자기 그런 대표들을 어디서 불러 모아?"

"지구는 어떻게 나누고 대표는 어떻게 뽑아?"

"지구마다 투표를 할 거야? 임명을 할 거야?"

박 장로는 말에 조리가 있을 뿐만 아니라 그 일에 관해 미리부터 많은 걸 생각해 둔 사람 같았다. 사람들의 웅성거림이 잦아들기를 기다려 그들로부터 구속력 있는 공론(公論)을 이끌어 내려 했다.

"바로 그 점입니다. 먼저 어떻게 단지 내 각 지구를 조직하고 대표성을 가진 대표자를 확보하느냐 하는 것입니다. 여기에 대해서 좋은 의견이 있으신 분은 기탄 없이 말씀해 주십시오. 그럼 외람되나마 제가 임시로 사회를 맡을 테니 하실 말씀이 있는 분은 먼저 제게 발언권을 청해 주십시오."

그러자 몇 사람이 손을 들어 저마다 발언권을 요청했다. 박 장로가 그중에 한 사람, 말쑥한 신사복 차림을 지목했다. 그가 발언대로 나와 자기소개로 말을 시작했다.

"저는 단대리에 사는 전매 입주자 김찬석이라고 합니다. 오래 공무원 생활을 하다가 몇 년 전에 퇴직하고, 그동안 푼푼이 모은 돈에 퇴직금을 보태 서울 가까운 곳에 싸게 집 한 칸 마련한다는 게 그만 분양권 전매로 한몫 잡으려는 투기꾼으로 몰리고 말았습니다. 다들 잘 아시다시피 지금 우리 전매 입주자들은 서울시의 고지서대로라면 서울 도심지보다 더 비싼 땅값으로 이 야산 비탈을 사야 할 지경이 되었습니다. 아마 서울시가 책정한 그대로 분양가를 물면 우리 전매 입주자 대부분은 집을 내놓아야 할 겁니다.

하지만 광주 대단지의 문제는 저희들 전매 입주자의 문제만은 아니라고 생각합니다. 철거민들은 분양금 납입 방법에 관한 서울시의 약속 위반과 경기도의 부당한 세금 징수에 시달리고 있을 겁니다. 일터를 마련해 주겠다는 선거공약(公約)은 그야말로 공약(空約)이 되었고, 날품팔이 일터에서 너무 먼 주거 때문에 고통 받고 계실 것이며, 영세민 보호 대책도 말뿐이라 지난겨울에는 여러 끔찍한 일들이 있었습니다.

세입자로 이곳까지 밀려오신 분들도 저희 전매 입주자나 철거민들보다 형편이 그리 낫지 않을 성싶습니다. 철거민이 받고 있는 여러 고통에다 서울시의 무원칙한 분양 정책 때문에 분양권 자체까지 위협받은 적이 있었던 것으로 알고 있습니다. 또 그 점에서는 원래부터 이곳에 사시던 분들도 다르지 않을 것입니다. 여기 몇 분이나 오셨는지는 알 수 없으나, 원주민들도 서울시의 무책임한 행정과 신도시 개발 정책에 희생이 되기는 매일반입니다.

따라서 우리가 먼저 결정해야 할 문제는 이제 결성하려고 하는 단체의 범위와 역할입니다. 곧 하나의 단체를 만들어 이 지역의 모든 문제를 총괄해 다룰 것인가, 아니면 각 집단을 대표하는 개별 단체를 만들어 서로 연대할 것인가를 먼저 결정해야 할 것입니다."

차림이나 말투로 보아 그도 그런 일이 생판 처음인 것 같지는 않았다. 아니 명훈에게 인상 지어진 그 철거민 이주 단지와는 전혀 맞지 않는 사람이었다. 그 바람에 명훈은 앞의 박종하 장로와 마찬가지로 그에게도 마뜩지 못한 혐의를 걸었다.

'둘 다 남의 일에 나서고 있다. 저들이 이 일에 앞장서서 얻고자 하는 것은 무엇일까…….'

그런데 다음에 발언권을 얻어 나온 사람은 그렇지가 않았다. 자신을 철거민으로 소개한 그 40대는 생김과 차림부터가 명훈이 상정(想定)한 전형적인 도시 빈민이었다. 얼굴은 막노동에 그을고 주름졌으며, 그런 곳에 오면서도 후줄근한 작업복을 그대로 걸치고 있었다. 어디서 막일을 하고 있다가 그런 모임이 있다는 소문을 듣고 그대로 달려온 사람 같았다. 말투도 달랐다.

"미리 의논해 봐야 할 거는 또 있심더. 바로 그 단체를 맹그는(만드는) 방법인데요, 대가리부터 맹글어 꼬리까지 맞출랍니꺼? 아이믄 꼬리부터 시작해 대가리를 맞출랍니꺼? 다시 말하자믄 말입니더. 먼저 적당히 모예 똑똑한 사람들로 중앙집행부부터 짜고 대표는 중앙에서 알아 적당히 임명하든 동 해서 모양을 갖추는 기 있는데, 이래 하믄 단체를 짜는 데 시간이 안 걸리고 중앙이 힘이 있어 좋심더. 글치만 중앙이 잘못되믄 저쪽에 넘어가뿌거나 저그끼리 해 먹고 말 위험이 있지예. 반대로 먼저 지번(地番) 같은 걸로 단지 내에 지구(地區)부터 공평하게 가르고 거기서 대표자를 뽑은 뒤 그 대표자 중에서 다시 중앙집행부를 뽑는 깁니더. 이거는 요샛말로 아주 민주적이고 확실하지마는 시간이 마이 걸리고 또 그 과정에서 되게(매우) 말썽시러불 낍니더. 그라이 우리 형편에 어느 쪽이 좋은지 그것도 미리 결정해야 안 되겠습니꺼?"

그러자 용기를 얻었는지 그 비슷한 사람들이 잇달아 발언권을 얻어 한마디씩 했다. 임장수 씨도 빠질세라 발언권을 청해 별로 긴하지도 않은 제안을 하나 보탰다. 그러다 보니 분위기는 다른 방향으로 고조되어 처음에는 도대체 어우러지지도 않을 것 같던 모임이 제법 진지하고 깊이 있는 시민대책회의 모양을 띠어 갔다. 그런 그들을 바라보는 명훈은 신기한 기분이 들었다.

'박 장로나 김찬석이란 사람, 그리고 아무리 보아도 대학물을 착실히 먹은 것 같은 저 청년은 스스로 철거민이라고 소개한 저 40대나 임장수 씨, 그리고 방금 쌍욕까지 섞어 가며 떠들어 댄 저 중년과는 다른 부류의 사람이다. 그들에게 공통된 논의의 대상은 의식주 가운데서도 주(住)와 관련된 문제적 상황, 그중에서도 주택 건축용 대지(垈地) 확보를 위협하는 국가기관의 부당한 행위였다. 그런데 모두 처음부터 아직 제대로 의식되지도 않은 도시 빈민 문제 전반을 논의하기 위해 모인 사람들처럼 한 덩어리가 되어 그 주제에 열중하고 있다. 어느 쪽인가 자신의 계층을 잊고 다른 계층에 동화된 것일 텐데 도무지 어색하지가 않구나. 저들을 묶고 있는 끈은 무엇일까.'

그러다가 의문은 자연스럽게 그 자신에게로 옮겨졌다.

'아무리 나를 후하게 셈해도 박 장로나 김찬석 씨, 그리고 저 지식인 청년의 부류 이상은 아닐 것이다. 그런데도 나는 선뜻 저들에게 손을 내밀 마음이 내키지 않는다. 아버지 때문이라고는 하지만 사실 따지고 보면 이 일에는 그와 전혀 무관하면서도 내게는 절박한 이해관계가 걸려 있다. 그런데 나의 진실이 아니라 아버지와 관련된 의심이나 무고(誣告)를 받게 될 것이 두려워 이 절박한 이익을 포기하는 것이 과연 온당한 일일까. 저들보다 많이 배우고 정연한 논리와 세련된 어휘를 사용하는 계층에 거는 내 의심도 그렇다. 분명히 저들에게는 선동의 혐의가 가고 무언가 나머지 대부분의 사람들과 다른 이익을 숨기고 있는 듯한 느낌이 든다. 하지만 그렇다고 해서 저들의 저 열정과 진지함이 허위이고 가식이라고 단정할 수 있는가. 저 자연스러운 어울림을 야심가와 어리석은 대중이 만들어 낸 허위의식(虛僞意識) 혹은 유사의식(類似意識)의 집합이라고 말할 수 있는가.'

그사이에도 논의는 구체적으로 진행되어 수십만의 이익을 대변할 단체의 준비위원회다운 성격을 띠어 갔다. 명훈은 그 회의장 한구석에 끼어 서서 점점 더해 가는 이상한 흥미로 그들을 관찰했다.

그날 그 자리에서 결정된 것은 크게 세 가지였다.

첫째는 결성할 단체의 범위와 명칭이었다. 결성될 단체가 대변할 이익의 범위는 광주 대단지 내의 모든 사람들을 포괄하는 것으로 결정되었다. '전매 입주자 대책위원회' '철거민 보호위원회' '세입자 보호위원회' '원주민 대책위원회' 등의 분할 설립도 강력하게 주장되었으나 번거롭고 당국의 이간 정책에 말려 힘이 분산될 우려가 있다는 이유로 부결되었다. 단체의 명칭은 용의주도하게도 '분양지 불하 가격 시정위원회'로 결정을 보았다. '대정부 투쟁위원회'란 과격한 명칭을 제안한 사람도 상당한 지지를 받았으나 쓸데없이 당국을 자극할 우려가 있다는 이유로 끝내 채택되지는 못했다. 둘째는 단체 결성 날짜와 방식이었다. 시정위원회의 결성 일자는 7월 19일로 결정되었다. 서울시와 경기도가 정한 각종 분양 대금이나 세금 납입의 시한이 7월 말이어서 다소 졸속이더라도 그 이상은 단체 결성을 미룰 수가 없기 때문이었다. 결성 방식은 중앙집행부와 지역위원회를 병행하는 것으로 의견이 모아졌다. 곧 그날까지 지역위원회가 구성되는 곳의 대표들이 모여 우선 집행부를 출범시키고 나머지 지역위원회는 차차 조직해 나가는 방식이었다.

세 번째는 지구(地區)의 설정과 그 구성 방식이었다. 대단지는 인구 수에 따라 대략 3백 개의 지구로 나누고, 각기 지역위원회를 설치하기로 결정을 보았다. 각 지구는 지역위원장을 두어 중앙집행부의 결정을 전달하고 집행하는 일을 맡게 하는 한편 대표 한 사람을 따로이 두어 지구 주민들의 의사를 대변하기로 되어 있었다. 그 밖에 집행위원장은 지구의 실정에 맞게 별도의 보조 조직을 가질 수도 있었다.

그런데 알 수 없는 일은 그들을 관찰하는 명훈의 감정이었다. 시간이 갈수록 그 모임과 그것을 이끄는 의식의 진정성에 믿음이 가고, 얼핏 전혀 어울리지 않을 것 같던 이들이 어우러져 형성한 새로운 계층에도 호감이 갔다.

"자, 그럼 오늘 여기 오신 분은 각기 거주하는 지구의 임시 대표라 생각하시고 지역위원회 설립에 힘써 주시기 바랍니다. 그래서 오는 19일에는 되도록이면 많은 지역 대표가 우리 시정위원회 설립에 참가해 주시기를 바라겠습니다."

박 장로의 그 같은 당부와 함께 회의가 끝났을 때는 자신이 보다 적극적으로 그들과 하나가 되지 못한 게 은근히 불안하고 후회스럽기조차 했다. 임장수 씨가 그날 저녁 임시 지구 회의 소집을 제안했을 때 명훈이 반승낙을 한 것도 그런 기분에서였을 것이다. 임장수 씨는 자신이 벌써 시정위원회의 간부라도 된 듯 기세가 올라 떠들었다.

"봐. 이 형도 들었제? 그러니께 이제 더는 뒤로 빠질 생각 말고 앞장서서 일할 생각을 혀. 까짓 거, 우리 지구는 오늘 저녁 당장 지역위원회 회의를 소집하더라고. 집집마다 돌며 사람을 모으는 일은 내가 할 틴게 이 형은 그저 나오기만 하면 되는겨."

명훈이 집에 돌아가니 돋보기를 낀 어머니가 방금 들어온 듯한 석간을 정신없이 들여다보고 있었다. 명훈이 방문을 열어도 눈길조차 주지 않을 정도의 열중이었다.

"어머니, 뭘 그렇게 열심히 들여다보세요? 특별한 일이라도 났어요?"

평소에 흔치 않은 일이라 명훈이 물었다. 어머니가 놀란 눈길로 명훈을 돌아보더니 다시 읽던 곳을 마저 읽고야 고개를 들었다. 안경을 벗는 어머니의 콧등에 자국이 남은 것으로 보아 오랫동안 신문을 읽고 있었던 듯했다.

"야야, 그런데 이게 무신 일이고? 여기 말이라."

어머니가 신문을 내밀며 읽던 곳을 가리켰다. 명훈이 보니 '북적(北赤) 남측 제의 수락'이란 제하에 며칠 전에 있었던 남한 적십자 총재의 제의에 북한 적십자 측이 평양방송을 통해 응답을 보낸 사실이 실려 있었다. 이산가족 재회를 알선하자는 남한 적십자의 제의에 북한 적십자는 한술 더 떠 '가족들뿐만 아니라 친척,

친우까지 포함'하여 그들의 '자유 왕래'를 실현시키자고 나온 것이었다.

읽고 난 명훈도 은근히 놀랐다. 남한 적십자가 그 제의를 할 때만 해도 명훈은 그저 해 보는 소리겠거니 했는데 북에서 전에 없이 그렇게 구체적인 응답이 온 까닭이었다. 명훈은 21년 전 마지막으로 본 아버지의 모습을 새삼스러운 그리움으로 떠올리며 가슴 뭉클한 감회에 젖었다.

"열둘이면 어린아이가 아니다. 아버지 없는 동안 할머니, 어머니 잘 모시고 어린 동생들도 잘 돌봐 주어라. 너를 믿는다."

밤새 잠들지 못해선지 벌겋게 충혈된 눈으로 명훈을 바라보며 그렇게 말해 놓고 갑자기 끌어안아 꺼칠한 수염을 볼에 부벼 대시던 아버지 — 그런데 어머니의 감회는 명훈과 사뭇 달랐다. 무엇엔가 허옇게 질린 얼굴로 소리 죽여 말했다.

"야야, 암만 캐도 뭔 일이 터질라는 갑다. 난데없이 이기 무신 소리고? 김일성이하고 박정희가 한꺼번에 미치지 않았다믄 이거는 틀림없이 뭔 일이 터질 징조라."

그때까지도 자신만의 감회에 빠져 있던 명훈이 얼떨떨해서 물었다.

"네? 무슨 말씀이세요?"

"남한 적십자 제의도 여삿일 아이지만 그 숭악한 북쪽 것들까지 이렇게 나오는 거는 더 심상찮다."

그제야 명훈은 어머니의 걱정이 어디에 근거하고 있는지 대강 짐작이 갔다. 하지만 아무래도 지나친 것 같아 핀잔처럼 말했다.

"어머니도 참. 자꾸 의심을 해서 그렇지, 하마 전쟁 끝난 지 20년이 다 돼 가잖습니까? 이제 서로 그만 일쯤은 할 만한 시대가 되었다고요."

"아이다. 글찮다. 나는 아무래도 뭔가 기분이 안 좋다. 6·25 날 때 어옜는 줄 아나? 북쪽에서 난데없이 남한이 간첩으로 잡아 놓은 김삼룡(金三龍)·이주하(李舟河)하고, 저어(저희)가 뿌뜰고 있는 조만식(曺晩植) 씨를 바꾸자꼬 안 캤나? 그때도 할 만한 일이라꼬 세상이 떠들썩했제. 그런데 바로 그다음 날 아침에 김일성이가 조만식 씨를 죽이고 남으로 쳐내려온 게 바로 6·25 아이가?"

"에이, 또 그 말씀. 하지만 지금은 세상이 달라졌어요. 그때처럼 어두운 세상이 아니라고요. 남이든 북이든 서로 이익이 맞으면 그만한 일은 얼마든지 할 수 있다고요. 이산가족 만나게 해 주는 것쯤은. 어머니, 그러니 쓸데없는 걱정 마시고 아버지 만나실 꿈이나 꾸세요."

명훈은 그렇게 대답했으나 갑자기 '서로 이익이 맞으면'이란 말에 걸리는 게 있었다. 제국의 변경들이 제국을 제쳐 놓고 서로에게 이익이 맞는 일을 할 수가 있을까, 또 그런 이익이 있다면 그것은 무엇일까, 하는 의문이 불쑥 떠오른 까닭이었다. 그때 어머니가 강하게 머리를 저으며 말했다.

"글찮다 카이. 인제부터 이게 뭔지 알게 될 때까지는 정말로 조심조심 살아야 한데이. 계란 위에 닭 가듯이, 얇은 얼음 우에 섰

듯이……."

그러다가 갑자기 무얼 생각했는지 명훈을 쳐다보며 목소리를 낮춰 물었다.

"그건 글코 — 니 지금 어데 갔다 오노? 아까 임씨라 카등강 그 사람하고 나갔다 왔제?"

"네, 좀 가 보자는 데가 있어서……."

"그 사람하고 자꾸 어불랬지(어울리지) 마라. 왠지 기분 안 좋은 사람이라. 옛날에 장씨라꼬 아부지 따라댕기미 좌익도 좌익 같잖은 활동을 한 사람이 있었디라. 그래다가 경찰에 뿌뜰랬자(붙잡히자) 홱 돌아서 가주고는 아는 거 모리는 거 다 오아(일러)바치고도 모자래 아부지한테 없는 죄까지 덮어씌우더라 카이. 그런데 — 내 보기에는 임씨가 왠 동 그 장씨하고 비식한(비슷한) 상(相)이라. 눈동자가 안정치 못하고 매부리코 기운이 있는 게."

"그건 미신입니다. 요새 세상에 상이 어딨어요? 상이. 그리고 나도 임장수 씨를 반드시 좋게 보지만은 않습니다. 다만 몇 번 겪어보니 내뜨기를 좋아해도 악기(惡氣)는 없는 사람 같더군요. 기껏해야 어디 가도 제 몫 뺏기지는 않을 악착스러움 정도죠."

"그래, 그 사람하고 어디 갔었드노?"

어머니가 다시 그렇게 물었다. 그런 어머니의 표정이 좀 전보다 풀려 있어 명훈은 별생각 없이 보고 온 그대로 대답하고 말았다.

"여기 사람들이 모여 무슨 위원회를 만들 모양입니다. 토지 분양가고 세금이고 나라에서 달라는 대로 내줄 수는 없다는 뜻이지요. 동네마다 대표들이 나왔던데요. 제법 의논도 어우러지고."

"뭐시라? 그럼 힘으로 나라하고 싸와 보겠다는 말 아이가? 분양가고 세금이고 다 나라에서 정한 겐데, 위원회 아이라 우(又) 위원회라도 나라에서 하는 일을 어예 말린단 말이고?"

"하지만 아무리 나라라도 잘못한 게 있으면 고쳐야지요. 게다가 이 사람들도 처음부터 무턱대고 싸우자는 뜻은 아닌 거 같습니다. 먼저 시정위원회를 만들어 건의를 해 보고, 서울시나 경기도가 정히 들어주지 않으면 그때 가서 다시 생각해 보자는 정도였어요."

"그게 그 소리따. 니 해방 뒤에 좌익 운동 어옜는지 아나? 이름은 무신 연맹이니 동맹이니 해서 달랐지만 시작은 똑 그랬데이. 뭐든지 말로는 평화적으로 하자 캐 싸며 시작하지마는 그게 이미 싸움의 시작이라. 10·1 폭동 때도 처음부터 낫하고 까꾸랭이(갈고리) 들고 나온 사람은 없었데이. 골골(골짜기마다)에서 쏟아져 나올 때만 해도 앞세운 거는 깃발에 깽까리(꽹과리)하고 북뿐이랬다꼬. 더러 취한 사람이 있기는 해도 소리나 지르고 노래만 불렀다꼬. 그랬는데도 앞에 순사만 얼씬거리믄 어디서 나왔는지 낫하고 까꾸랭이가 먼저 깨춤을 추더라 카이. 첨에는 어예다가 그리 됐는 줄 알았는데 나중에 보이 바로 그기 그 운동 원리라. 별거 아인 일맨치로 사람들을 어불아(어울리게 해)놓고 다른 한 머리에서는 뭔 동 엄청난 일을 저질러 결국은 한번 어불린 사람들은 아무도 거게서 빠져나올 수 없게 맹그는 시끼(式)라꼬."

"그렇지만 이건 달라요. 모인 곳이 교회고 주동자도 목사하고 장로던데요."

"그럴 택이 없다. 그거는 그 사람들이 목사님하고 장로님을 쏙인 게라. 옛날 해방 직후에 좌익하던 사람들이 이승만(李承晩) 박사 여운형(呂運亨) 선생 앞세우드키."

"아닙니다. 그 목사와 장로는 틀림없이 자신이 무얼 하고 있는지를 알고 있었다고요. 더구나 그 목사라는 사람은 전에 차관급까지 올랐던 관리였다던데요. 벌써 여기 문제를 가지고 서울 시장을 한 번 만나고 왔답니다. 모임 장소도 바로 그 목사님 교회였고요."

"글타믄 그 목사님하고 장로님이 쏙은 게따. 여운형 선생이 박헌영이한테 쏙은 거맨치로. 그래, 니는 거다 가서 뭐 했노?"

어머니가 무슨 상상에선지 갑자기 다급해진 목소리로 물었다. 그제야 명훈도 공연히 할 얘기 안 할 얘기 다 했다는 기분이 들어 적당히 얼버무렸다.

"제가 하긴 뭘 해요? 그저 구경만 했습니다."

"임씨 그 사람은?"

"마찬가지죠 뭐. 자기나 나나 그런 데 가서 나서고 떠들 처지가 됩니까?"

"아일 껜데. 그 사람 그거 그런 데 가서 안 나서곤 못 배길 사람 같던데. 억지로 니를 끌고 간 것도 글코."

"아니라니까요."

"니 참말로 내 말 잘 들어래이. 니 말이따 —."

어머니가 갑자기 심각하고 진지한 표정이 되어 목소리를 깔았다.

“허뿌(허투루) 그런 데 나가 앞뒤 없이 나서지 마래이. 도대체 너어는 그런 데 나설 수가 없는 사람들이라. 까딱하믄 니 죽고 내 죽는 꼴 본데이. 참말로 글타. 그런 일이라 카믄 너어 아부지 때문에 겪은 일만도 언슨시럽다(끔찍하다). 인제 이 나이 먹어 니 때문에 또 그런 꼬라지 겪는 거 죽으믄 죽었지 나는 다시 못 견딜따. 단디(단단히) 새겨들거래이. 그리고 — 곧 세상에 나올 너어 아(아기)도 쫌 생각해라. 식구들 미게(먹여)살린다꼬 당월(當月)이 되도록 군소리 한마디 없이 학교에 나가고 있는 새사람도 생각하고.”

“제가 뭐 어쨌다고 이러십니까? 어머니, 그런 걱정은 마십쇼. 제가 다 알아서 하겠습니다.”

어머니의 지나친 걱정이 성가셔 명훈은 그렇게 말을 자르고 신문을 든 채 안방으로 건너갔다.

경진은 아직 퇴근하지 않고 있었다. 명훈은 빈방에 길게 누워 잠시 생각에 잠겼다. 먼저 머릿속에 얼마 전의 모임이 떠오르고, 거기서 느꼈던 묘한 감동이 되살아났다. 사람의 계층 형성이란 게 실은 그렇게 이루어지는 게 아닐까, 싶은 생각이 들며 새로 설립될 그 시정위원회가 한층 더 큰 유혹으로 다가왔다.

‘내가 서 있을 자리는 그들 가운데가 아닐까…….’

하지만 상념이 다시 그날 평양통신으로 발표된 북적의 수락에 이르자 그 유혹은 이내 된서리를 맞은 듯 시들고 다시 한 번 남북 적십자 간에 진행되고 있는 일련의 일들이 심상찮은 의미로 다가들었다.

‘황석현에게 들은 대로라면 이런 변경에서는 제국의 의지가 유일한 이데올로기고 남북의 정책 결정은 그 의지의 집행에 지나지 않는다. 이번의 국제적십자를 매개로 한 남북 두 변경의 극적인 접근도 그 뒤에 있는 두 제국의 의지를 집행한 것에 지나지 않아야 한다. 하지만 남북의 통합은 결국 이 땅을 한 제국의 변경으로만 기능하게 할 것이다. 그런데도 어쩌면 그 통합 과정의 출발일 수도 있는 이번의 이 접근을 용인하는 그들 두 제국의 의도는 무엇일까. 그들도 이 변경의 긴장에 지쳐 도박을 시작한 것일까. 둘 다 얻든가 아니면 둘 다 잃기로 작정하고…….’

하지만 그 같은 추론은 거창한 세계 구조에서 이끌어 낸 담론에 바탕한 것이라 그런지 별로 실감이 나지 않았다. 그보다는 남북의 변경 정권 독자(獨自)의 이익을 바탕으로 한 어머니의 의심 쪽이 더 실감 있고 구체적으로 느껴졌다.

그 바람에 명훈은 던져 두었던 신문을 펼쳐 해설란을 꼼꼼히 읽어 보았다. 해설은 약간 들뜬 듯한 어조로 북한의 전례 없이 즉각적인 반응을 환영하고 앞으로의 전개를 낙관하고 있었다. 그 전에 있었던 남한 적십자의 제의는 2차에 걸친 5개년 경제 개발 계획의 성공적인 수행에 자신감을 얻은 박정희 대통령의 지난해 8·15 제의를 구체화한 것이며, 북한 적십자의 반응은 철(鐵)의 장막에 한계를 느낀 김일성의 영단을 반영한 것으로 추정했다. 그

해설 어디에서도 남북의 배후에 있는 두 제국의 의지에 대한 배려는 전혀 읽을 수 없었다. 그러자 이번에는 자신이 무심코 내뱉은 말이 곱씹어졌다.

'남북 각자의 이익, 특히 제국의 의지와 무관한 두 변경 정권의 이익 — 과연 그런 게 있을 수 있을까. 있다면 그게 무엇일까. 어떤 형태로 추구되고 실현될 수 있으며 그 통치 아래 있는 원주민들에게는 어떤 의미를 가질까.'

직감으로는 거의 틀림없이 가능한 일이었다. 그러나 명훈의 논리와 지식으로는 그 이상의 구체적인 추론은 이어지지 않았다. 남한과 북한의 권력 담당자들이 소련과 미국의 의지에 반해 접근해야 할 이유를 명훈으로서는 아직 짚어 낼 수가 없었다. 대신 그날 보고 듣고 생각한 것들로 피로해진 탓일까, 그때부터 아슴아슴 졸음이 찾아들기 시작했다.

넓은 광장이었다. 자, 빨리 들어가 자리를 잡자. 명훈은 낯설지만 자신의 자식들임에 틀림없는 아이들의 손을 잡고 사람들 사이를 헤집고 들었다. 아내 경진이 어머니를 부축하며 따르고 있고 인철과 옥경도 함께 있었다. 광장은 이미 각양각색의 사람들로 가득 메워져 있었다. 하지만 자세히 보면 차림만 다를 뿐 지친 표정과 힘없는 몸짓은 비슷했다. 그들도 하나같이 우왕좌왕하며 명훈처럼 자리를 찾고 있었다. 형님, 저리로 가시죠. 인철이 한곳을 가리키며 말했다. 광장 한 모퉁이에 표나게 무리 지어 앉은 사람들 쪽이었는데 명훈에게는 아무래도 그 자리가 이제 곧 뭔가 중요한 일이 벌어지게 되어 있는 광장의 중심에서 너무 멀어 보였다. 아니다, 사람들이 많이 모여 있는 곳으로 가자. 거기에 사람들에게 가장 귀중한 것이 있게 마련이다. 명훈이 그렇게 말하자 옥경이 맞장구를 쳤다. 그래요. 다수(多數)가 미덥고 안전해요. 거기가 진작부터 우리가 있어야 했을 자리라고요. 아이다, 거기는 안 좋다. 머리 터래기(터럭) 검은 짐승은 대가리 수가 마이(많이) 모이기만 하면 꼭 무신 탈을 낸다. 우리는 달리 한쪽 진 데로 가서 우리끼리 앉자. 어머니가 경진의 부축을 벗어나며 말하고 옥경이 뾰족하게 받았다. 그건 안 돼요. 그건 밀려나는 거라고요. 그래도 사람들 가운데 있어야 해요.

그때 광장이 수런거리며 무언가가 시작되는 기색이었다. 명훈이 보니 어떤 사람들이 광장 한복판 양쪽에 수십 명은 둘러앉을 수 있을 듯한 큰 상을 차리고 있었다. 상은 두 개가 마주 보고 있는 형국으로 따로 차려졌다. 상을 차리는 사람들은 주위에 몰려든 사람들에게 저마다 외쳤다. 이건 여러분들을 위한 상입니다. 힘드시더라도 상을 차리는 데 적극 협조해 주십시오. 여러분이 앉을 자리는 협조한 정도에 따라 결정될 겁니다. 그러자 광장 바닥에 늘어져 있던 사람들이 일어나 상 주위로 몰려들었다.

곧 광장은 두 개의 상을 중심으로 분주하게 움직이는 사람들로 나누어졌다. 명훈도 그 상 중에 하나를 골라 다가가려 했다. 너어는 가마이 있거라. 너가 끼옐 상이 아이다. 잘못 끼옜다가는 피

탈만 본다. 아니에요, 어머니. 저건 우리 상이에요. 어디든 골라 끼어들어야 해요. 그러지 않으면 우리 자리는 영 나지 않아요. 기집애야, 꼭 그런 것도 아냐. 멋도 모르고 아무 자리에나 앉았다가 거기 코가 꿰면 어쩔래. 좀더 살펴보자. 맞아요, 도련님 말이 옳은 것 같아. 우리 여기서 그냥 살피다가 일이 돼 가는 걸 봐 가며 결정해요. 그때 손 잡고 있던 아이들이 말끄러미 명훈을 쳐다보며 조른다. 아빠, 빨리 가요. 어디든 빨리 가서 자리 잡고 앉아요. 그래, 가자. 어쨌든 저 상 부근에 가서 보자.

그사이에도 음식이 날라져 오고 상은 빠르게 차려졌다. 자세히 보니 음식은 광장 바깥에서 날라져 오는 것이 아니라 상 주위에 아우성치며 몰려 있는 사람들이 저마다의 짐 보따리에서 꺼내다 바치는 것이었다. 나 이거 냈어요. 나중에 내 자리는 좋은 것이어야 해요. 나는 저걸 냈어요. 내 자리는 저쯤으로 해 주세요. 명훈은 다급해졌다. 우리도 뭘 내야겠는데. 우리한테 뭐가 있지. 아니, 뭘 내려면 상 가까이 가야 하는데 이미 둘러싼 사람들이 두터워 상 가까이 갈 수가 없구나. 택도 없다. 저기 자리 함 봐라. 거다가 몇 명이나 앉겠노. 그런데 저러쿠름 마이 몰리드이. 뻔하다. 저기 앉을 사람들은 따로 있다. 인제 와서 몰리가 봤자 말캉 헛거라.

그때 상 주변에서 소란이 일었다. 다 차려진 상을 보고 거기 끼어 앉을 자리를 차지하려고 사람들이 밀려들기 시작한 탓이었다. 그런데 알 수 없는 일이 벌어졌다. 그때껏 사람들이 내미는 것을 거둬 상을 차리던 사람들이 갑자기 몸 안에 감추고 있던 채찍과 몽둥이를 꺼냈다. 그리고 몰려드는 사람들을 후려치며 소리쳤다. 저리 가. 이건 너희들의 자리가 아니야. 여기 앉을 분들은 따로 계셔. 그들은 상을 에워싸며 다가드는 사람들을 무자비하게 후려쳤다.

몰려들던 사람들이 채찍과 몽둥이에 겁먹은 눈길로 물러나자 상 주위에는 제법 넓게 공간이 생겼다. 상 곁으로 다가가려던 명훈도 흠칫하며 걸음을 멈추었다. 그거 봐라. 내 뭐라 카드노. 앉을 사람은 따로 있다 카이. 아녜요. 그럴수록 더 악착같이 밀고 들어저 상 모퉁이에 끼어 앉아야 해요. 아닙니다. 형님, 어차피 상에 끼어 앉지 못하게 될 바에야 차라리 한쪽으로 비켜섭시다. 공연히 이 사람들 사이에 끼어 밀리다가 식구들 다치게 하지 말고요.

명훈은 혼란스러웠다. 나는 어디로 가야 하나. 그때 다시 광장 한구석이 술렁거렸다. 누군가 외쳤다. 오신다. 그이들이 오신다. 그러자 상 주위를 지키던 사람들이 밀려난 사람들을 향해 무섭게 눈을 부라리며 소리쳤다. 물러서. 어서 길을 열어 드려. 겁먹은 사람들이 한편으로 길을 열고 그리로 생판 낯선 사람들이 몇 명 줄지어 들어왔다.

그들은 당연한 듯 식탁을 둘러싸고 앉아 먹고 마시기 시작했다. 마주 보고 차려진 다른 식탁에서도 똑같은 일이 일어났다. 그건 우리들의 것이다. 왜 너희들만 먹느냐. 누군가 소리쳤다. 식탁을 차지한 채 먹고 마시던 자들이 험한 눈길로 그쪽을 노려보자 채찍과 몽둥이를 든 자들이 소리친 자를 찾아가 마구 후려치며 말했다. 저분들은 너희들을 위해 일하는 분들이시다. 어차피 이 상에는 너희 모두가 다 앉을 수 없고, 음식도 모두가 함께 먹기에 모자란다면 너희들은 저분들에게 자리를 내줘야 한다. 저분들이라도 힘을 내어 일할 수 있게 해야 한다. 너희들에게는 따로 적당한 먹이가 주어질 것이다. 그때까지 기다려라. 그건 아니다. 그래서는 안 된다. 명훈은 자신도 모르게 소리쳤다. 그러자 몽둥이와 채찍을 든 자들이 일제히 그를 노려보았다. 그 험한 눈길에 명훈은 덜컥 겁이 났다. 그런데 그들은 노려보는 것에 그치지 않았다. 일제히 상 주위를 떠나 명훈에게로 몰려오기 시작했다. 그런 그들의 손에는 어느새 시퍼런 칼과 날카로운 창이 쥐어져 있었다. 내가 공연한 짓을 했다. 저들에게 맞서는 게 아니었다. 달아나야겠다. 명훈은 아이들의 손을 이끌며 어머니와 경진에게 소리쳤다. 가자. 달아나자. 인철이, 옥경이 너희도. 하지만 곁에 있는 사람들이 갑자기 몰려들어 길을 막는 바람에 한 발짝도 뚫고 달아날 수가 없었다.

칼과 창을 든 자들은 벌써 저만치 다가오고 있다. 놓아 줘. 제발 놓아 달란 말이야. 너희들은 아니잖아. 너희들도 나와 같이 저들에게 성을 내고 맞서야 할 사람들 아냐. 그런데 왜 나를 저들에게 넘기려고 하는 거야…….

"이것 봐요. 이봐요."

누가 흔들어 깨우는 바람에 명훈은 악몽에서 놓여나 눈을 떴다. 방금 퇴근해 온 듯한 경진이었다. 날이 더운 것인지 몸이 무거워 그런 것인지 콧등에 땀이 송골송골 맺혀 있었다.

"으응, 왔어?"

"무슨 낮잠을 그리 깊이 자요? 가위눌려 가면서까지…… 나쁜 꿈이라도 꾸셨어요?"

경진이 자리에서 일어나는 명훈에게 다시 물었다. 명훈은 공연히 겸연쩍은 기분이 되어 받았다.

"아니, 그냥 좀……."

"낮에 꾸는 꿈은 개꿈이래요. 오늘 무슨 일 있었던 건 아니죠?"

경진은 그렇게 말해 놓고 서둘러 허드레옷으로 갈아입기 시작했다. 어머니가 무언가를 떨그럭거리고 있는 부엌 쪽에 신경이 쓰이는 눈치였다.

경진이 방을 나가 버리자 명훈은 담배에 불을 붙인 채 가만히 좀 전의 악몽을 떠올려 보았다. 개꿈이라고 지나쳐 버리기에는 너무 선명한 꿈이었다. 내용도 그 의미가 뚜렷하지 않은 대로 뭔가 암시적인 데가 있었다. 하지만 아무리 끼워 맞춰 봐도 그게 구체적으로 자신의 어떤 의식을 반영하고 있는지는 끝내 알 수가 없었다.

따지고 보면 남한 적십자의 선전적인 제의에 북한 적십자의 역시 다분히 체제 선전을 의식한 그 반응은 당시의 일반인들에게는 그리 심각한 일로 비쳐지지 않았을는지도 모른다. 또 정치적으로 날카로운 통찰력을 가진 사람일지라도 그래서 열리게 된 적십자 회담이 이듬해의 기습적인 7·4남북 공동성명으로 발전하고, 나아가서 남쪽에서는 시월유신(十月維新), 북쪽에서는 부자 세습(父子世襲)이라는 그야말로 기상천외(奇想天外)하다고 할 수밖에 없는 '권력의 치욕'을 연출하게 될 줄은 결코 짐작할 수 없었을 것이다.

하지만 어떤 종류의 불행에 되풀이 상처 입어 온 사람들은 그 방면의 조짐에 유달리 예민해지는 법이다. 남북 두 변경 권력의 부조리하고 불합리한 정치 행태에 20여 년을 시달려 온 어머니와 명훈에게는 그때 이미 적십자 회담 이후의 전개가 한 불길한 예감으로 의식에 닿아 왔을는지도 모른다. 그리고 그 일부가 명훈에게서 그 같은 악몽으로 반영되었다고 해석할 수도 있을 것이다.

임장수 씨가 명훈을 찾아온 것은 저녁상을 물리고 난 지 얼마 되지 않은 때였다. 아직 날이 환해 저녁의 모임을 잊고 느긋하게 담배를 피우고 있는 명훈을 그가 나무라는 투로 재촉했다.

"아니, 일곱 시가 넘었는데 아직 이렇게 태평으로 앉았으면 워쩌? 싸게 가 보더라고. 우리 지구 사람들은 벌써 다 모였을 거여."

"장소는 어디로 했습니까?"

명훈이 마지못해 따라나서며 물었다. 그런 명훈과 임장수 씨를 보는 어머니의 눈길이 곱지 않았다.

"워디긴 워디여. 우리 집이제. 달리 마땅한 장소도 없고, 그냥 우리 집 마당으로 해 부렀어."

임씨가 대수롭지 않다는 듯 그렇게 말했다. 그러나 명훈은 그런 장소 선정에서 지역위원회를 주도하고 싶다는 그의 야심을 짐작했다. 하지만 그는 아무래도 명훈이 못 미더운지 가는 길에 다시 한 번 자신의 야심을 드러냈다.

"이거는 우리끼리 야근디(말인데), 지역위원장은 내가 한번 해보면 워떨까? 따지고 보면 이번 일은 나만큼 앞장서 일한 사람도 없잖여? 중앙하고 선이 닿는 것도 그렇고. 그라고 — 지역 대표는 이 선생이 맡아 보는 게 워떠? 내가 가만히 봉게 말여, 우리 지구에서 이 선생 빼고는 남 앞에 나가 말 한마디 똑똑히 할 만한 사람도 없더라고."

홈 그라운드의 이점에다 이제는 사전 담합까지 하자는 거로구나 —. 명훈은 속으로 쓴웃음을 지으면서도 웃는 얼굴에 침 뱉을 수 없어 좋은 말로 대답했다.

"위원장은 그동안 들인 공만 해도 당연히 아저씨가 하셔야죠. 하지만 저는 대표고 뭐고 생각 없습니다. 전에 말씀드리지 않았습니까?"

그러나 임씨는 그걸 겸양으로만 받아들인 듯했다. 든든한 동맹군을 얻었다는 생각에서인지 기세 좋게 그의 집 대문을 밀고 들어갔다.

임장수 씨의 말대로 그 집 좁은 마당에는 벌써 여남은 명의 동네 사람들이 모여 있었다. 개중에는 아주머니들도 서넛 섞여 있었다. 그런데 그 모임이 낮의 모임과 다른 것은 모여든 사람의 동질성(同質性)이었다. 차림부터 말투까지 누가 보아도 잘 어울리는 이웃들이 마당 가득 모여 있는 것 같았다.

낮의 모임은 다양한 계층의 사람들이 모여 논의를 진행해 가는 동안 동질성을 획득해 나갔다. 거기에 비해 그곳은 한눈에 같은 계층임을 알아볼 수 있는 사람들이 모여 말만 구구각색으로 하고 있었다. 그런 그들의 동질성이 명훈에게는 오히려 강한 이질감(異質感)을 느끼게 했다.

"흠 — 전매 입주자 두 집이 안 오셨구먼. 돈으로 때워도 될 만큼 부잔개 벼. 그리고 서울로 일 나갔다 아직 돌아오지 않은 집이 몇 집 있고 — 아니, 아주머니들이 대신 나오셨나…… 어쨌든 이만하면 과반수 성원은 된 듯하니 임시 지역위원회를 개최하겄습니다."

임장수 씨는 그렇게 개회(開會)를 선언하고 과장되게 그날 낮에 있었던 임시 회의를 소개함과 아울러 분양지 불하 가격 시정위원회 결성의 취지를 설명했다. 그런데 여기서도 명훈의 이질감을 자극하는 일이 있었다. 바로 모인 사람들의 지식 수준이었다. 임장수 씨가 제법 조리 있게 말하는데도 대부분은 말귀조차 제대로 알아듣지 못했다.

"우리의 단합된 힘을 과시하고……."

위원회 결성의 취지를 설명하면서 임장수 씨가 그렇게 말하는데,

"옳소, 나가 싸웁시다!"

하고 주먹을 흔드는 막노동자가 있는가 하면,

"평화적인 건의가 받아들여지지 않을 때는 힘으로 맞서 볼 수

도 있다는 것입니다."

란 가정(假定)에 벌써,

"니미, 그래자꼬. 까짓 거, 출장소고 파출소고 확 때리 뿌사 뿌자꼬!"

하며 마당 구석에 세워진 각목을 집어 드는 사람도 있었다. 그들의 논의라기보다는 중구난방으로 떠드는 소리를 들으며 명훈은 더욱 마음을 굳혔다.

'당신들을 진심으로 동정하기도 하고 현실로도 당신들과 이해관계가 일치하는 데가 있지만, 그래도 나는 당신들이 아니다. 결코 당신들과 하나일 수는 없다…….'

고향이 수몰(水沒)되기 전에 이장(里長) 노릇을 한 적이 있다는 게 정말인지 임장수 씨는 그런 그들을 잘 다뤄 냈다. 낮에 스스로 임시 대표 노릇을 한 일을 은근히 과시하기도 하고, 일제 때 구제(舊制) 중학교를 졸업한 학력을 내세우기도 해서, 거의 만장일치로 지역위원장 자리를 얻어 냈다. 그리고 그동안 충실하게 보증을 서 준 명훈에게 되갚음이라도 하듯 지역 대표 선출에 개입했다.

"에, 이렇게 말하면 어떻게 들으실랑가 모르지만 여기 이 이명훈 선생으로 말할 것 같으면 우리 지구에서 유일하게 대학물을 먹은 사람일 뿐만 아니라 부인께서도……."

임장수 씨가 명훈을 대표로 밀기 위해 그렇게 서두를 꺼냈다. 명훈이 얼른 그런 그의 말을 가로막았다.

"제발 부탁입니다만 저는 그럴 만한 처지가 못 됩니다. 힘 닿는 대로 뒤에서 도울 테니 달리 훌륭한 분을 찾아보십시오."

그래 놓고는 진작부터 눈여겨보아 두었던 주민 하나를 추천했다. 일이 바빴거나 단지 내의 흐름에 둔감해 그날 중앙위원회 임시대회에 참가하지 못한 바람에 지역위원회에서의 주도권을 놓쳐 버린 것을 한스러워하고 있는 듯한 40대 초반의 사내였다.

하지만 그 모임이 끝나고 밤길을 더듬어 집으로 돌아오는 명훈의 가슴은 왠지 다시 허전하고 불안해졌다. 여기서도 국외자(局外者)로 남아야 하는 나는 누군가…….

타자(他者)로부터의 신호들

인철에게

어제 나트랑 항에 내렸고, 곧바로 사단 보충대로 옮겨져 지금은 분류(分類) 대기 중이다. 한 형에게는 좀 미안한 말이지만 이국 정취랄까, 어쨌든 그 땅에서는 전혀 경험하지 못한 낯선 느낌은 배가 월남 땅에 닿기 전부터 충분히 맛볼 수 있었다. 강렬한 햇살과, 찜통 같다는 말로도 후텁지근하다는 말로도 적절하게 표현하기 어려운 기후만 해도 예상과는 전혀 달랐다. 지금 철조망 밖으로 보이는 주위 풍경에서도 낯익은 것은 하나도 없다. 가까운 숲의 나무들뿐만 아니라 연병장에 돋은 잡초까지도 이렇게 우리 것을 닮은 것이 없을까.

한 형이 말하던 우리와의 유사성은 월남인들의 피부 색깔 정도지만 그것도 백인 미군과 나란히 섰을 때뿐이다. 그나마 그들의 왜

소한 체구와 남방계 특유의 들창코에 퀭한 눈길을 종합하면 적어도 어릴 적부터 미군들을 보아 온 우리에게는 어느 쪽이 더 가깝게 느껴지는지 솔직히 단언하기 어렵다. 월남에 관한 한 형의 기억은 어쩌면 우리의 순진한 동경을 억제하기 위해 의도적으로 과장된 게 아니었나 싶다.

너는 어떠냐? 이제쯤은 고시 준비생으로서의 티가 좀 잡혀 가냐, 아니면 그 죽 끓듯 하는 변덕으로 아직도 헤매는 중이냐? 논산훈련소에서 받은 편지에는 무슨 시험 준비를 하고 있다고 했는데 그건 어찌 됐냐? 오음리(육군 월남 파병 교육대가 있던 곳)에서는 편지 못 해 미안하다. 교육이 보름뿐이라기에 네 답장을 받을 여유가 없을 것 같았을 뿐만 아니라 공연히 기분이 스산스러워서 그랬다. 덜컥 자원하기는 했지만 참전 고참인 교육병들이 전하는 현지 상황에 일찌감치 주눅이 들었던 것인지도 모르지.

승선하기 이틀 전에 쓴 편지는 받았는지 모르겠다. 내 감상에 심란해졌다면 미안하다. 고백하자면 나도 단순한 감상에서가 아니라 실제로 꽤나 심란해하며 썼다. 내 주소를 안 쓴 것은 네 답장을 기대할 수 있는 상태가 아니었기 때문이다.

하기는 지금도 답장을 기대할 수 없기는 마찬가지다. 오늘내일 연대가 결정 나면 다시 그리로 옮겨 가서 실전(實戰) 적응 훈련이 보름 정도 더 있을 거라고 한다. 그러니 네 답장이 찾아올 수 있는 내 주소는 아직도 한 스무 날은 더 지나야 확정될 듯싶다.

그런데도 문득 네게 글을 쓰고 싶어진 것은 아마도 알 수 없는 기억의 고집 탓일 거다. 왠지 내게는 아직도 네가 앞뒤 없이 소설에 빠져 있는 문학청년으로만 기억되고, 그래서 네게 월남이 준 첫인상을 반드시 전해 둬야 할 것 같은 기분이다. 네가 모처럼 마음잡고 법을 공부하는 중이라면 쓸데없는 짓이 될지 모르지. 하지만 앞으로 그런 쓸데없는 짓을 계속하더라도 너무 성가셔하지는 마라. 어쩌면 너를 위해서가 아니라 나를 위해 이 편지를 쓰고 싶은지도 모른다는 생각이 들기도 한다. 그럼 오늘은 이만 쓴다. 무얼 하고 있든 부디 자중 자애하고 건강해라.

1971년 7월 3일

월남에서 광석

인철에게

일주일 전에 연대로 왔고 지금은 실전 적응 훈련에 들어갔다. 훈련이란 언제나 긴장된 분위기를 조성하게 마련이고, 내가 이제 정말 전선 가까이 왔다는 섬뜩한 느낌도 감상에 젖을 겨를이 없게 한다. 그러나 국내와는 비교도 할 수 없는 내무 생활이 주는 일과 후의 여유에다 오늘 훈련에서 받은 인상이 너무 강해 너에게 몇 자 적어 본다.

나는 선인장이란 게 서부영화의 배경이나 멕시코 사막에서만 볼 수 있는 식물로 알았다. 그런데 오늘 나는 그 선인장으로만 덮인 야산으로 나가 훈련을 받았다. 국내에서 흔히 볼 수 있는 손바닥만 한 선인장이 관목처럼 메마른 바위 언덕을 덮고 있는 사이사이 기둥 같은 선인장들이 솟아 있는 곳이었는데, 참으로 눈부신 것은 그 꽃들이었다. 나는 선인장에 그토록 화려한 꽃이 피고, 그것도 무리지어 산을 뒤덮을 수 있다고는 상상조차 해 보지 못했다. 그런데 그곳에는 봄철 우리 골짝마다 뒤덮는 진달래처럼 선인장 꽃이 한창이었다. 어쩌면 월남 사람들은 우리가 진달래꽃을 바라보는 심경으로 선인장을 바라보고 추억할지도 모른다는 생각이 든다.

물론 이곳 선인장에도 가시는 있다. 오히려 화분에 옮겨 심어진 손바닥만 한 선인장의 연약한 가시와는 비교도 할 수 없을 만큼 크고 억센 가시다. 오늘 내가 받은 훈련의 고통스러움은 태반이 그 가시들 때문이었다. 그러나 훈련이 끝나고 내무반으로 돌아와 누운 지금 그런 고통의 기억들보다 더 선명한 것은 선홍빛의 선인장 꽃잎들이 낯선 이국의 정경들과 어울려 내뿜던 현란스러운 색조이다.

이제 일주일만 지나면 나도 이곳을 떠나 내 중대를 찾아가게 되고 거기서 실제 작전에도 투입될 것이다. 그런데도 꽃 타령이나 하고 있는 내가 이상스러울지 모르지만 왠지 나는 아직도 내가 피 흘리는 싸움터로 가고 있다는 게 실감 나지 않는다. 파리에선가 이루어지고 있다는 미국과 월맹 간의 평화 협상을 믿는 것도 아닌데 말이다.

오늘은 이만 써야 될 것 같다. 본국에 비하면 군대 말로 할랑하기 그지없는 내무 생활이라지만 훈련 중이라선지 취침 시간은 엄한 규정을 그대로 따르고 있다. 그럼 잘 있거라. 틈나는 대로 다시 편지하마. 너를 위해서든 나를 위해서든.

1971년 7월 8일

월남에서 광석

각각 다른 봉투에 들어 한꺼번에 전해진 세 통의 편지 중에서 보낸 날짜에 따라 두 통을 먼저 뜯어 읽은 인철은 거기서 잠시 숨을 돌렸다. 미친 자식, 기어이 월남으로 갔구나. 입으로는 그렇게 중얼거려도 먼저 인철을 사로잡은 감정은 까닭 모를 부러움 같은 것이었다.

하지만 편지의 문면(文面)을 다시 한 번 떠올리면서 인철은 이내 이상한 기분이 들었다. 자신은 전혀 느끼지 못하고 있는 듯하지만 작년 이맘때만 해도 사상 연구 서클의 주도적 멤버였고 종당에는 그 일로 구속까지 경험한 광석이 아닌가.

거기다가 광석의 사회주의도 인철이 보기에는 위험스럽기 짝이 없을 정도로 급진적이었다. 경력이 의심스러운 선배에게 이끌린 것이라지만 그들이 검거 직전에 이르렀던 지점은 이미 순정(純正)한 마르크시즘에서 벗어나 있었다. 그 가장 뚜렷한 증거가 그들의 모임방 벽에 물감으로 그려 붙여 놓았던 인공기(人共旗)일 것이다.

보기에 따라서 광석의 그 같은 경도는 다분히 감정적인 데가 있었다.

별생각 없이 따라나선 데모가 집안의 석연찮은 사상적 배경 때문에 과장되게 해석되어 주동자로 고생하고 나온 첫 번째 구속이 '적(敵)의 적'이란 단순 논리로 마르크시즘에 호감을 느끼게 했을 것이다. 따라서 논리적인 설득에 바탕하지 않은 만큼 결별도 쉬웠을 수 있다.

마지막으로 만났을 때 그가 보여 준 태도도 어떤 내면적인 굴절을 짐작케 하는 것이었다. 이미 한 이념가 혹은 직업적 운동가를 자처하던 시절의 그와는 많은 것이 달라져 있었다.

하지만 바로 그 사상 문제로 전쟁을 치르고 있는 월남까지 가서도 이국 정취나 말하고 선인장 꽃의 아름다움에나 감탄하는 것은 아무래도 잘 이해할 수가 없었다. 이 녀석에게 무슨 일이 일어난 것일까 —. 인철은 그렇게 중얼거리며 가장 최근의 소인이 찍힌 편지를 뜯었다.

인철에게

어제로 월남에서의 내 주소가 확정되었다. 듣기로 겉봉에 적힌 주소는 이제 내가 1년 뒤 이 땅을 떠날 때까지 특별한 일이 없는 한 바뀌지 않을 거라고 한다.

아직 하루밖에 되지 않았지만 이곳의 내무 생활은 한국에서와는 아주 다르다. 우리가 별로 실감 나지 않게 보았던 미국 영화에서의 군 내무 생활이 이곳 우리 내무반에서 실제로 일어나고 있다고 보면 된다. 어제 같이 더플백을 메고 온 새까만 신병이지만 졸병이라기보다는 전우란 개념을 앞세우려는 고참들의 태도가 내게는 오히려 어색하기까지 하다. 지금 이 느긋한 편지도 다만 퇴근을 막사로 했을 뿐인 듯한 일과 후의 여유 덕분이다.

하지만 그 여유는 또한 의식적으로 접어 두었던 사념들을 다시 이끌어 내기도 한다. 특히 이 여유가 한국에서와 달리 그만큼 죽음 가까이 갔기 때문에 주어진 것이라면, 그 죽음을 바로 나의 것으로 만들지도 모르는 이 전쟁의 의미에 대해 생각하지 않을 수 없게 한다. 비로소 내게도 이게 그 대표적인 것은 아닐지 모르지만 무언가 우리 시대의 고통을 상징적으로 드러내는 현장에 내가 와 있다는 생각이 든다.

그렇지만 이번에는 결론에 성급하지 않을 작정이다. 지금 돌이켜보면 지난 1년은 그 성급한 결론 때문에 좀 위험스럽고 심각하긴 하지만 한편으로는 우스꽝스럽기까지 한 놀이처럼 떠오른다. 목숨이 걸린 일을 다시 그런 놀이로 만들고 싶지는 않다……. 내가 이렇게 신중해진 것은 어쩌면 귀국을 얼마 앞두지 않은 고참들 때문인지도 모르겠다. 적어도 대여섯 번씩은 치누크(작전용 대형 헬리콥터)를 타 보았다는 그들은 귀국 연장을 신청한 하사관들이나 장교들과는 달리 무언가에 크게 상처 받은 것 같은 인상을 준다. 내가 선입견을 가지고 봐서인지는 모르지만 우울해하는 것 같기도 하고 허탈해 있는 것 같기도 한 눈빛과 말수 적음이 그들의 특징이다. 내 목숨을 걸고 남의 목숨을 노려 본 사람들의 영혼에 드리워진 지울 수 없는 흔적인지도 모른다는 생각이 든다.

이곳은 지금 건기(乾期)라고 한다. 날씨는 이미 말했듯 상상할 수 없을 정도로 찌는 듯한 더위이지만 작전하기에는 우기(雨期)보다 지금이 더 낫다는구나. 거기다가 파리에서 이루어지고 있다는 평화 협상이 여기서는 이상한 형태의 영향을 주고 있어 작전이 더 잦아진다니

나도 곧 작전에 투입되겠지.

그러나 가까운 날은 아닌 듯싶다. 나도 작전을 다녀오면 말이 달라질지 모르겠다만 아직은 이국 정취에 아무것도 실감 나는 것이 없다.

답장에는 그곳 소식 좀 많이 적어 보내라. 학교와는 완전히 절연하겠다고 했지만 한 형과는 연결이 있겠지. 지금은 무슨 일로들 데모를 궁리하고 있는지, 명동에는 무엇이 유행하는지, 무엇이든 아는 대로 적어 보내라. 학교와 서울을 떠난 지 이제 겨우 넉 달인데 몇 년은 되는 것 같구나.

1971년 7월 20일

월남에서 광석

그 편지에서는 희미하게 광석의 옛 모습이 떠오르는 데가 있었으나 인철에게는 여전히 석연치 않은 구석이 있었다. 거기다가 월남전이 가지는 국제적인 성격과 한 번도 국외로 나가 본 적이 없는 인철에게 느껴지는 그곳까지의 거리감이 광석의 편지를 아무런 현실감 없는 작문처럼 느껴지게 했다.

읽기를 마친 인철은 편지지를 찾았다. 얼마 쓰지 않은 양면 괘지 묶음이 나왔다. 인철은 볼펜을 찾아 답장을 쓰기 시작했다.

홀로 있는 상태가 점점 길어질수록 더욱 절실해지는 게 외부와의 소통이었다. 하지만 인철과는 달리 학교에 남아 있는 아이들의 답장은 기대만큼 성의가 없었다. 대부분은 한두 번의 의례적인 답장으로 끝나 그 무렵 정기적인 편지 내왕은 한 형과 용기뿐이었다. 그것도 한 형은 장편소설에 매달려 짤막한 엽서로 대치되기 일쑤였고, 용기는 또 무슨 일인가로 벌써 두 달째 편지가 없었다.

> 광석에게
>
> 네가 월남에서 쓴 편지 세 통을 오늘 한꺼번에 받았다. 나는 지난 6월 초순 성남 집을 떠나 이곳 고향으로 내려왔다. 처음에는 조용한 절을 생각했으나 이곳 정자도 그에 못지않을 것 같아 이리로 왔는데 아직은 오길 잘했다는 생각이다. 네 편지가 한꺼번에 전해진 것은 그 과정에서 형님이 좀 늑장을 부리신 것쯤으로 알면 된다…….

인철은 거기까지 써 내려가다가 문득 쓰기를 멈추었다. 자신의 근황을 일러 주는 부분에서 광석의 당부가 상기된 까닭이었다.

광석은 되도록 많이 국내 소식을 전하라고 당부했지만 그 자신도 바깥 세계와 격리되어 있기는 마찬가지였다. 원래도 세상의 움직임에 그리 민감한 편은 못 되는 데다 새로 시작한 공부가 더욱 그 방향의 눈과 귀를 막아 지난 3월 이후에는 신문 한 장 제대로 읽은 게 없었다.

그 바람에 인철은 쓰던 편지를 중단하고 새삼스레 세상을 둘러보았다. 그러나 보이지 않는 담 안에 갇힌 것처럼 바깥은 아무것도 보이지 않았다. 장터에 나가 지난 신문이라도 며칠 치를 읽고 써야겠다. 이윽고 인철은 그렇게 마음을 먹고 편지지를 덮었다.

그러고 보니 이발을 미뤄 머리도 많이 길고 수염도 제법 텁수룩했다. 인철은 먼저 이발소로 가 이발을 하면서 신문을 구해 보기로 하고 정자를 나섰다. 그런데 그날은 참으로 이상한 날이었다. 언덕길을 미처 다 내려오기도 전에 저만치 낯익은 사람의 형상을 보고 걸음을 멈추었다. 막 마을을 벗어나 정자 쪽으로 오르고 있어 얼굴을 알아볼 수 없었으나 틀림없이 자신을 찾아오고 있는 사람이었다.

'용기다. 틀림없이 용기 녀석이다…….'

오래잖아 인철은 그렇게 중얼거리며 주체할 수 없는 반가움으로 언덕길을 뛰어 내려갔다. 그때만 해도 그가 어떻게 알고 거기까지 찾아왔는지, 또 무슨 일로 와야 했는지에 대해서는 생각이 미치지 않았다. 용기도 그를 알아보았는지 걸음을 빨리해 다가오고 있었다.

"야, 너 인마……."

말을 주고받을 만한 거리가 되자 인철이 참지 못하고 그렇게 소리쳤다. 그러자 용기가 손짓으로 경계의 뜻을 나타내며 대답 없이 다가왔다.

"너무 떠들지 말라꼬. 남의 눈에 튀이께는(튀니까)."

한 발짝 앞까지 다가온 용기가 낮은 목소리로 그렇게 주의를 주었다. 그러고 보니 얼굴이 어두운 데다 차림도 어딘가 평소답지 않게 궁한 데가 있었다. 그러나 인철은 반가운 마음이 앞서같이 심각해질 수가 없었다.

"근데 너, 여기는 어떻게 찾아왔어?"

"느그 행임한테 물었다 아이가. 갤차(가르쳐) 주는 대로 찾아오이 되데."

"그럼 집에 갔다 왔어? 언제?"

"어제. 그래고 청량리에서 열차 타고 오는 게 이뿌(이뿐)이라."

"방학이기는 하지만 네가 올 줄은 몰랐네. 그런데 오려면 주소 보고 밀양에서 바로 찾아오면 되지 서울까지 들를 건 뭐 있어?"

"그게 그래 됐다. 그건 글코 사람들 다 쳐다보는 언덕배기에서 얼쩡거리지 말고 어서 니 공부한다는 정자로 가자."

용기는 그렇게 말하며 걸음을 재촉했다. 목소리뿐만 아니라 발걸음도 몹시 지쳐 보였다. 거기다가 단순히 지친 것이 아니라 어딘가 쫓기고 있는 듯한 인상이 있어 인철을 긴장하게 했다.

"너 무슨 일이 있구나. 무슨 일이야?"

인철이 비로소 목소리를 가라앉혀 그렇게 묻자 용기가 손바닥으로 가볍게 인철의 어깨를 밀며 말했다.

"우선 방 안으로 들어가자. 들어가서 말하자."

그러고는 정자에 이르러 공부방으로 들 때까지 끝내 입을 열지 않았다.

"그래, 무슨 일이야?"

인철도 공연히 으스스해져서 평소 열어 놓고 있던 방문까지 닫고서야 다시 용기에게 물었다.

"실은 나…… 쫓기고 있다. 지금 수배 받고 있는 중이라."

"뭐? 수배? 네가……?"

인철은 얼른 이해가 되지 않아 말이 이어지지 않을 지경이었다. 언제나 논리 정연하고 현실적이던 용기였다. 서울을 떠날 때만 해도 취직 시험 걱정이나 하던 그였는데 경찰에 쫓기고 있다니 영 실감이 나지 않았다.

"넌 데모도 안 했잖아? 원래 이공계고…… 그럼 일반 형사사건?"

"나도 그랬으믄 좋겠다. 그런데 이건 경찰도 아이고…… 중정이라 카이, 중정."

"중앙정보부? 아니, 무슨 일인데?"

"니 강이 알제? 최강이. 왜 내 고등학교 동창 말이라."

그러나 인철은 그 이름을 용기와의 사적(私的)인 관련으로보다는 과격한 데모 주동자로 더 잘 기억했다. 지난해 교련 반대 데모를 정치적인 방향으로 이끈 혐의가 뒤늦게 드러나 봄부터 요란하게 수배받고 있었다. 들리는 말로는 극좌(極左) 성향으로 북한과도 연계가 있다는 혐의까지 받고 있다고 했다.

"으응, 참, 걔가 네 동창이라 그랬지? 부산 있을 때 나도 한 번 만났던가?"

"제4부두에서 우리 함께 뻗도록 마신 적이 안 있나? 내 고등학교 3학년 때, 길가에 막 토하고……."

"아, 그래. 그런데 그때는 그냥 멋쟁이로만 보였는데. 술도 대단했고……."

"5월달이라. 하루는 글마한테 전화가 왔더라꼬. 함 만나자 캐서 으스스하면서도 나가 봤디 술 한잔하자 카드라. 그래서 한잔했제. 그라고 이 얘기 저 얘기 끝에 하숙집에 와 자고 갔제. 지 말로는 내하고 친한 거는 절마들이 전혀 모르이 젤 안전하다 카등강. 여인숙이나 여관은 불심검문이 나뿌고 친척이나 알려진 친구는 잠복이 겁난다던강…… 하기사 첨부터 나는 망설였제. 니도 알다시피 내가 겁 많은 놈 아이가? 거다가 아부지는 공무원이고. 그런데 그게 이상터라. 글마 만나고 시간이 갈수록 겁이 없어지는 기라. 나중에는 적당히 핑계 대 낯만 내고 일라설라 캤던 내가 실실 부끄러워지기까지 하더라이까. 그래서 데리고 가 재우고 아침에 글마 갈 때는 돈까지 있는 대로 좄(주었)뿌랬다꼬. 그때 마침 아르바이트해 받은 게 쪼매 있었는데…… 기분 같으믄 하숙집 아주무이한테 빌려서라도 넉넉히 조 보내고 싶더라꼬."

"도대체 무슨 일이냐? 그 녀석의 무엇이 그렇게 네 마음에 들었어?"

"이건 마음에 들고 안 들고의 문제가 아이라꼬. 최소한의 지성 내지 양심의 문제라꼬."

"뭐가?"

용기의 목소리가 갑자기 높아지는 게 약간 어이없어 인철이 다시 물었다.

"니는 요새 아무치도 않나? 하기사 심산유곡에 들어앉아 되지도 않은 법공부로 체제 중심부에 끼어들 궁리나 하고 있는 니한테 뭐가 비겠노? 글치만 그래는 게 아이다. 그래도 우리는 명색 지성인이고 또 예비 소시민 아이가?"

이번에는 제법 설득 조에 평소 그가 잘 쓰지 않는 생소한 용어가 끼어들자 인철도 조금씩 긴장되기 시작했다. 이 녀석에게 정말로 무슨 일이 있구나.

"하긴 진작부터 세상하고 담 쌓은 내가 뭘 알겠어? 그런데 무슨 일이 있는 거야? 대의라고 해 두자. 최강이 걔 대의의 어떤 게 너를 그렇게 자극했어?"

"자극이 아니라 눈뜨게 해 준 거지."

"네가 눈감고 있었던 게 뭔데?"

"우리 생존에 가장 영향을 미치는 환경. 우리가 방치하는 동안에 갈수록 악화되는 정치 상황 같은 거 말이라."

"너도 군사독재 얘기냐? 군부 파쇼에 의해 말살되고 있는 민주주의……."

"그런 되풀이되는 구호 같은 말로는 다 설명 안 된다꼬. 니, 놀라운 얘기 하나 해 주까? 지금 말이라, 대만과 스페인에 박정희 정권이 보낸 연구팀이 가 있다 안 카나? 총통제 연구한다꼬……."

"총통제? 그걸 연구해 뭘 해?"

"니 참말로 몰라서 묻나? 그 깽판 처가미 삼선 개헌까지 했지만 인제 남은 임기가 얼매로? 글타꼬 다시 사선 개헌, 오선 개헌할 끼가? 글타믄 그 소동 안 부리고 영구 집권하는 길이 뭐겠노? 종신 대통령 — 총통제밖에 더 있나?"

"아무려면…… 지금 같은 세상에 총통제라니, 근거 없는 풍문이겠지. 아니면 반정부 활동하는 사람들이 지어낸 역선전이거나."

"니 그럴 줄 알았다. 글치만 함 생각해 봐라. 아무리 사람이 다르다 카지만 뚜디리 맞고 징역 가는 게 좋은 사람 천지에 어딨겠노? 최강이 글마 머리 좋은 거는 우리 동기들이 다 아는 얘기라. 아매 글마가 고시 준비를 했으믄 벌써 시험에 돼도 여러 번 됐을 꺼로. 그런데 그 좋은 거 다 놔뚜고 집도 절도 없이 쫓기 댕기는 거 그거 좋아서 할 놈 어딨노? 어느 골 빠진 놈이 헛소문 듣고 운동하로 댕기겠노?"

"이미 버린 몸이란 얘기도 있잖아. 어두운 열정이란 것도 있고…… 그건 그렇고 그 총통제 얘기 정말이야? 도대체 그게 가능할 것 같기나 해?"

"안 될 건 또 뭐꼬?"

"첫째로 우리 국민들이 가만히 있겠어? 4·19가 뭐야? 이승만의 12년 장기 집권 가지고도 목숨 내놓고 덤빈 거 너도 알잖아? 재작년 삼선 개헌 때는 또 어쨌어? 그런데 종신 대통령을 한다고? 정말로 그런 꿈을 꾼다면 박정희가 미쳐도 단단히 미친 거지……."

"4·19? 니 그게 참말로 지대로 된 혁명인 줄 아나? 그건 말이따, 학생들의 환상과 늙은 독재자의 감상이 잘 맞아떨어진 한바탕 정치적 희비극이라꼬. 아이, 어쩌다 용케 맞아떨어진 복권이라 카는 게 차라리 나을 끼라."

그 말로 미루어 최강에 대한 용기의 기울어짐은 옛정에 못 이겨 지명수배자를 하룻밤 재워 보낸 정도가 아닌 듯했다. 인철은 그런 용기가 갑자기 낯설어지면서도 한편으로는 알 수 없는 끌림을 느꼈다.

"4·19가 '옆으로부터의 혁명'이란 정의(定義)는 들어도, 어쩌다 맞은 복권이란 말은 또 첨이군. 좋아, 그건 그렇다 치고 미국은? 명색 세계 민주주의의 보루를 자임하고 있는 미국이 그냥 보아 넘길까?"

인철이 그렇게 묻자 용기는 거기에도 준비가 있는 사람처럼 대답했다.

"5·16도 어물쩍 추인했던 미국 아이가? 물론 반공을 국시로 내건 군부의 약삭빠름도 있기는 했지마는……."

"하지만 독재 정권의 붕괴는 곧 적화로 나타나는 걸 쿠바에서 쓰게 경험한 미국이야. 월남에서 치르고 있는 곤욕도 고 딘 디엠이란 독재자의 몰락에서 비롯된 거 아냐? 그런데 미국이 한국에서 그쪽보다 훨씬 노골적인 총통제를 허용할까?"

"나는 오히려 니가 든 예가 지금 은밀하게 진행되는 총통제 음모의 실현 가능성을 높여 주는 근거로 보이는데. 민주주의를 무시하는 독재자인 줄 뻔히 알면서도 저그들 이익에 맞기만 하믄 그 몰락의 마지막 순간까지 지원하는 게 미국이라는 거 말이라. 로마가 이두매(에돔 족) 출신 토호 헤롯을 '헤롯 대왕'으로 키우드키로……."

용기는 그래 놓고 힐끗 인철을 보더니 갑자기 득의한 표정을 지으며 말했다.

“니 전에 변경이라 캤제? 단순한 주변이 아이라 변경 저 건너에 또 다른 제국의 경계가 와 있는…… 이기 바로 그 변경의 비극이라.”

“변경의 비극?”

“그래, 니 하마 이자뿟나? 변경에서는 제국이 잃는 것도 얻는 것도 꼽배기라며? 단순히 하나를 잃는 게 아니라 그 하나가 적대 제국에 보태짐으로써 실은 두 개를 잃는 격이라는 거 니가 한 소리 같은데. 만약에 말이라, 박정희가 미국에 악심을 품으믄 지 갈 데가 어디겠노? 그래서 저쪽으로 넘어갔뿌믄 미국은 그저 단순히 남한을 잃는 게 아니라 소련에다 남한을 하나 보태 준 꼴이니 잃는 효과는 그 두 배라꼬. 그런데 그런 짓을 멀라꼬 하겠노? 그게 박정희가 마음만 먹으믄 총통이 아이라 왕이 된다 캐도 미국이 우째해 볼 수 없는 이유라. 실권만 쥐고 있으믄 무슨 일이든 가능하다꼬. 그게 이 땅이 바로 니가 말한 변경이기 때문이라. 소비에트 제국의 변경과 아메리카 제국의 변경이 맞물려 있는…….”

황석현을 만난 뒤 인철은 어떤 술자리에서 용기에게 그의 변경 논리를 말해 준 적이 있었다.

그때는 그냥 지나쳐 듣는 줄 알았는데 그게 아니었던 듯했다. 인철은 빌려 준 칼에 자신이 찔린 기분이 되어 잠시 말문이 막혔다.

“지금 남북 적십자 회담 한다꼬 난리 피워 쌌제? 내 눈에는 그것도 수상시러븐 기라. 우째 보믄 남한 사람들 얼을 빼놓을라 카는 거 같기도 하고, 우째 보믄 미국 놈들한테 은근슬쩍 공갈치는 것 같기도 하고……."

용기가 더욱 기세를 올리며 그렇게 말했다. 남북 적십자 회담 얘기는 인철도 묵은 신문에서 읽은 기억이 났다. 그러나 어머니로부터 물려받은 뿌리 깊은 불신이 어느새 인철에게도 한 고정관념이 되어 그 진전에 별로 기대를 갖지 않았다. 속은 따로 있으면서 저희끼리 백지로(공연히) 찧고 까부는 기라. 두고 보래이, 북에서 내리온 눔 남에서 올라간 눔 저 둘(남북집권세력)한테는 모도 밉상시러븐 눔들인데 그 밉상이들 좋으라꼬 장히 상봉 잘 시킬따…….

그런데 그 진정성에 대해 용기가 제기하는 또 다른 의문은 인철에게는 엉뚱하면서도 흥미가 있었다.

"설마 하니……."

"안 그러믄 글케 반공, 반공 캐 쌌든 글마들이 난데없이 왜 저 난리겠노? 당사자들은 남북으로 갈라선 부모 형제 참말로 만나게 되는가 부품해(부풀어) 정신이 없을 게고, 골수 빨갱이나 하얗이들은 이레다가 먼 일 나는 거 아이라(아닌가) 싶어 정신이 없을 게고, 그래 되믄 글마들이 뒤로 멀 하는 동 딜따볼 생각을 몬 할 거 아이가? 미국도 글타. 봐라, 우리끼리도 이래 의논 맞출 수 있다, 수틀리믄 우리끼리 합천장이 돼 너한테 맞설 수도 있단 말이라, 대강 이런 공갈이 되는 기제."

"그것도 최강이에게서 들은 소리야?"

인철은 논리적으로 반박하기 전에 그 같은 결론의 근거를 알아보기 위해 그렇게 물었다. 용기가 약간 불만스러운 표정을 내비치며 말했다.

"눈을 감고 있으이 글체 눈만 뜨믄 다 빈다. 최강이 글마가 내 눈을 뜨게 했다믄 몰따마는 글타고 날 그쪽으로 세뇌시켰다고는 생각하지 마라. 글마한테는 총통제 음모밖에 들은 게 없다."

그러고는 비로소 방 안을 한번 휘 둘러보더니 빈정거리는 어조로 화제를 바꾸었다.

"방 꼬라지 보이 제법 고시생 티가 난다. 그래, 법 공부는 쫌 돼 가나?"

"아니 그저…… 시작한 일이니까 한다고 해 보기는 하지만 아직은 뭐가 뭔지 모르겠어."

인철은 왠지 자신의 몰두와 진전을 바로 밝히기 쑥스러운 기분이 들어 그렇게 말끝을 흐렸다. 그러나 용기는 다시 책상 위를 세심히 살피다가 인철이 짜 둔 일과표를 집어 들고 읽으면서 말했다.

"이거 보래이. 이거 하루에 열여섯 시간짜리 시간표 아이가? 이기 참말로 이 공부에 재미를 붙여도 단단히 붙인 모양이네."

"그냥 짜 둔 거야. 절반도 못 지켜."

인철이 더욱 쑥스러워하며 일과표를 빼앗아 서랍 속에 구겨 넣었다. 머쓱해진 표정으로 인철을 바라보던 용기가 혼잣말처럼 중얼거렸다.

"근데 말이라 — 내가 잘몬 온 거 아이가?"

"그건 무슨 소리야?"

"니 판·검사 하기로 단단히 마음묵은 모양인데, 나는 생각이 거꾸로 가이 잘못하믄 니가 날 잡으로 댕기는 꼬라지 나는 거 아이가? 아이, 당장도 내가 여다 온 거 이거 니 나중에 판·검사 되는데 문제 안 되까?"

그 말에 인철은 자신도 모르게 피식 웃었다.

"제발 그렇게 될 수만 있었으면 좋겠다. 하지만 둘 다 전혀 가망 없어 보이는데."

"하기사 직업 혁명가 조용기는 택도 없는 소린지 모리겠다마는 판·검사 이인철이는 왜 안 되노? 이래 불이 붙었는데."

"그랬잖아, 지금같이 엄격한 연좌제 아래서는 안 되는 거라고. 변호사라도 시켜 주면 다행이라는 게 지금 내 솔직한 심경이야."

"아 참, 그랬제. 하지만 글타 카믄 멀라꼬 머리 싸매고 이 고생이고?"

"합격만 하면 이것저것 다 안 돼도 평생 확실하게 할 일 하나는 생기겠지. 국가와 헌법을 상대로 평생 소송, 소원(訴願)이나 걸며 보내는 거지 뭐."

인철은 그래 놓고 나니 새삼 막막한 기분이었다. 용기가 말없이 인철을 바라보다가 어두운 얼굴이 되어 덧붙였다.

"니도 참 어려운 놈이다. 돼 봤자 기분 하나뿐인데, 길은 또 얼매나 첩첩산중이고. 한참 붙어 볼 만한데 덜컥 총통제가 됐뿌믄 말캉 새로 공부해야 안 되나."

"또 그놈의 말도 안 되는 소리. 걱정 마. 네 말대로 총통제가 되어 봤자 바뀌는 건 헌법과 공법(公法) 일부야. 또 나 혼자 새로 해야 되는 것도 아니고……."

그때 갑자기 정자 밖 참나무 잎에 후두두 빗발 듣는 소리가 들렸다. 아침부터 흐리던 날이 기어이 한 줄기 해 대는 모양이었다. 그 빗소리가 이상하게 인철의 감상을 건드려 오랜만에 술 생각이 나게 했다. 돌내골로 내려온 뒤로는 의식적으로 억제해 온 술이었다.

"야, 되지도 않는 소리 그만하고 장터 거리로 내려가자. 날도 축축한 게 낮술 마시기에는 안성맞춤이야."

그러자 용기가 다시 긴장한 얼굴이 되어 머뭇거렸다.

"그렇게 나다녀도 괜찮을까. 나는 며칠 조용히 숨어 지내다 갈 생각이었는데."

"인마, 그게 더 이상해. 무슨 죽을 죄를 지어 지명수배가 된 것도 아니잖아? 그냥 방학 맞아 찾아온 친구로 며칠 놀다 가면 되는 거야. 그게 훨씬 더 남의 눈에 안 띄는 길이야."

인철은 용기를 억지로 끌다시피 해서 장터로 내려갔다. 농번기는 아니지만 대낮에 손님이 있을 리 없는 시골 면 소재지 중국집에서 그들은 곧 두루치기에 막걸리로 낮술을 시작했다.

이제 이 땅에서도 브린턴이 말한 '지식인의 탈주(脫走)' 혹은 '충성의 전이(轉移)'가 시작된 듯하다. 반체제 지식인 혹은 대항(對抗) 엘리트는 어느 시대에나 있게 마련인 예외적 존재가 아니라 이 땅의 지식인 사회에 점차 번져 가는 한 현상이 되었다.

물론 이전에도 반체제 지식인은 있었다. 그러나 그들은 이 체제가 길러 낸 지식인들이 아니었다. 대부분은 일제(日帝)가 길러 냈고 나머지는 스스로 자랐거나 식민지가 된 이 땅에서 요행으로 벗어나 다른 나라에서 지식을 키워 간 사람들이었다.

따라서 반드시 이 체제의 지배계급 출신도 아니고 이 체제에 충성을 서약한 적도 없는, 해방 공간이나 6·25를 전후해 활동한 대항적 지식인들은 엄밀히 말해서 탈주한 지식인들이 아니다. 그들은 각기 다른 체제에서 기른 지식과 충성심을 가지고 새로 형성된 체제 안에서 자신의 지분을 키우기 위해 싸웠을 뿐이다.

4·19에서는 얼핏 보면 지식인의 탈주와 비슷한 현상이 있다. 위로부터도 아니고 아래로부터도 아닌, 굳이 표현하자면 옆으로부터 왔다고 할 수밖에 없는 그 혁명을 주도한 학생들을 지식인의 범주에 넣을 수 있다면 그들은 틀림없이 남한 체제가 길러 낸 지식인들이다. 그들 중 가장 연장(年長)인 대학교 4학년생조차도 국민 형성(國民形成) 교육의 일부는 대한민국 정부가 세운 국민학교에서 받았고, 나머지 교육 과정을 온전히 이 체제 안에서 치렀다. 그 과정에서 명시적(明示的)은 아니지만 이 체제에 대한 충성을 되풀이 서약하였을 것이며, 또 그들에게 고등교육까지 받을 수 있게 해 준 출신도 상층계급에 가까웠을 것이다.

하지만 엄밀히 따져 보면 그들이 거리로 쏟아져 나온 것은 결코 지식인의 탈주거나 충성의 전이가 아니었다. 그들은 반(反) 독재의 대의에 일시적으로 합의하고 실천했을 뿐, 이 체제로부터 이탈하거나 그 자체를 부인하지는 않았다. 그리고 목적이 달성되자 그들 대부분은 다시 흩어져 체제 안에 안주했다. 아주 소수가 남아 체제 비판의 목소리를 높여 왔지만 그것도 5·16으로 왜곡된 체제 이념이나 그 실현 방식에 관한 항의였을 뿐 체제 자체로부터의 이탈이나 전복을 기도하지는 않았다.

그런데 지금 시작되고 있는 지식인의 탈주는 전과는 전혀 질을 달리한다. 무엇보다도 그들은 이 체제의 산물이다. 이들은 지식 축적의 출발을 이 정부와 같이하고 있다. 이 정부가 세운 국민학교에 입학해 국민 형성의 기초를 닦고, 그 중등교육 과정과 고등교육 과정을 거치면서 충성심을 길렀다. 그들의 출신도 지배계급이라고 단정할 수는 없지만 대개는 이 체제의 주도적인 계층이었다.

이들의 이탈 동기도 앞선 세대와는 다르다. 앞선 세대는 대개 체제 밖에서 습득하거나 주입된 이데올로기에 의지한 반면 이들은 체제 내부의 모순에서 출발한다. 검증 안 된 이상을 실현하기 위해 기존의 이데올로기를 선택하는 것이 아니라 눈앞에 펼쳐진 모순을 해결하기 위해 새로운 이데올로기를 모색한다.

탈주 후의 행태도 달라 보인다. 이들은 일시적인 반발이나 저항이 아니라 한 이념으로 자신들의 신념을 길러 간다. 물론 나중에는 기존의 이데올로기에 함몰되거나 연대할 수도 있지만 자생적(自生的) 성격이나 주체적(主體的) 지향으로 봐서는 앞 세대에서 유례를 찾아볼 수 없는 행태를 보일 것으로 짐작된다. 이들이 주도적인 세력이 되는 날이 온다면 그때 연출되는 세계는 어떤 것일까…….

용기가 며칠 머물고 떠난 뒤 인철의 일기에는 그런 구절이 보인다. 그 뒤 용기는 평범한 소시민으로 돌아오고 말지만 인철이 그를 통해 감지했던 '지식인의 탈주' 현상은 결코 과장되거나 섣부른 단정 같지만은 않다. 정통성도 정당성도 확보하지 못한 권력이 경제적 보상을 목적으로 무리하게 진행시킨 산업화가 대량으로 생산한 도시 빈민과 어울려 요란한 1980년대를 열게 되는 지식인의 탈주는 틀림없이 유신(維新) 전야의 그 암울한 날들에서 시작되기 때문이다.

변경에 부는 바람

하늘이 잔뜩 흐린 게 금방이라도 비를 퍼부을 듯했다. 라디오에서 태풍 폴리호가 북상 중이라는 소리를 들었으나 일기예보를 믿지 않는 명훈은 그 같은 하늘을 보고서야 우산을 찾았다. 베우산은 경진이 들고 나가 버려 집 안에 남은 것은 비닐우산 하나뿐이었다.

"가더라도 어예튼 동 조심하거래이. 백지로 앞서 나대지(우쭐대지) 말고…… 니 처지가 처지 아이가?"

어머니가 부엌에서 걱정스러운 얼굴로 내다보며 새삼 당부했다. 그때 마당에서 굵직한 임 위원장의 목소리가 들렸다.

"준비되셨으면 갑시다아. 모두들 기다릴 팅게."

명훈은 어느 편에도 대답 없이 집을 나왔다. 임 위원장이 따라오더니 양복 윗주머니 이름에다 핀으로 리본 하나를 달아 주었다. '살인적 불하 가격 결사 반대!'라는, 며칠 전부터 귀에 익은 구호가 적힌 리본이었다. 그러고 보니 그의 팔에는 지역위원회위원장이라고 쓰인 완장까지 둘러져 있었다. 며칠 전 중앙위원회가 '분양지 불하 가격 시정'에서 '투쟁'으로 이름을 바꾸자 거기에 따라 이름이 달라진 지역위원회였다.

주민 궐기 대회는 무슨 병원 부지라는, 공터가 크게 비어 있는 산등성이에서 열리고 있었다.

가는 길에 보니 새벽녘에 투쟁위원회에서 뿌린 전단이 습기 머금은 바람에 이리저리 날리고 있었다. 그날 대회를 위한 전단으로는 처음 보는 것이라 명훈은 그중에 한 장을 집어 들었다. '모이자 뭉치자 궐기하자, 시정(是正) 대열에!'란 구호를 앞세운 전단에는 지난 한 달 내내 귀에 못이 박이도록 들은 주민들의 요구 조건이 다섯 가지로 정리되어 실려 있었다.

〈백 원에 매수한 땅 만 원으로 폭리 마라!〉

〈살인적 불하 가격 결사 반대!〉

〈공약 사업 약속 말고 사업하고 공약하자!〉

〈배고파 우는 시민 세금으로 자극 마라!〉

〈이간 정책 쓰지 마라, 단지 주민 안 속는다!〉

그러고 보니 궐기 대회 장소로 가는 사람들 중에는 미리 준비한 듯한 플래카드를 들고 가는 청년들도 보였다. 거기에는 현안과는 좀 거리가 있는 '허울 좋은 선전 말고 실업 군중 구제하라!'란 구호가 적혀 있었다. 검은 글씨 사이에 섞인 붉은 글씨가 왠지 섬뜩하게 느껴졌다.

"근데 말이시, 서울 시장이 정말 오까아? 오기만 오면 우리 말 안 들어주고는 못 배길 틴디……"

말없이 걷는 명훈에게 공연히 주눅들어하는 기색으로 붙어 걷던 임 위원장이 전단을 읽는 명훈을 보고 말했다.

"오겠죠. 어제 제2부시장이 와서 약속했다면서요? 시간까지 정했는데."

"어제 부시장이란 사람이 하도 개 몰리듯 하고 가서 말이시."

임 위원장이 그렇게 말해 놓고 명훈의 눈치를 살폈다. 그러나 명훈은 그의 말을 더는 받아 줄 수 없었다. 궐기 대회장으로 가는 자신의 입장을 다시 한 번 정리해 보고 싶어서였다.

풍문대로 분양지 전매 금지 조치에 따른 토지 매각이 강행되기 시작한 것은 지난 5월부터였다. 그러나 은근히 기대했던 것과는 달리 철거민 분양지의 지가(地價) 산정과 전매 입주자의 분양가는 전혀 기준을 달리했다. 곧 철거민의 분양가는 원래의 취지에 맞게 원가에 가까웠으나 전매 입주자는 그 얼마 전에 임 위원장이 예고한 그대로였다.

단지 내의 대지는 시장 부지 만 6천 원부터 4단계로 구분했는데 소방도로, 막장에 있는 가장 싼 대지의 분양가가 평당 6천 원이었다. 대지가 별로 실속도 없는 도로를 끼고 있다는 이유로 명훈에게 날아든 분양 대금 납입 고지서는 평당 만 원에 총액 20만 원짜리였다. 집터로는 가장 노른자위라던 남산 주변이 그 무렵 평당 만 6천 원 전후였다는 것을 감안하면 엄청나게 비싼 값이었다.

각오는 하고 있었지만 막상 애써 지은 집을 내놓지 않으면 감당 못 할 고지서가 날아들자 명훈은 아득한 절망감을 느꼈다. 그나마도 명훈네와 비슷한 처지의 사람들이 많아 설령 집을 내놓는다 해도 분양가를 떼면 집을 짓는 데 들어간 원가조차 손에 남을 것 같지 않았다. 다시 서울로 돌아간다면 단칸 셋방에 들기조차 어려울 게 뻔했다. 거기다가 어렵사리 얻은 경비 일자리마저 잃어 일가의 생계를 오직 경진의 박봉에 의지할 수밖에 없게 되자 명훈의 절망감은 서서히 분노로 바뀌었다.

서울시 당국의 분양가 결정에 대해 분노를 느끼기는 다른 전매 입주 분양자들도 마찬가지였다. 정작 투기로 들어왔던 사람들은 미리 샌 정보에 따라 진작에 손을 털고 떠나, 남은 것은 거의가 투기와는 거리가 먼 실수요자들이 대부분이었다. 자신들이 살 집터를 철거민 이주 지역에서 골랐다는 사실 자체가 실수요자인 전매 입주자의 형편을 잘 말해 준다. 비록 서울을 벗어난 곳이지만 내 집 마련의 꿈 하나로 철거민의 딱지를 산 준영세민이 그들 대부분이었다. 그나마 딱지를 사고 집을 얽는 데 가지고 있던 돈들을 다 써 버려 정부가 다급하게 몰아치면 헐값에라도 집을 내놓을 수밖에 없는 사람들이 많았다. 그런데도 당국은 투기꾼에게 물을 책임을 그들에게 물어 땅값이라기보다는 벌금에 가깝게 터무니없는 분양가를 책정함으로써 전매 입주자들을 분개하게 만들었다.

나중으로 보아서는 무모하기 짝이 없는 분양 정책을 서울시가 그처럼 강행하게 된 데는 부정확한 통계 조사도 한몫을 한 것 같았다. 서울시는 전매 입주자의 수를 실제보다 절반도 안 되는 것으로 추산하고 있었다. 전매 입주자의 성격뿐만 아니라 숫자까지도 엉터리로 파악하고 있었던 셈이다.

원래의 권리자인 철거민들도 당국의 분양가 산정에 만족한 것은 결코 아니었다. 가격 자체는 매입 원가와 정지비를 감안하면 그리 무리한 것이 아니었으나 그들에게는 그것마저도 감당할 힘이 없었다. 거기다가 시장 부지나 노른자위 유보지에서 예상되는 엄청난 차익은 서울시 당국이 자기들 철거민을 팔아 수지맞는 땅장사를 하는 것으로밖에 보이지 않았다.

그 밖에 주민 모두에게 공통된 보다 근원적인 분노도 있었다. 그것은 신도시 개발 행정의 미비와 미숙으로 지난 2년 동안 단지 내 이주민이 겪어야 했던 고통에서 비롯된 것이었다. 허술하기 짝이 없는 임시 주거 시설과 상하수도를 비롯해 전기 통신 등의 부대시설 미비로 겪어야 했던 고통들이 점차 당국을 향한 분노로 자라 가고 있었다.

철거와 이주를 설득하기 위해 내보인 무책임한 신도시 개발 청사진도 이주민들의 보이지 않는 분노를 키워 간 원인이 되었다. 단순한 서울의 위성도시나 베드타운이 아니라 독립된 생활공간으로서의 신도시는 그 내부에서의 일자리를 약속하고 있었다. 대부분 단순 막노동에 생계를 의지하고 있던 철거민들에게는 그 무엇보다도 설득력 있는 이주 조건이었다.

그런데 약속한 산업체나 공단은 조성될 기미가 보이지 않고 외지 투기꾼들에 의해 주도되던 개발 붐도 지난해 전매 금지 조치와 함께 내려앉고 말았다. 더러는 손쉬운 대로 포장마차를 열어 그 자리에서 생계를 유지하려고 애썼으나, 워낙 경쟁자가 많은 데다 구매력이 없는 수요자들뿐이라 될 일이 아니었다. 그리고 그나마도 능력이 되지 않는 나머지는 당국에 대한 불신을 분노로 키워 가며 멀리 서울까지 다시 막노동을 찾아 나서지 않으면 안 되었다.

거기다가 7월에는 은근하게 타오르는 그들의 분노의 불길에 기름을 끼얹는 것과 같은 조처를 경기도가 다시 보탰다. 이른바 가옥 취득세 고지서란 게 그러잖아도 턱없는 분양가에 허덕이고 있는 단지 내의 집집마다 뿌려진 일이었다. 열 평 기준으로 평균 3천 원 정도의 의례적인 것이었으나 출구를 못 찾아 안에서만 꿈틀거리는 그들의 분노를 자극하기에는 충분하였다. 아직도 도시 빈민 문제에 정면으로 맞닥뜨려 본 적이 없는 개발 행정의 안이한 태도를 잘 보여 주는 조처였다.

산업화가 강력하게 추진되면서 그 수는 폭발적으로 늘어났으나 자신들에게 강요되는 희생과 억압에 대응할 만한 선례나 기준을 가지지 못하기로는 도시 빈민들도 마찬가지였다. 지난 2년 때로는 생존 자체를 위협받을 정도의 악조건 아래 살면서 이렇다 할 집단 항의 한 번 해 보지 못한 광주 대단지 이주민들도 그런 점에서는 전형적인 산업화 초기의 도시 빈민이었다. 하지만 그래도 먼저 깨어난 것은 보다 절박한 이주민들 쪽이었다.

먼저 모두에게 공통된 불만을 바탕으로 '분양지 불하 가격 시정위원회'란 일종의 시민대책위원회가 결성되었다. 단지 내 한 교회의 목사인 전성천이란 사람을 고문으로 하고 같은 교회 장로인 박종하란 사람을 위원장으로 세워 구심점이 형성되자 각 단지는 그 하부 조직을 결성하여 거기에 호응했다. 그들은 먼저 전단을 뿌려 서울시에 네 가지를 요구했다.

첫째, 대지 불하 가격을 평당 천 5백 원 이하로 해 줄 것.
둘째, 불하 대금의 상환을 10년간 분할 상환토록 해 줄 것.
셋째, 향후 5년간 각종 세금을 면제해 줄 것.
넷째, 영세민 취로장 알선과 그들에 대한 구호 대책을 세울 것.

"공업 단지를 만듭네, 산업체를 유치합네 하고 무슨 큰 선심이라도 쓰는 것처럼 떠든 것도 실은 도시 미관을 위해 삶의 터전을 내준 우리에게 당연히 있어야 할 보상이라고. 일자리 내놓으라고 하는 구호도 얼핏 들으면 억지 같지만 적어도 우리에게는 당당하게 요구할 수 있는 권리란 말이시. 몇 년간 세금 면제를 해 주겠네, 분양가를 단지 조성 실비(實費)로 하겠네, 토지 분양가는 3년 거치 후 5년 분할 상환으로 해 주겠네, 하는 것도 마찬가지여. 자기들의 정책에 협조해 준 우리에게 마땅히 해 주어야 할 배려인데도 무슨 큰 선심이라도 쓰듯 생색낸 거 아녀? 그래 놓고 이제 와서 딴 소리를 해? 도대체 우리를 뭘로 보는 거여? 언제까지고 고릿적 관존민비(官尊民卑) 사상에 젖어 국으로 당하고만 있어야 하는 거여? 가난이 권리일 수는 없지만 죄도 아니여.

특히 즈이들이 짠 판으로는 이렇게 밀려날 수밖에 없어서 밑바닥을 기게 된 우리 같은 인생들은 말여…… 그러니 한번 나서 봐 주더라고. 여긴 말이여, 이 형이 걱정하듯 그런 고상한 사상 놀음이 아녀. 살기 위한 최소한의 몸부림이라고."

그 시정위원회 준비 모임이 있던 날 재빠르게 지역위원회를 결성해 집행부를 움킨 임 위원장이 명훈에게 지역 대표를 맡기를 두 번 세 번 권하면서 그렇게 설득 조로 말했다. 그 말이 명훈을 온전히 설득할 수 있었던 것은 아니지만 몽마(夢魔)와도 같이 의식을 짓누르는 사상 문제에서 놓여나게 하는 데는 어느 정도 도움이 되었다.

'그래, 이건 생존의 문제다. 여기서 더 밀리면 정말 갈 곳이 없어지는 도시 빈민들의 살기 위한 몸부림이다. 그리고 그들 중에는 나도 들어 있다…….'

하지만 그래도 명훈은 표면적으로는 끝내 나서지 못했다. 그 가장 큰 이유는 갑자기 활발하게 진행되는 남북 적십자 회담이 준묘하게 불길한 예감이었지만 나머지 다른 이유도 만만치 않았다. 그것은 바로 아직 확실하지 않은 자신의 법률적 신분이었다. 시간이 지났다고는 하지만 사찰 폭력에 관계된 기소 중지가 아직 살아 있을지도 모르고, 그보다 앞선 여론조사소 시절의 혐의도 공소시효가 소멸될 만큼 오래되지는 못했다.

"뜻은 잘 알겠습니다만 아무래도 대표로 나서기는 어려울 듯합니다. 달리 사람을 찾아보시지요. 대신 저는 뒤에서 도와드리겠습니다."

"또 뒤에서여? 도대체 먹물 든 사람들 왜 그래? 그것도 힘이라고 좀 빌리려 들면 한다는 소리가 그저 뒤에서나…… 한다니께. 그러들 말고 화끈하게 나서 보더라고. 이 일이 옳고, 해야 한다면 말이시……."

흥분할수록 더 뚜렷이 남도 사투리를 드러내며 임 위원장이 말했다. 그게 지식인의 교활함을 지적하는 것 같아 명훈이 변명조로 받았다.

"저도 뭐 제 한 몸 다치는 거 겁나 이러는 거 아닙니다. 앞앞이 다 말 못할 사정이 있어요."

"아, 그 춘부장님 일? 그것과 이번 일은 상관없다니께 그러네. 다시 말하지만 여긴 그런 고상한 사상 놀음이 아니라고."

"그런 뜻이 아니라 제가 이전부터 좀 복잡한 일에 얽혀 있는 게 있어서……."

자신이 받고 있는 혐의까지는 차마 밝힐 수 없어 명훈이 그렇게 말끝을 흐렸다. 그제서야 임 위원장도 짐작 가는 방향이 있는지 한 발 물러섰다.

"하기사 말 못 할 사정도 있겄제. 젊은 사람이 여기까지 밀려오다 보면 애먼 죄도 덮어쓸 수 있고 — 좋소, 그럼 이렇게 합시다. 대표는 못 맡더라도 힘이 필요할 때는 언제든 팔 걷어붙이고 나서 주는 거요, 잉."

"아이고, 누님도 정말 극성이셔. 이 빗속에 서울서 여기까지……."

영희가 사무실로 들어서자 기다리고 있던 김 상무가 벙글거리며 맞았다. 도무지 걱정할 게 없다는 표정이요, 말투였다.

"내가 그냥 있게 됐어? 잘못하면 사기꾼으로 고발당하거나 생돈을 백만 원 이상 물어야 할 판인데……."

"에이, 그럴 리가 있겠어요? 이미 단장이 구속되었으니 전매자인 누님이 사기로 고소당할 리는 없고요. 하기야 전매해 간 사람들이 울며불며 달려들면 귀찮기는 하시겠지……."

"귀찮은 게 아니라 물어 줄 수밖에 없다고. 나 이래 봬도 층층시하에서 시집살이하는 사람이야. 우리 집에 떼로 몰려들어 행패를 부리면 안 물어주고 당해 낼 재간 있어?"

영희는 그러면서 새삼스러운 후회로 모란 단지 딱지에 손댄 일을 후회했다. 김 상무의 권유도 있고 워낙 전망도 있어 보여 스무 장을 모았으나 아무래도 일이 돌아가는 게 미심쩍어 거의 본전에 팔아넘겼는데, 결국 탈이 나고 말았다.

그 요란스럽던 기공식이며 화려하던 개발위원 명단에도 불구하고 모란 단지 개발은 결국 아무런 행정적인 근거 없는 사기극으로 끝나고 말았다.

그렇게 되자 휴지나 다름없이 된 이른바 '사(私) 딱지'를 영희에게서 사들인 사람들이 가만히 있을 리 없었다. 특히 사들인 딱지를 다시 전매하지 않은 실수요자들은 앞도 뒤도 돌아보지 않고 영희에게 덤벼들었다. 또 한 번 전매가 된 딱지들도 언젠가는 전매된 선을 따라 영희를 찾아올 것임에 틀림없었다. 모두들 아직은 경황이 없어 당국의 눈치만 보고 있지만 머지않아 시집으로 들이닥칠 것이고, 그리 되면 영희로서는 속수무책이었다.

"하지만 누님이 여기 온다고 무슨 소용이 있겠어요? 오늘 서울 시장과 담판 짓는 건 철거민들과 그 전매 입주자들인데……."

"아냐, 다 한 끈에 묶인 일이라고. 아무리 개인이 벌인 일이라지만 피해자가 8천 가구라면 이미 그건 개인에게 맡겨 둘 수 없는 거야. 이쪽 처리 방식을 보면 모란 단지 쪽의 해결 방식도 가닥이 잡힐 테지."

"그거야 누님이 오시지 않아도 마찬가지 아닙니까?"

"이제 보니 김 상무 정말 속 좋은 사람이네. 나보다 몇 배는 더 험하게 얽혀 있으면서 남의 일처럼 말을 하니…… 하긴 나 하나 나서봐야 별것 없지만 그래도 머릿수로나마 이쪽에 힘을 실어 줘야 할 거 아냐? 여기서 힘을 보여 줘야 저쪽도 함부로 나오지 못할 거 아니냐고."

"그럼 데모하러 서울서 예까지 오신 거예요?"

"데모해서 될 일이라면 데모라도 해야지."

"하, 정말 대단하시네. 그렇지만 그거라면 걱정하시지 않아도 될 것 같은데요. 없는 사람들 뭉친 힘이라면 오늘 서울 시장 신물 나도록 맛보게 될걸요."

그래 놓고 김 상무는 책상 위에 널려 있는 전단들을 한 줌 집어 보이며 이었다.

"이게 다 투쟁위원회에서 뿌린 삐란데요, 아침에 보니까 단지마다 허옇게 뒤덮였더라고요. 벽보도 좀 빠안한 곳은 왼통 도배를 하고…… 모르긴 하지만 이따가 주민 궐기 대회 때도 눈코 달린 사람들은 다 나올 겁니다."

그러는 김 상무는 느긋하기만 했다. 문득 그게 이상해 영희가 물었다.

"이제 보니까 천하태평이라서 그런 게 아니라 무슨 정보가 있는 모양인데 — 어디 좋은 소식 같은 거라도 있어?"

"그런 거 없어요. 실은 나도 속으로는 콩을 볶는다고요. 다만 내가 설쳐 봤자 될 일이 아니라 그냥 보고 있는 거죠. 언젠가 누님이 말씀하신 대로 물불 안 가리고 덤빌 그 8천 가구만 믿고……."

김 상무가 비로소 어두운 표정을 지으며 그렇게 실토했다.

"그럼 김 상무도 함께 가. 몇 시랬지? 궐기 대회가?"

"열 시라고 했지만 벌써 꽤나 몰렸을걸요. 열한 시에 서울 시장이 올 때쯤은 단지 전 주민이 다 몰려 있을 겁니다."

"그럼 우리도 지금 가자고. 티끌 모아 태산이라고, 우리 둘이라도 힘을 보태야 돼."

영희가 일어나며 우산을 집어 들었다. 그러면서 힐끗 시계를 보니 시간은 아홉 시가 조금 넘어 있었다. 설거지도 미뤄 놓고 택시로 오기를 잘했다는 기분이었다. 이번 일이 잘못되면 그동안 키워 온 내 몫은 태반이 날아가게 된다…….

"바쁠 것 없어요. 어차피 시장이 오기 전까지는 우리끼리 악 쓰는 것밖에 안 될 테니까. 게다가 모란 단지 사람들은 낄 자리나 있을는지 모르겠네요."

"그래도 신문이나 방송에서는 와 있겠지. 그 사람들에게도 우리 힘을 보여 줘야 돼. 어쩌면 서울 시장보다 그 사람들이 떠들어 주는 게 더 빠른 해결을 가져올지도 몰라."

그러자 김 상무도 마지못한 듯 우산을 찾아 들고 따라나섰다. 궐기 대회장으로 알려진 곳은 무슨 병원 부지 뒤의 산등성이 공터였다. 벌겋게 깎아 놓은 야산에 아침부터 비가 뿌려 마땅히 앉을 만한 곳조차 없었으나 벌써 사람들이 공터를 허옇게 덮고 있었다. 저마다 우산을 들었는데 개중에는 아예 시위라도 하듯 비를 맞으며 서 있는 사람들도 있었다.

궐기 대회를 주최한 시정위원회 쪽 사람들이 나오지 않았는지 단상은 아직 비어 있는 상태였다. 그러나 집행부 일부는 벌써 와 있는 듯, 성능 좋은 마이크를 통해 격앙된 목소리로 구호가 반복되고 있었다.

"백 원에 매수한 땅 만 원으로 폭리 마라!"

"서울시는 각성하라!"

"정부는 철거민의 현실을 직시하라!"

그 소리에 못지않게 격앙된 목소리로 화답하는 군중도 있었다. 주먹 하나로 복덕방에 빌붙어 살다 갈 데 없는 실업자가 된 건달들은 벌써 술에 취해 건들거리며 시빗거리만 찾고 있는 판이였다.

다시 비가 쏟아졌다. 모였던 사람들이 빗발을 피하기 위해 저마다 주위를 둘러보았으나 허허벌판이라 기댈 곳이 없었다. 우산을 준비해 온 사람들을 빼고는 고스란히 쏟아지는 빗발에 몸을 맡겨야 했다. 그러나 빗줄기가 굵어져도 자리를 뜨는 사람은 없었다.

영희는 김 상무가 내준 우산을 받고 있었으나 태풍에 겹친 비라 젖지 않은 곳은 머리칼과 가슴께 정도였다. 금세 휘몰아친 빗발로 스커트가 민망하게 몸에 달라붙었다. 김 상무가 힐끗 그런 영희를 보다가 권했다.

"누님, 들어가시지요. 보니, 누님까지 청승 떨지 않아도 되겠어요. 아무도 꿈쩍 않잖아요?"

"아냐. 그런 마음으로 하나둘 빠지기 시작하면 여기도 잠깐이야. 서울 시장 올 때까지라도 함께 있어."

영희는 그렇게 말하며 단상 쪽을 바라보았다. 이제 곧 궐기 대회가 시작되려는지 단상에 희끗희끗 사람들이 오르기 시작했다. 투쟁위원회 사람들 같았다.

"하지만 웬걸, 오겠어요? 와 봤자 골치만 아플 텐데…… 비 핑계대고 안 오기 십상일 겁니다."

"이 사람들 보니 그랬다간 정말 일 날걸. 저 봐. 저 사람들 눈길…… 그냥 넘어가겠어? 또 그냥 넘어가서도 안 되고……."

그사이 군중도 좀 더 조직적이 되었다. 단지별로 사람들이 모여 서고 그 앞에는 준비해 온 플래카드가 깃발처럼 펼쳐졌다.

"허울 좋은 선전 말고 실업 군중 구제하라!"

"빈민 구제 핑계 대고 땅장사가 웬 말이냐!"

그런 구호들이 비에 젖어 더 선명하게 드러났다. 단순한 궐기 대회라기보다는 잘 조직되고 치밀하게 준비된 시위였는데, 쏟아진 비가 분위기를 기대 이상으로 비장하고 격앙된 양상으로 끌어가고 있었다.

이윽고 궐기 대회가 시작됐다. 그러나 사방이 터진 공터인 데다 배선에 이상이 있는지 확성기 성능이 좋지 않아 주최측의 상황 보고는 잘 들리지 않았다. 영희가 들을 수 있는 것은 연설과 낭독 사이에 끼어드는 구호뿐이었다.

"백 원에 매수한 땅 만 원으로 폭리 마라."

"배고파 우는 서민 세금으로 자극 마라……."

그런데 알 수 없는 것은 일체감의 확대였다. 약간의 이해관계가 걸려 있기는 해도 원래 영희에게는 그들과의 일체감이 없었다. 한 발 떨어진 곳에서 그들의 향배를 살피다가 꼭 필요하다면 함께 움직여 줄 수도 있다는 정도였으나, 그들의 비분은 곧 영희에게도 감염되었다.

'나나 저들이나 다를 게 뭐 있어. 애초에 관청에서 이런 짓을 시작하지 않았으면 민간인들이 모란 단지를 어떻게 생각해 냈겠어.

피해도 그래. 나는 물론 더 벌기 위해 시작한 거지만, 이 마당에 와서 보면 저들과 다를 게 없어. 산 딱지 다 물어주고 나면 나는 빈털터리가 되고 말아. 우리는 한 배를 탄 거야.'

어디까지나 구경꾼의 태도를 보이던 김 상무도 차츰 달라졌다. 처음에는 영희가 구호에 화답하는 것을 빈정거리는 눈길로 보던 그였으나 이윽고는 팔까지 들었다 내렸다 하며 함께 구호를 외쳐 댔다. 열한 시 가까이 되어 서울 시장이 좀 늦을 것이란 예고가 있었다. 나중에 들은 일이지만 실제로 양택식 서울 시장은 빗속에 길이 막혀 늦은 것이었으나 이미 감정이 격앙돼 있는 군중을 달래는 데는 아무 소용이 없었다.

"열한 시가 넘었다. 서울 시장이 오지 않는다!"

갑자기 앞줄에서 누군가 성난 목소리로 외쳤다. 이어 더 많은 성난 목소리들이 그 말을 받아 소리소리 질러 댔다.

"서울 시장이 시간을 어겼다!"

"우리를 사람으로 보지 않는다!"

그러자 그 목소리가 무슨 불씨라도 되듯 그러잖아도 불이 댕겨지기만을 기다리던 수만의 군중이 거칠게 움직이기 시작했다.

"시장이 안 온다면 대단지 사업소로 가자!"

"사업소 직원이라도 족쳐 다짐을 받아 내자!"

그러자 무슨 홍수가 밀려가듯 사람들이 한곳으로 몰려갔다. 모두 비에 흥건히 젖어 있어 정말로 무슨 칙칙한 물결 같았다. 영희도 덩달아 그들을 따라갔다. 질퍽한 흙바닥에 신고 있던 구두가 목까지 빠졌으나 별로 개의치 않았다.

대단지 사업소는 궐기 대회장에서 그리 멀지 않은 곳에 있었다. 앞장선 청년들이 어디서 구했는지 곡괭이와 몽둥이를 휘두르며 우르르 사업소로 뛰어 들어가고 얼마 안 돼 그곳 직원인 성싶은 사람들이 쫓기듯 나오는 것이 보였다. 이어 더 많은 군중이 안으로 몰려 들어갔다.

유리창이 깨어지고 사무 집기들이 부서지는 소리가 들렸다. 창밖으로 선풍기며 전화통이 내던져지고, 서류들이 진흙 바닥에 허옇게 흩뿌려졌다. 본격적인 난동의 시작이었다. 직접 끼어들지는 못해도 영희는 시원스럽기 짝이 없는 기분으로 그 광경을 바라보았다.

군중의 일부는 역시 멀지 않은 곳에 있는 성남 출장소 쪽으로 향했다. 도중에 서울시 차량 번호판이 붙은 검은 관용 지프가 보이자 그리로 우르르 몰려가 유리창을 부수더니 그대로 둘러엎었다. 몇 사람 들러붙지 않은 것 같은데 차가 성냥갑처럼 뒤집히는 게 신기했다. 그들은 그래도 분이 풀리지 않는지 차를 몇 바퀴 굴려 개울 바닥에 처박고야 다른 곳으로 몰려갔다.

'맞아. 혼이 나야 돼. 저렇게 돼도 싸.'

영희는 딱히 누구에겐지도 모를 분노에 차 그들의 난동에 성원을 보냈다.

아니 그 이상 자신도 그들 속에서 함께 행동하고 있는 듯한 착각까지 느끼며 눈길로 그들을 좇았다. 김 상무도 이제는 영희를 말리지 않았다. 그런데 그런 영희의 눈길에 문득 낯익은 모습 하나가 잡혀 왔다. 방금 대단지 사업소를 뒤집어엎고 또 다른 공격 목표를 찾아나서는 청년들 틈이었다.

'오빠, 오빠아!'

영희는 하마터면 그렇게 소리칠 뻔했다. 가장 격렬하게 앞장선 청년들 틈에서 언뜻 명훈의 모습을 본 것 같았다. 그러나 아직은 확인이 되지 않아 자신도 모르게 사람들을 헤치고 사업소 쪽으로 다가갔다. 그제야 작년 가을 단대리 언덕 쪽에서 오빠를 본 것을 떠올렸다. 그러나 그 뒤로는 그곳에 올 때마다 눈여겨 살펴도 오빠가 보이지 않길래 역시 인부로 일하다 떠났는가 싶었는데 뜻밖의 장소에서 다시 보게 된 것이었다.

'결국 오빠도 이곳까지 밀려온 것이었구나. 철거민의 한 사람으로 여기 밀려와 있었던 것이로구나…….'

그렇게 추측이 가자 영희는 공연히 눈물이 쏙 빠질 정도로 슬픔이 일었다.

그들 남매가 세상을 돌고 돌다가 결국 만난 곳이 또 다른 세상 끝이나 다름없는 그곳이어서였는지도 모를 일이었다. 그래, 그렇게 된 것이라면 만나야지. 만나서 무엇이든 함께 헤쳐 나가야지.

"오빠! 오빠, 나예요. 영희가 왔어요."

영희는 진작부터 그런 줄 알고 명훈을 응원이라도 나온 기분이 되어 그렇게 소리치면서 거칠게 사업소의 집기들을 들부수고 있는 청년들 쪽으로 다가갔다. 하지만 사람들의 성난 외침과 집기가 부서지는 소리가 아니더라도 불러서 들릴 만한 거리는 아니었다. 영희가 몇 번이나 소리쳐 불렀는데도 명훈은 영희 쪽을 돌아보지 않았다. 꼭 무엇에 홀린 사람처럼 청년들과 한 덩이가 되어 사무소를 뒤엎었다가 다시 흥분한 군중의 선두가 되어 다른 곳으로 밀려갔다.

"출장소로 가자!"

누군가 다시 그렇게 외쳤고 거기에 호응하는 소리가 여기저기서 들렸다.

"문딩이 콧구무에서 마늘을 빼 먹지, 우리한테 뭐시라? 취득세를 내라꼬?"

"서울시나 똑같은 새끼들이야, 본때를 봬 줘야 해!"

그렇게 말하는 걸로 보아 선두는 이제 좀 전에 지나쳐 온 성남 출장소를 덮치려고 하는 것 같았다. 영희는 이제 그들에게 세력을 보태 준다는 것보다도 오빠를 만나기 위해 그리로 몰려가는 군중을 뒤따랐다. 진창을 걷는 데 굽 높은 구두가 몹시 걸리적거렸다.

맨발에 구두짝을 벗어 쥔 채 영희가 성남 출장소 마당에 이르렀을 때 이미 출장소 안은 난장판이 되어 있었다. 그사이 더욱 과격해진 사람들은 사무실에 있는 서류를 꺼내 불까지 질렀다. 하지만 그래도 어떤 선은 지켜지고 있는 듯했다.

"민원 사무실은 손대지 마시오. 호적 서류는 태우지 마시오."

그 혼란 중에서 그렇게 군중을 유도하는 소리가 있었다. 그때껏 영희와 다름없이 군중을 따르던 김 상무가 갑자기 꿈에서 깨난 사람처럼 영희를 붙들었다.

"누님, 이젠 정말 돌아가시지요. 더 따라다닐 일이 아닙니다."

하지만 영희의 귀에는 그런 김 상무의 말이 거의 들리지 않았다.

뒷날 곰곰이 떠올려 봐도 자신이 언제부터 과격한 청년들과 한패거리가 되어 움직이기 시작했는지는 명훈에게도 명확하지 않았다. 빗속에서 한 시간이 넘게 서울 시장을 기다릴 때만 해도 명훈은 전보다 좀 절실해지기는 했지만 아직은 문제가 서울시의 선심에 의해 풀리기를 기다리는 평범한 군중 가운데 하나에 지나지 않았다. 굳이 의심 가는 대목이 있으면 거기서 몇 명의 동네 건달들을 만난 일이었다. 무엇 때문인지 명훈의 전력(前歷)을 냄새 맡고 명훈 주위를 아첨기 섞인 눈빛으로 어슬렁거리던 그들은 그날 명훈을 보자마자 반색을 하며 몰려들었다.

"어이구, 나오셨군요. 잘 나오셨습니다, 형님."

"시장 새끼, 트릿하게 나오면 골통을 까 버립시다아."

"우리 젊은 사람들이 본때를 봬 줘야 한다 이겁니다아."

저마다 한마디씩 하는 그들의 입에서는 이미 진한 술 냄새가 풍기고 있었다. 처음 명훈은 평소처럼 그들을 성가시게 여겼다. 그래서 차갑게 인사만 받고 자리를 옮기려는데 그중 하나가 명훈의 우산 밑으로 기어 들어왔다.

"이거 한잔 받으십쇼, 형님."

명훈이 뿌리치지 못하고 보니 손아귀에 감추고 있었던 듯한 플

라스틱 소주잔이었다. 이어 다른 녀석이 품 안에서 사 홉들이 막 소주 한 병을 꺼내 한 잔을 따랐다. 명훈은 웃는 얼굴에 침 못 뱉겠다는 기분으로 그 한 잔을 받았다.

그런데 그게 시작이었다. 잔을 비우고 자리를 옮기려는데 녀석들이 척척 들러붙어 다시 두어 잔을 더 받지 않을 수 없었다.

"형님, 저희도 다 압니다. 아무리 맘잡고 들어앉으셨다지만 이 막장까지 밀려와 꼴 같잖은 일 당하시려니 속에서 천불 나시지요?"

처음 술잔을 건넨 친구가 제법 친숙한 어조로 불쑥 그렇게 말했다. 큰길 어귀에 유일하게 남은 복덕방에 빌붙어 지내는 친구였다. 명훈은 왠지 그냥 해 보는 소리 같지 않아서 물었다.

"그게 무슨 소리야?"

"창호 형님한테 다 들었습니다. 전에 동대문 쪽에서 잘나가셨다고요."

"창호? 그게 누구지?"

"거, 왜 늘 라이방 끼고 있는 형님. 왼팔에 일심(一心) 두 글자 먹물 넣고……."

그제야 명훈은 그가 누군지 알 것 같았다. 전매자 처리 문제가 궁금할 때마다 명훈은 그 복덕방에 가서 묻곤 했는데, 거기 있던 건달 중에 가장 나이 든 친구였다. 어딘가 낯익다 싶었으나 그 마당을 다시 아는 척하기 싫어 못 본 체해 온 터였다.

"그랬군. 하지만 그런 소리 다 믿을 건 못 돼. 너희들도 알겠지만 야쿠자 판이 원래 그래. 저를 높이기 위해 공연히 남을 띄우는 수가 있지."

애써 덤덤하게 받아도 그때 이미 명훈의 가슴속에는 이상기류가 흐르고 있었다. 새까만 후배 녀석들이지만 이미 나를 알고 있다면 더는 무시하고 떠날 수가 없겠구나. 필요하다면 한때의 '간다'답게 행동하지 않을 수 없겠구나…….

"우리 여기서 이럴 게 아니라 어디 가서 엉덩이나 좀 붙이죠. 아직 판이 제대로 어울리려면 좀 더 있어야 할 것 같은데."

셋 중에서는 비교적 낯선 녀석이 완연히 술기운이 도는 얼굴로 제안했다. 명훈이 시계를 보니 열 시가 다 돼 가고 있었다. 단상이 수런거리는 게 곧 궐기 대회가 시작될 모양이었다.

"시간 다 됐어. 궐기 대회가 단합된 힘을 보여 주기 위한 거라면 한 사람이라도 더 모여 있어야 하는 거 아냐?"

명훈이 그런 말로 거절을 대신했다. 그새 받아 마신 석 잔의 술로 속이 짜르르해 오는 걸 스스로 경계하는 마음도 있었다. 그때 술병을 들고 있던 녀석이 얼마 남지 않은 술병을 흔들어 보이며 은근히 제 친구를 도왔다.

"그러고 보니 아무래도 술이 모자랄 것 같은데…… 아직 판은 시작도 되기 전인데 말이야."

그래 놓고는 공손하기 그지없는 목소리로 명훈에게 다시 한 번 권했다.

"땜통 저 새끼 말이 맞아요. 대회야 곧 시작되겠지만 우리끼리 떠들어 봤자 뭐 합니까? 사업소고 출장소고 여기 있는 공무원들이야 이 대회 안 봐도 우리 사정 뻔히 아는 거고. 요는 서울서 오는 시장나리님인데, 아직 오려면 멀었어요. 장관보다 높다는 서울 시장이 우리 같은 것들이 찾는다고 웬걸 제시간 맞춰 오겠습니까?"

굳이 따지면 그 말도 틀린 것은 아니었다. 하지만 명훈이 피하고 싶은 것은 자리를 떴다가 대회를 보지 못하게 되는 일이 아니라 시답잖은 친구들과의 낮술이었다.

"그냥 기다려. 분위기란 것도 있으니까."

그러자 땜통이라 불리는 녀석이 다시 솔깃한 제안을 했다.

"그렇다고 뭐 대낮부터 술집에 죽치자는 건 아닙니다. 저기 가서 비나 그으며 몇 잔 걸치자는 겁니다아."

녀석이 손가락질하는 곳을 보니 공터에서 멀지 않은 비탈에 원래 거기 있었는지 아니면 그날의 행사를 바라 누가 끌어다 둔 건지 제법 넓은 차양을 펼친 포장마차 한 대가 보였다. 그때껏 별로 끼어들지 않고 있던 또 다른 녀석이 거들었다.

"마이크 소리가 다 들리는 곳입다, 형님. 일 터지면 후딱 돌아올 수 있는 곳이라고요."

그 바람에 명훈도 마지못해 따라갔다. 내심으로는 뭔가를 벌러대고 있는 듯한 그들의 속셈이 궁금하기도 했다. 명훈이 알기로 신개발지에 기생하고 있을 뿐인 그들에게 철거민이나 전매자 같은 이해관계가 있을 리 없었으나 그들이 풍기는 분위기는 결전을 앞둔 전사 같은 데가 있었다.

"낮술에 소주는 좋지 않아. 막걸리로 하지. 아저씨, 여기 막걸리 한 대포씩 주십쇼."

막상 포장마차에 이르고 보니 아무래도 얻어먹을 입장이 아니다 싶어 먼저 명훈이 술을 시켰다.

"오늘 맘 먹고 나선 것 같은데…… 그래도 이번 일에 네가 피해 입은 건 없잖아? 넌 철거민도 아니고 딱지 한 장 사지도 않았다며?"

대접에 막걸리가 따라지기를 기다리며 명훈이 곁에 앉은 녀석에게 물었다. 명훈이 자주 드나든 부동산 사무실에 붙어 지내던 건달이었다.

"딱지를 날려야만 피햅니까? 그보다 더한 건 밥줄이 끊긴 겁니다. 하기 좋은 말로 깡패지, 형님, 사실 깡패 씨가 따로 있습니까? 나 여기서 창호 형 만나 복덕방 밥 얻어먹기는 했지만 처음부터 깡패질로 나선 건 아니라고요. 신개발지로 발전 전망도 있고 일거리도 많을 거라는 말 듣고 찾아왔다 이겁니다. 그런데 개발 공약은 공갈 중에도 순 공갈이고 다시 서울 바닥으로 기 들어가지 않으려면 그 길뿐이더라고요. 그래서 창호 형 잔심부름 하며 밥이나 얻어먹은 거란 말입니다. 몹쓸 짓 한 것도 없고요 —. 그저 좀 껄끄럽긴 해도 어디까지나 일자리였단 말입니다. 그런데 이 새끼들이 오락가락하며 다 죽여 놨어요. 그것도 저희 장살 하려고……."

"저희 장살 하다니?"

"저게 장사 아니고 뭡니까? 다 아는 이곳 땅값에 까짓 개발비 얹어 봐야 분양지 원가 얼마 멕히겠어요? 손바닥에 장을 지져도 천 원 안 넘어요. 그런데 그걸 만 원씩 내놓으라니 그게 명색 국민의 공복(公僕)이라는 공무원들이 할 짓입니까? 그것도 없는 사람 상대로다. 장사라도 도둑놈 심보가 아니면 못 해 먹을 장사라고요. 아무리 남의 일이지만 보고 있자니 분통이 터져 가만히 있을 수가 있어야지."

"그렇지만 그건 법을 어기고 전매 행위를 한 사람들에게 해당되는 일이잖아? 또 처음부터 전매 행위는 금지되어 있었고……."

그러자 이번에는 그 곁의 정대란 젊은이가 벌겋게 달아 받았다.

"전매 금지라는 소리, 어디서는 안 했습니까? 그런데 이번만 유독 시퍼런 칼을 뽑고 덤비는 건 뭡니까? 철거민만 이 나라 백성이고 우리는 남의 나라에서 온 원숩니까? 투기꾼한테 물리는 벌금이라지만 솔직히 지금 전매 딱지 가지고 있는 사람들 중에 투기꾼이 어딨습니까, 투기꾼이? 미리 전매 금지 조치 정보 슬슬 흘려 그것들은 다 날아 버리고, 지금은 싸게 집 한 칸 마련해 보겠다고 서울서 밀려 나온 가난뱅이들뿐이잖습니까? 그걸 뻔히 다 알고 있으면서 이제 와서 그런 수작을 해요? 투기꾼들이 몇 배씩 튀겨 먹을 때는 가만히 있다가 그것들 다 빠져나간 뒤에야 힘없고 쥔 거 없는 우리 서민들을 상대로 다시 장살 하려고 들어요?"

그런데 묘한 것은 명훈에게도 정대의 말이 더는 어거지로 들리지 않는 것이었다. 하지만 얼른 속을 드러내기 싫어 나머지 태두란 녀석에게 슬몃 물었다.

"자넨 여기 토박이라며? 보상이 괜찮았다고 하던데 어떻게 된 거야?"

"케케묵은 옛날 얘기 하지 마십쇼. 보상이 괜찮았다는 건 땅 많은 사람들 얘기고, 우리 아버지같이 밭 몇 뙈기에 소작으로 살던 사람들에게는 하루아침에 밥줄을 끊어 놓은 거나 다름없는 게 이곳 대단지 개발이었다고요. 몇 푼 받은 돈은 이걸로 뭘 해야 먹고사나, 벌벌 떨다가 다 날리고 철거민들이나 다름없는 신세가 되는 데 1년도 안 걸리더라고요. 그래도 오래 정든 땅이라 어떻게든 한 귀퉁이에 끼어 살아 보려고 발버둥인데 서울시 새끼들이 이제 그마저 어렵게 만들었다고요. 이 개발지를 깡그리 죽여 놓으려고 한다 이겁니다."

그때 목이 마른 듯 남은 대폿잔을 비운 정대가 안주도 집지 않고 잇대어 열을 올렸다.

"이대로 두면 다 죽어요. 전매자들뿐만 아니라 철거민들, 영세농 출신의 원주민들…… 이번 기회에 뭔가 있어야 합니다. 이건 이제 어느 개인의 문제가 아니라 이 대단지에 터 잡고 살려는 모든 사람들의 목숨이 걸린 일이라고요. 아니, 도시에 살 만한 사람 축에 끼어들지 못한 모든 사람들이 들고일어나야 할 문제란 말입니다. 개깡다구 부리자는 게 아닙니다."

하지만 그때까지도 명훈은 그들과 행동을 같이할 생각이 전혀 없었다. 다만 전과 달라진 게 있다면 억지 쓴다는 기분 없이 처우 개선을 요구할 당당함이 생긴 정도였다. 그런데 그 무렵 해서 거기까지 들린 대회장의 마이크 방송이 묘하게 그들을 자극했다.

"알립니다. 양택식 서울 시장님께서는 예정보다 한 삼십 분 늦으시겠답니다. 시장님이 오실 때까지 자리를 뜨지 마십시오. 기다려서라도 우리의 사정을 알리고 담판을 짓도록 합시다."

대강 그런 내용의 방송이었다. 하지만 그 소리를 들은 녀석들의 눈길은 대뜸 험악해졌다.

"늦긴 뭘 늦어. 안 오는 거지."

"내 이럴 줄 알았지."

"혹시나 했더니 역시나구먼."

기다렸다는 듯 저마다 그렇게 내뱉고는 남은 잔을 급하게 비우더니 명훈에게 말했다.

"올라가 봅시다, 형님. 아무래도 그냥 있다가는 개 몰리듯 내몰리고 말겠습다."

그때는 명훈도 술이 좀 올라 있었다. 당장 무엇을 어떻게 하겠다는 생각은 없었지만 적어도 포장마차에 그냥 죽치고 있어서는 안 된다는 기분은 들었다.

그들이 대회장으로 돌아와 보니 군중도 눈에 보이게 술렁이고 있었다. 그들도 서울 시장이 늦는다는 방송을 그대로 받아들이는 눈치가 아니었다. 서울 시장은 오지 않을 것이다, 우리가 무언가를 보여 줘야 한다. 비를 맞으며 서 있는 군은 얼굴들은 그런 결의를 다지는 듯했다.

일은 그로부터 오래지 않아 터졌다. 잠시 무겁고도 음울한 침묵이 이어지더니 누군가 카랑카랑한 목소리로 외쳤다.

"서울 시장이 시간을 어겼다! 시장이 우리를 속였다!"

그러자 더 크고 우렁찬 목소리가 그 외침을 받았다.

"시장은 오지 않는다! 우리를 사람 취급도 안 한다!"

그런데 두 번째 목소리의 어디가 그렇게 선동적이었던지 그 말이 끝나기 바쁘게 사람들이 움직이기 시작했다.

"관리 놈들은 꼭 무슨 일이 터져야 잘못을 안다! 그냥 있어서는 안 돼!"

"본때를 보여 주자! 우리가 겪고 있는 고통이 어떤 건지 놈들에게 보여 주자!"

그런데 알 수 없는 일은 그 목소리들이 주는 느낌이었다. 광주대단지로 내려와 힘들게 끼어 살면서도 명훈이 그들에게서 동료의식을 느껴 본 적이 한 번도 없었다. 어쩌다 한 구덩이에 빠지기는 했어도 나는 너희와 다르다. 때가 오면 나는 너희들과 무관한 곳으로 떠난다 — 그들의 한탄이나 고통의 호소를 대하는 명훈의 느낌은 그랬다.

하지만 그날은 달랐다. 그들의 목소리는 바로 자신을 대신한 절실한 외침으로 들렸고, 비에 젖은 초라한 행색들도 진정한 자신의 모습을 보는 듯했다.

그래, 맞아. 저게 바로 나다…… 그런 느낌이 들자 스스로도 짐작 못 한 분노가 가슴속에서 천천히 불씨를 피워 올렸다.

"형님, 갑시다. 이제 시작된 거라고요."

"이 새끼들 정신이 확 돌아오게 본때를 봐 줍시다."

"우리가 나서자고요. 우리 같은 것들이 나서서 깃대를 잡아 주지 않으면 또 슬그머니들 주저앉고 만다고요."

기름 젖은 헝겊에 불이라도 댕겨진 듯 세 녀석이 금세 눈빛이 달라져 설치기 시작했다. 그러나 명훈에게는 아직도 한 가닥 주저가 남아 있었다. 막상 움직이려 하자 무슨 음흉한 상처처럼 의식을 건드려 오는 공포였다. 만약 이것이 불온한 사상으로 선동된 난동으로 몰린다면…….

"형님, 정말 구경만 하실 거요? 찍, 소리 못 하고 밟혀 터지는 지렁이 같은 꼰대들에게 맡겨 둘 거냐고요?"

정대가 제법 눈까지 홉뜨며 명훈의 소매를 끌었다. 어느새 군중의 일부가 움직이고 있는데 앞장은 정말로 녀석들 또래의 청년들이었다.

"사업소로 가자! 이 새끼들부터 먼저 손보자고."

조금 나이 든 사내가 그렇게 외치며 그들을 유도했다. 생김이나 차림은 후줄근했지만 눈빛 하나는 남다른 게 취한 사람 같지가 않았다.

"그래, 가자. 이대로 당할 수야 없지."

명훈이 가슴속에 남은 마지막 주저를 지워 없애며 세 녀석과 함께 내몰리듯 그들 속에 섞였다. 그래, 이건 내 일이다. 생존을 위해서 스스로 지켜야 할 이익이다, 그렇게 이를 사리(사려)무는 순간 이전의 소심과 사려 들은 깨끗이 그의 머릿속에서 지워졌다.

명훈이 대단지 사업소로 뛰어들었을 때는 이미 먼저 뛰어든 사람들로 사무실 안이 난장판으로 변한 뒤였다. 욕설과 함께 책상이 뒤엎어지고 유리창이 요란한 소리를 내며 부서져 내렸다. 처음에는 어떻게 맞서 보려던 직원들도 그때는 이미 저항을 포기하고 저마다 사무실 밖으로 피하고 있는 중이었다.

그것도 기세일까, 직원들이 달아나 버리자 군중은 한층 과격해졌다. 처음에는 부수는 소리만 요란하고 중요하지 않은 집기들만 부수고 뒤엎던 그들이 차츰 업무와 관련된 중요한 기기와 서류들에 손을 대기 시작했다. 선풍기와 전화통이 박살 나더니 서류함들이 뒤엎어지고 서류들이 허옇게 쏟아졌다.

"형님, 이걸 쓰십쇼."

태식이 어디선가 서너 자 되는 각목 하나를 쥐어 주었다. 자신은 굵은 몽둥이 같은 것을 쥐고 있었다. 그러고 보니 그날의 난동이 온전히 우발적인 것 같지는 않았다. 앞장선 청년들은 저마다 손에 무언가를 쥐고 있었는데 개중에는 곡괭이나 철봉같이 미리 준비하지 않고서는 지니고 있기 어려운 것들도 있었다.

옮겨붙기 쉬운 열정 중 하나가 파괴와 전복의 열정이다. 명훈이 철들면서 줄곧 경원하고 기피해 온 것이 그 방향의 열정이었지만 한 번 옮아 붙자 그것은 그 누구에서보다 치열하게 타올랐다. 어느새 명훈은 세 녀석과 헤어진 채 난동의 선두에 서서 들부수고 뒤엎는 데만 열중했다. 어쩌면 그것은 아버지로부터 피로 물려받은 어떤 어두운 열정인지도 모를 일이었다.

"성남 출장소로 가자!"

"맞아, 그 새끼들도 손봐야 돼!"

누군가가 외치자 명훈은 최면에라도 걸린 것처럼 그들과 함께 출장소 쪽으로 달려갔다. 대단지 사업소의 질척한 마당은 내팽개쳐진 서류함과 집기들, 그리고 찢기고 짓밟힌 서류들로 허옇게 뒤덮여 있었다. 가는 길에 보니 성남 지서는 벌써 텅 비어 있었다. 지서라도 근무자가 서른 명이 넘어 웬만한 산골 경찰서에 못잖은 곳이었는데, 워낙 많은 군중이 들고일어나자 모두 겁을 먹고 피해버린 것 같았다.

그사이 난동은 완연히 폭동의 기세를 띠었지만 군중의 수는 줄지 않고 움직임은 오히려 과격하고 거침없어졌다. 경기도 성남 출장소로 몰려간 군중은 대단지 사업소보다 훨씬 철저하게 들부수기 시작했다. 방화가 그때 처음 시작되어 서류와 집기들이 불탔고, 조금이라도 저항의 기색이 보이면 폭행마저 서슴지 않았다. 하지만 그런 중에도 보이지 않는 통제는 있었다. 본관 건물을 뒤엎은 군중의 선두가 별관인 민원 사무실로 몰려갈 때였다. 무슨 지령처럼 그들을 말리는 목소리가 있었다.

"주민등록은 태우지 마라!"

"민원서류는 손대지 마라!"

이미 눈들이 뒤집힌 선두의 청년들도 그 말에 주춤했다. 막 그들을 따르려던 명훈도 정신이 확 드는 기분이었다. 그렇지, 세상이 오늘로 끝나는 게 아니다. 그 바람에 민원 사무실은 유리창만 몇 장 깨지는 걸로 내부는 상하지 않았다.

그 무렵 무슨 풍문처럼 서울 시장이 도착했다는 말이 군중 사이를 떠돌았다.

그러나 그 말은 군중을 가라앉히기보다는 더욱 흥분시켰다. 이제 그들의 목표는 서울 시장과 그를 따라온 간부들을 인질로 잡는 것이 되어 확실치 않은 정보에 따라 이곳저곳을 뒤지며 몰려다녔다.

실제 양택식 서울 시장이 현장에 도착한 것은 통보된 대로 약속 시간보다 삼십 분 정도 늦어진 열한 시 반경이었다. 그러나 군중은 이미 그 십 분 전에 움직이고 있었다.

양 시장은 하는 수 없이 대회장에서 한참 떨어진 제1공업단지 내에 있는 어떤 업체의 회의실에서 투쟁위원회 간부들을 만났다. 모든 정황으로 미루어 이미 다른 선택이 없어진 양 시장은 가능한 한 그들의 요구를 들어줄 터이니 난동부터 중지시켜 줄 것을 당부했다. 위원회 간부들도 거기에 동의했다.

하지만 그들이 합의 내용을 가지고 난동 현장으로 달려갔을 때는 이미 모든 게 늦어 있었다. 서울 시장과 투쟁위원회의 합의 내용조차 전하기 어려울 만큼 군중은 난폭했다. 그들은 이제 미래의 처우 개선을 넘어 과거의 분풀이, 한풀이까지 요구하며 서울 시장과 간부들 및 대단지 사업소 직원들을 찾는 데만 혈안이었다. 열두 시가 넘어 성남 소방서의 소방차 두 대가 동원되고 다시 광주 경찰서 기동대 백여 명이 지원을 나왔으나 성난 군중을 막을 길이 없었다. 성난 군중은 이리저리 몰려다니며 관공서를 부수고, 눈에 띄는 관용차는 모두 불태웠다. 그러다가 나중에는 민간인 차량까지 빼앗아 타고 서울로 가자고 외쳐 댔다.

서울 경찰서에서 파견된 기동대 수백 명이 그들의 서울 진출을 막기 위해 달려오고, 이어 광주 경찰서에서도 수백 명의 기동대가 실려 왔다. 군중은 그래도 움츠러들지 않고 그들과 돌팔매와 욕지거리로 맞서며 제법 장기전의 태세까지 갖췄다. 그러다가 서울시가 모든 요구 조건을 들어주겠다는 약속을 명백히 하고서야 흩어졌는데 그 최후의 순간까지 명훈은 그 선두 그룹에 섞여 있었다.

'두 제국을 가진 이 특이한 세기의 변경이기에 성립되는 논리에 나는 너무도 오랫동안 주눅 들어 왔다. 터무니없는 원죄 의식에 억눌려 무슨 일이든 반공(反共)의 부적만 내밀면 소스라쳐 움츠러들었다. 하지만 이제는 아니다. 나는 이제 내 몫을 다 치렀다. 너희들이 요구하는 것처럼 더 이상 바닥이 없는 곳까지 내 삶을 낮추었고 요구를 억눌렀다. 어떤 죄도 최소한의 생존조차 요구할 수 없을 만큼 크지는 않다. 하물며 그 죄란 것이 단지 피로 물려받은 원죄, 아시아적(的) 전제 왕조의 잔해에 끈질기게 남은 연좌의 사슬임에야.'

처음 군중의 선두로 내닫는 명훈을 지배하는 것은 그런 일종의 해방감이었다. 그러다가 영희를 만나면서 그 해방감은 전투적인 의식으로 변해 갔다.

명훈이 영희를 알아본 것은 성남 출장소를 나와 새로운 공격 목표를 찾고 있을 때였다. 진작부터 무슨 환청처럼 누가 자신을 부르는 듯한 소리를 들었는데 그때야 영희를 알아볼 수 있었다. 비에 젖어 추레해 보이는 옷차림에다 화장이 지워져 얼룩진 얼굴은 영희가 확보한 천민자본주의의 과일을 감추고 의심 없는 도시 빈민으로 위장시켰다. 그런 영희를 쓸어안고 명훈은 속으로 외쳤다.

'그래, 너도 드디어는 와야 할 곳에 왔구나. 이게 바로 이 사회가 일찍부터 우리에게 편입되기를 요구해 온 계급이었다. 좋다. 나는 기꺼이 받아들인다. 그리고 여기서부터 시작하겠다. 이제부터는 가차없이 싸우고 요구하겠다. 우리를 여기로 내몬 자들에게 우리도 결국은 자신들의 일부임을 상기시켜 주겠다. 여기 이 단지를 허옇게 덮고 있는 불행한 삶의 동지들과 함께.'

그러나 실제로는 말 한 마디 제대로 나눠 보지 못한 남매의 짧고 경황없는 해후였다.

백조의 꿈

"무슨 일이야? 무슨 일로 사람을 이렇게 놀라게 해?"

자리에 앉으면서 영희는 짐짓 쾌활한 목소리를 지어 물었다. 그렇게라도 해야만 전화를 받은 뒤 줄곧 불안했던 마음을 조금이라도 달랠 수 있을 것 같아서였다.

"아니, 그냥 널 꼭 한번 만나고 싶어서……."

혜라가 전화 때와 다름없이 메마르고도 풀 죽은 목소리로 말했다. 그새 찬찬히 뜯어본 그녀의 얼굴도 영희의 까닭 모를 불안을 키웠다.

혜라의 화장이 엷어지기 시작한 것은 벌써 여러 달 되었지만 그래도 눈썹을 그리고 엷게나마 루주는 발랐다. 그런데 섬뜩한 느낌이 들 만큼 민얼굴이었다.

오랫동안 짙게 화장해 온 탓에 민얼굴로 있으면 어두운 그림자처럼 보이던 일종의 화장독은 그새 거의 지워져 있었다. 그러나 윤기 없이 희기만 한 피부는 스물일곱까지도 여대생 티를 낼 수 있었던 그녀의 얼굴을 완연히 제 나이로 되돌려 놓았다. 거기다가 진짜보다 더 자연스럽던 인조 속눈썹이며 멋있게 그려 올렸던 눈썹이 없어진 맨송맨송한 눈과 핏기 없어 푸른 기운까지 도는 엷은 입술은 방금 남편의 장례식을 치르고 나온 젊은 미망인 같은 인상을 주었다.

"이 기집애야. 별일 없으면 화장이라도 좀 하고 다녀라. 얼굴이 그게 뭐냐? 남이 보면 방금 남편 잡아먹은 과부 줄 알겠다."

영희가 점점 더해 가는 마음속의 불안을 달래려고 이번에는 농담조로 바꾸어 보았다. 그 말에 혜라가 피식 웃었다. 그러나 그 웃음이 얼마나 힘없고 쓸쓸해 보이는지 눈물을 흘리는 것보다 더 애처롭게 느껴졌다.

"그래? 내가 정말 그래 보이니?"

"그 정도가 아냐. 거기다가 흰 소복이라도 입고 나서면 「전설의 고향」에 나오는 처녀 귀신인 줄 알겠다. 정말 너 왜 그래? 그것도 결혼을 보름밖에 안 남긴 신부가……."

그러자 그녀가 애써 밝은 웃음을 지었다.

"너 잘 알잖아? 그분이 화장 싫어하시는 거. 그래도 이게 옛날보다 열 배는 더 이쁘다는데……."

그럴 때는 정말로 행복에 겨운 미소가 반짝 피었다 사라졌다.

그 자리에 남은 옅은 홍조를 보고 비로소 가슴을 쓸은 영희가 이번에는 은근히 화가 나 자신도 모르게 목소리를 높였다.

"미친년. 나는 깜짝 놀랐잖아. 니네 신랑감이 갑자기 맘이라도 변한 줄 알고. 그래서 울고 짜고 하려고 날 부른 줄 알고……."

"목소리 낮춰. 남들이 보잖아."

혜라가 가만히 주위를 돌아보며 나직한 목소리로 주의를 주었다. 그 조신스러움이 숙녀도 그런 숙녀가 없었다. 영희에게는 왠지 그게 고깝기보다는 가엾게만 느껴졌다. 무엇이 너를 이렇게 변하게 만들고 있는 거야…….

"네 신랑감 이상한 사람 아냐? 자신을 이쁘게 가꾸고 싶어 하는 것은 여자의 본능이고 남자들도 이쁘게 꾸민 여자를 더 좋아하게 마련인데 — 혹시 의처증 같은 거라도 있는 거 아니냐고?"

"걱정 마. 누구보다 이성적인 사람이야. 그냥 취향이 좀 다를 뿐이야."

"너도 그래. 너 아직 결혼도 안 한 게 그렇게 쥐어 살아 어떡할래? 상대가 좋아하지 않는다고 화장까지 포기하는 거, 그거 너무 심한 거 같은데."

그러자 혜라가 다시 한 번 밝게 웃으며 도리질을 했다.

"이해할지 모르지만 내가 좋아서 하는 거야. 그것도 아주 포기한 것까지는 아니고…… 나도 이제는 정말 이렇게 지내는 게 편해."

"미친 기집애. 너 정말 사랑에 폭 빠졌구나. 하지만 정신 차려라.

너 나이가 몇이냐? 열일곱 순정도 아니고 배알도 쓸개도 다 빼 주는 거 아니다. 남자라면 너도 알 만큼 알 텐데……."

영희가 이번에는 희미한 질투까지 느끼며 심술처럼 그렇게 말했다. 그래도 혜라는 소리 없이 웃기만 했다.

"우리 그인 달라. 그럴 분 아냐."

"그럼 뭐야? 왜 사람을 대낮에 이런 곳까지 불러내……."

그러면서 영희는 비로소 주위를 둘러보았다. 오륙 년 저쪽 백운장에 있을 때는 더러 외박을 나와 본 적이 있는 워커힐이었다. 그러나 바로 객실로 들어가 밤만 새우고 나온 터라 커피숍이나 식당에 들러 보지는 못했다. 그런데 새삼 둘러보니 동양 제일이라던 당시의 선전이 그저 과장이었던 것 같지만은 않았다. 시원하게 뺀 창으로 한강이 푸르게 굽이쳐 흐르는데, 특히 멀리 미사리 쪽은 한 폭의 잘 그린 동양화처럼 아름다웠다.

"할 이야기가 있어서…… 우선 여기서 차 한잔하고, 저기 식당으로 내려가자. 너한테 제대로 된 밥 한번 사고 싶었어. 그리고 — 얘기는 그다음에 해."

갑자기 혜라의 목소리가 처음 만났을 때처럼 메마르고 풀 죽은 것으로 돌아갔다. 일껏 밝아졌던 얼굴도 어느새 어두운 그늘이 덮였다. 이 기집애한테 아무래도 무슨 일이 있어…….

"너 자꾸 사람 겁줄래? 유명한 짠돌이 윤혜라가 갑자기 사람을 불러내 워커힐에서 저녁을 산다? 그것도 영동 배추 장수네 집에 시집가서 펑퍼짐하게 눌러앉은 아줌마한테……."

"그럴 일이 있어. 당장은 더 이상 묻지 마. 여기서 조용히 차 한 잔 즐기고, 시간 되면 내려가 식사나 해. 이 호텔 일식부(日式部)야. 오전에 예약해 뒀어."

혜라가 그래 놓고 마침 차 주문을 받으러 온 종업원에게 커피 두 잔을 시켰다.

"어쭈, 이젠 지 맘대로야. 나 이래 봬도 층층시하에서 시집살이 하는 사람이야. 얼른 너 만나고 밥하러 가야 하는 거 몰라? 시아버지, 시어머니 두 눈 시퍼렇게 뜨고 날 노려보고 있다는 거."

"그러지 마. 나 지금 몹시 피곤하고 혼란돼 있어. 쓸데없이 사람 수선스럽게 하지 말고 얘기나 좀 하자."

혜라가 여전히 나직하고 조심스러운 목소리로 그렇게 받았다. 얼굴에는 정말로 곤혹스러워하는 표정이 떠올랐다.

"얘기는 저녁 먹고 하자며?"

이번에는 영희도 특별히 어깃장을 놓는 기분 없이 말했다.

"넌 요즘 어때? 접때 성남 일 어떻게 됐어?"

혜라가 갑자기 물었다. 그 목소리가 너무 성실해 화제를 바꾸기 위한 물음 같지만은 않았다.

"그거 돈 안 물어주게 끝났다고 얘기했잖아? 모란 단지 사(私) 딱지도 서울시에서 인정해 주기로 한 거. 그날 거기 사람들과 함께 험한 꼴로 악을 좀 쓰기는 했지만."

"결국은 없는 사람들한테 묻어서 네 몫을 지켜 낸 셈이로구나."

전혀 빈정거리는 투가 아닌데도 묘하게 영희의 심기를 건드리는 말이었다. 영희가 전과는 전혀 다른 이유로 비뚤어져 받았다.

“없는 사람들한테 묻어서…… 라니, 그럼 넌 내가 없는 사람들 등에 업고 사기라도 쳤다는 거야?”

“그건 아니지만…….”

“그럼 뭐야? 하지만 말이야, 그날 내가 뛴 건 나나 그들이나 똑같다는 기분 때문이었어. 사실, 말이야 바른말이지, 내가 뭐 있어? 모란 딱지 잘못돼 그거 다 물어주면 나도 빈털터리나 다름없어, 그동안 성남서 먹은 거 다 게워 내고 겨우 내 원금이나 남게 될까.”

“그래도 그렇지 않지. 넌 그 사람들하고는 달라. 오히려 그들과는 반대 반향으로 달려가는 중이잖아?”

“그건 무슨 소리야?”

“나도 들은 얘긴데, 어느 시대든지 중심이 되는 두 부류의 사람이 있게 마련이래. 예를 들면 지금 같은 시대는 돈을 가진 사람과 그 밑에서 일해 주고 벌어먹는 사람, 두 종류라는 거야. 그런데 지금 우리가 살고 있는 시대는 시작된 지 그리 오래되지 않아 아직 그 둘 중 어느 쪽으로도 확정되지 못한 사람들이 많대. 농사짓는 사람들이나 구멍가게 주인이나, 옛날 잘살던 양반집 자손들처럼 — 그리고 어쩌면 너와 나도 그 속에 들어갈 거야.”

“얘가 점점 더 사람을 정신없게 만드네. 너 지금 무슨 소리를 하려는 거야?”

“그런데 너는 지금 거의 확정되어 가고 있는 거야. 얼마 전 성남에서 소동을 벌인 철거민들이 어떤 계급 같은 것으로 확정되어 가듯이 말이야."

"그것도 잘난 너희 교수 신랑이 말해 준 거니?"

"꼭 그이한테 들은 소리만은 아니고 — 너 우리 카페에 먹물 든 손님 많이 드나드는 거 알잖아."

"그래, 좋아. 어디서 들었건 말해 봐. 어째서 나와 그 사람들의 방향이 다르다는 거야? 누구나 돈 많이 벌어 잘살고 싶은 거 똑같지. 그리고 확정되긴 뭐가 확정돼?"

"물론 희망이야 비슷하겠지. 하지만 구조라는 게 있대. 어떤 사회가 한번 그렇게 짜여 버리면 이 부류에서 저 부류로 넘어가는 일은 좀체 일어나지 않게 된다는 거야. 그런데 서울서도 판잣집에서 살다가 성남까지 쫓겨 간 사람들, 그 사람들은 이미 확정된 사람들이래. 가진 것 없이 품만 팔아 먹고살아야 할 부류로."

"그럼 나는? 나는 가진 게 뭐 있어? 이제 겨우 현금 한 사오백만 원 꼬불쳤다고 무슨 큰 떼부자라도 났다는 거야?"

다시 혜라의 말에 무언가 심사가 뒤틀린 영희가 목소리를 높였다. 혜라가 민망한 듯 얼굴까지 붉히며 사정하듯 말했다.

"제발 목소리 좀 낮춰. 중요한 건 지금 네가 얼마나 가졌는가 하는 게 아니라 네가 정한 방향과 그걸 뒷받침할 조건들이야. 너는 네가 정한 방식대로 돈을 불려 겨우 1년 남짓에 가지고 있던 돈의 세 배를 만들었어. 아마 너희 시집 돈도 배는 불렸을 거야. 그게 뭔지 알아? 바로 네게 남는 자금이 있었다는 것과 우리나라의 특별난 사정이 땅값을 올려 가고 있기 때문이야."

"우리 쉽게 말하자. 그래, 나 땅 투기해 돈 좀 벌었다. 그런데 그게 뭐 잘못된 거니?"

"잘못되었다기보다는 — 그게 바로 천민자본주의적 방식이지."

"천민자본주의? 그게 뭔데?"

"쉽게 말하자면 돈을 가지고 수단 방법을 가리지 않고 돈을 불려 나가는 거."

그 말에 영희는 이해하려는 노력보다 화부터 났다. 혜라가 너무나도 말짱한 얼굴로 따지듯이 말하고 있는 것 때문이었을 것이다.

"말하자면 투기꾼이란 말이지. 남이야, 세상이야 어찌 되건 저만 돈 벌면 된다는 이야기지. 그렇지만 이 기집애야 잘난 척하지 마. 너도 바로 거기에 돈을 질러 작년에 곱장사로 빼 가지 않았어?"

영희가 다시 목소리를 높이자 혜라는 거의 애원조가 되었다.

"제발 조용히 얘기하라니까. 그래 네 말마따나 나도 그래 왔어. 돈을 버는 일이라면 못 할 것 없다고 생각했고 — 몸까지 팔았어. 또 지금도 그래. 그렇게 하는 것도 이 험한 거친 세상을 살아가는 방법 중에 하나라고 믿어. 다만……."

"다만, 뭐야? 이제는 착실한 신랑 만나 걱정 없이 살게 됐으니 그런 짓 안 하겠다는 거지. 교수 사모님 되어 돈 같은 건 거들떠보지도 않고 우아하고 품위 있게 사시겠다 이거지."

"너 어쩜 그렇게 사람을 몰아대니? 나 안 지 하루 이틀도 아닌데……."

"하루 이틀이 아니라서 그런다. 그 소리가 아니라면 그럼 뭐야?"

"어떤 방식으로 살든지 그게 뭔지는 알아야 한다는 뜻에서 말하는 거야. 오래된 친구에게……."

그녀가 힘주어 말하는 친구라는 말이 문득 영희의 화를 가라앉혔다. 돌이켜 보면 혜라는 그저 오래된 친구를 넘어 영희에게는 거의 하나뿐인 참되고 피붙이 같은 친구였다.

모니카 때문에 우연히 알게 된 지 7년, 그것도 첫 1년은 친구라기보다는 앙숙에 가까웠다. 영희가 나름대로는 기세 좋게 세상에 버텨 나갈 때 혜라는 그저 시건방지고 비뚤어진, 그리고 모니카라는, 친구 같지 않은 친구의 논다니 짝패일 뿐이었다.

그러나 영희가 절망적이 되어 손을 내밀었을 때 그녀는 세상의 그 누구보다도 미덥고 다정한 친구로 다가왔다. 바로 창현이 그녀를 산부인과에 내팽개치고 집세를 빼 달아나 버린 때가 그랬다. 그때 혜라가 없었다면 영희는 아마 다시 일어날 수조차 없었을 것이다. 그리고 — 그 뒤 6년, 혜라는 영희에게 세상의 모든 소중하고 정다운 이름을 아울러 가진 단 한 사람이었다. 그녀는 친구였고 자매였으며, 유익한 충고자이자 고해사(告解師)였다. 좀 과장해 말하면 때로는 삶의 한 사표(師表)이기까지 했다.

영희가 갑작스러운 옛 생각으로 멈칫해 있는 사이 혜라가 차분하게 덧붙였다.

"나는 말이야 — 네가 너무 맹목적으로 달려가고 있는 듯싶어. 어쩌면 지금 네가 잡은 길을 권한 게 바로 나일 수도 있잖아. 그래선지 요즘은 문득 걱정스러울 때가 있어. 자칫하면 네 정신이고 육체고 돈 속으로 흐물흐물 녹아 없어질까 봐……."

"기집애도. 아무렴……."

영희가 자신도 모르게 풀어진 목소리로 받았다. 혜라가 그런 영희를 물끄러미 건너보다가 조심스럽게 입을 열었다.

"그리고 — 세상에 대한 네 미움과 원한은 안다만, 이제 조금 거기서 자유롭고 싶진 않니? 너희 어머니와도 화해하고 싶지 않아? 실은 작년만 해도 바로 내가 진창이니 뭐니 해서 네 가족들을 외면하라고 권한 적은 있지만……."

"걱정 마. 실은 성남에서 그 난리 있고 집을 찾아가 본 적이 있어. 아직 큰 힘이 없어 도움은 못 됐지만 할 수 있는 만큼은 했고……"

그러면서 영희는 문득 한 달 전을 떠올렸다.

그날 성남 출장소 앞의 성난 군중 틈에서 짧게 마주친 뒤로 영희는 두 번 다시 오빠 명훈을 만나지 못했다. 그녀가 맨발로 절뚝이며 일반 군중을 뒤따른 데 비해 명훈은 성난 청년들의 선두에서서 과격한 난동을 주도하고 있었기 때문이었다.

그 바람에 서울시가 단지 주민들의 모든 요구 조건을 다 들어주기로 해 소동이 가라앉은 뒤에도 영희는 친정집을 찾아볼 수가 없었다. 명훈을 만나지 못해 집이 어딘지 알 수 없는 데다 날이 저물어 와 시집으로 돌아갈 일이 급했기 때문이었다. 아직은 식구들과 만날 때가 아니라는 마음속의 자제도 영희가 냉정히 발길을 돌리는 데 한몫을 했다.

하지만 시집으로 돌아가 하루 이틀 지나는 사이에 영희의 마음은 달라졌다.

우선은 '난동 청년 30여 명 구속'이라는 신문 기사가 오빠 명훈의 안위를 걱정하게 했다. 명훈이 바로 그들의 선두에 서서 달려나가는 걸 보았기 때문이었다.

그러나 무엇보다도 강하게 영희의 발길을 끈 것은 그날 오빠 명훈을 통해서 느낀 친정집의 어떤 본질적인 변화였다. 전에도 영희는 오빠의 성난 모습을 본 적이 있었다. 하지만 대개 그것은 어떤 목적을 위해 과장된 몸짓에 지나지 않았고, 더러 행동으로 옮겨져도 최소한으로 자기감정을 표현하는 데 그쳤다. 그런데 그날은 아니었다. 오빠의 얼굴은 진정으로 성난 사람의 그것이었고, 부수고 깨는 행동도 감정을 있는 그대로 다 드러내는 것이었다. 오빠가 변했다 —. 영희는 아수라장 같은 철거민들의 난동 속에서도 섬뜩한 느낌으로 중얼거렸다.

그러고 보니 오빠의 전체적인 인상도 달라져 있었다. 그전에는 어떤 거칠고 천한 환경에 떨어져 있어도 오빠는 주위 사람들과 뚜렷이 구분되었다.

이제는 아마득하게 기억되는 안동 시절 통일역 주변에서 목판

장사를 할 때에도 비슷한 목판에 비슷한 차림으로 버스를 오르락 내리락하는 또래가 많았지만 오빠는 그들과 달라 보였다. 어색함, 어울리지 않음을 넘어 무언가 환한 빛무리 같은 것이 오빠를 감싸 그들과 구분 짓는 듯 느껴졌다.

미군 부대 보일러맨으로 일하면서 따라지 고등학교를 다닐 때도 그랬다. 그 실질이 공허하기 짝이 없다는 걸 잘 아는데도 오빠가 비슷한 사람들 가운데 있을 때면 한눈에 그들과 다른 무엇이 있음을 알아볼 수 있었다.

돌내골에서 갈 데 없는 농투성이가 되어 있을 때도 마찬가지였다. 오빠는 스스럼없이 농부를 자처하며 밭을 갈고 나무를 해 왔지만, 영희에게는 그게 오빠 나름의 멋부림으로 느껴질 만큼 다른 농부들과는 구별되었다.

그런데 그날은 그렇지가 않았다. 차림이나 표정뿐만 아니라 그 불 같은 분노나 무엇에 취한 듯한 난폭함에 이르기까지 그를 둘러싼 청년들과 조금도 다르지 않았다. 오히려 오래 그들과 함께 살아온 듯한 자연스러움과 조화까지 느껴질 정도였다.

'무엇이 오빠를 그렇게 달라지게 만든 것일까. 집에 무슨 일이 벌어진 것일까…….'

어쩌면 명훈의 그 같은 변화는 도시 빈민과의 동일시(同一視)에서 비롯된 자기 정체성(自己正體性)의 확인이 그 원인일는지도 모르겠다. 명훈 자신의 규정대로라면 오래 '떠돌던 자'가 드디어 자신이 있을 자리를 찾았다고 믿는 순간의 자포자기적 열정 때문이라고 할 수 있을 것이다. 또 마르크스 식으로 표현한다면, 이 아시아적 전체국가의 폐허 위에서 새로운 시대에 적응하는 데 실패한 봉건지주의 후예로 오래 주변 계급으로 떠돌다가, 그제야 겨우 기본계급으로 스스로를 편입시킨 자가 몸으로 외친 출발의 노래일 수도 있다. 하지만 그런 의미를 알 길 없는 영희에게는 그게 그저 불길한 변화로만 느껴졌다.

'혹시 오빠는 아버지의 길을 따르려고 하는 것이 아닐까. 어쩌면 내가 떠나 있는 사이 우리 집은 아버지와 다시 연결된 것이 아닐까…….'

불안이 그런 짐작으로 바뀌자 영희는 더 참을 수가 없었다. 그래서 참지 못한 그녀는 소요가 있고 사흘 뒤 다시 성남으로 갔다.

기억을 더듬어 그 전해 가을 오빠가 집 짓는 인부들과 함께 일하던 곳을 찾아간 영희는 그 자리에 들어선 집의 대문부터 두드렸다. 집 안에 아무도 없는 것 같았는데 몇 번 되풀이 대문을 두드리자 한 젊은 여자가 소리 없이 나와 대문을 열었다. 자신보다 몇 살 어려 보였는데 해산한 지 얼마 안 되는지 아직 얼굴이 푸석푸석한 산부(産婦)였다.

"저어, 사람을 찾아왔는데요. 혹시 이명훈 씨라고 모르십니까? 전에 이 집 지을 때 여기서 일하는 걸 본 적이 있어서요."

대문을 열어 주는 사람이 하도 낯설어 영희는 자신도 모르게 설명 조가 되어 물었다. 자신을 바라보는 힘없으면서도 해맑은 눈길이 왠지 친근하게 느껴졌지만 그녀가 바로 올케가 된다는 것은 짐작조차 못 했다.

"그런데…… 왜 찾으시는데요?"

명훈을 찾자 반짝 경계의 눈빛을 보내던 그 젊은 여자가 이내 침착을 회복해 되물어 왔다. 그녀가 명훈을 알고 있다는 게 반가워 영희는 조심성을 잃고 대답했다.

"저는 영희라고 하는데요 — 이명훈 씨 동생 되는 사람이에요."

그러자 그녀가 움찔하더니 이내 손아랫사람의 공손함이 담긴 어조로 대답했다.

"어머, 그럼 바로 큰아기씨…… 어서 들어오세요. 여기가 바로 우리 집이에요."

하지만 말의 의미와 달리 표정에는 놀라움도 반가움도 나타나지 않았다. 그저 모든 게 지루하고 심드렁하다는, 그런 막막한 표정이었다.

"그럼 새언니가 바로……."

"네, 지난 시월에 결혼했어요. 결혼식 때 못 뵈어서 섭섭했어요."

이번에도 표정 따로 내용 따로인 대꾸였다. 그런 그녀가 금방 쓰러질 것같이 보여 영희는 집 안으로 들어가기를 서둘렀다.

"오빠 안에 계세요?"

영희가 집 안으로 발길을 떼어 놓으며 그렇게 묻자, 그녀의 두 눈에 눈물이 고이기 시작했다.

"그럼 역시 그날 일로…… 경찰서에?"

"그건 아녜요. 그날 나가서 — 돌아오지 않으셨어요."

그런 그녀를 영희가 얼른 부축하며 다시 물었다.

"어머니는요?"

"네, 저 방에…… 요즘은 기도만 하고 계세요."

그사이 거실로 쓰는 듯한 마루방에 들어선 그녀가 건넌방을 가리키며 말했다. 어머니가 거기 있다는 말을 듣자 영희는 본능적으로 긴장했다. 갑자기 오빠가 없다면 굳이, 하는 생각이 들며 발길을 돌리고 싶은 마음조차 일었다.

하지만 자기보다 어려 보이는 올케에게서 감지된 집안의 심상찮은 분위기가 먼저 영희를 붙들었다. 이어 핏줄로 이어지는 어쩔 수 없는 정회(情懷)가 가세했다. 벌써 못 본 지 6년이 넘었구나. 악귀(惡鬼)든 저주든 그래도 나를 낳고 길러 주신 어머니가 아닌가—. 그렇게 시작된 자기 설득은 곧 희미하게나마 자기반성으로 이어졌다. 나도 꼭 잘했다고 볼 순 없지 뭐. 나야말로 애물단지 원수덩어리 딸인지도 몰라.

영희가 방문을 열자 어머니는 어두운 방 안에 엎드려 기도를 올리는 중이었다. 저 기도 속에 나는 한 번이라도 들어가 본 적이 있을까, 싶자 묵은 상처가 도지듯 가슴 한구석이 쑤셔 왔으나 영희는 애써 참고 어머니의 머리맡에 앉았다. 그걸 보고 올케가 그림자처럼 안방으로 사라졌다.

분명 인기척을 느꼈을 터인데도 어머니는 한동안이나 기도에서 깨어나지 않았다. 수십 년을 그렇게 간절히 빌었지만 한 번도 응답이 없었던 저 기도, 싶자 이번에는 대상을 알 수 없는 울화가 치밀었다. 하지만 영희는 한동안이나 더 참고 기다렸다.

"어머니, 제가 왔어요."

희미하게 '아멘'이란 소리를 들었는데도 몸을 일으키지 않는 어머니를 보다 못해 영희가 나직이 말을 걸어 보았다. 어머니가 화들짝 놀란 듯 몸을 일으키더니 묘한 표정으로 영희를 쳐다보았다. 아주 짧은 순간이었지만 영희는 철들고 처음 느껴 보는 어떤 따뜻함을 그 표정에서 읽은 기분이었다. 그러나 그게 미처 감동으로 변하기 전에 어머니의 얼굴은 옛날의 그 섬뜩한 엄격함을 회복했다.

"어머니라니? 내 딸은 하마 옛날부터 옥경이 하나뿐인데……."

목소리도 옛날의 그 비정한 뒤틀림으로 돌아가 있었다. 그게 악몽과도 같은 옛날과 함께 거기 대응했던 자신의 감정을 되살려 내 영희도 하마터면 고함으로 맞받을 뻔했다.

하지만 영희는 이미 옛날의 영희가 아니었다. 특히 마지막으로 집과의 연결이 끊어진 뒤의 6년은 결코 심상할 수 없는 세월이었다. 몇 번이나 죽음 언저리까지 내몰리면서 도시의 밑바닥 중에서도 가장 끔찍한 삶의 현장을 온몸으로 관통해 온 영희에게는 그 세월이 그대로 이 세상에 펼쳐진 연옥(煉獄)이었다. 어떤 불길보다도 더 뜨겁고 매서운 그 불길에 단련된 그녀의 감정은 어느새 미움도 사랑도 조절할 수 있는 수준에 이르러 있었다.

어머니도 옛날의 그 꺾을 수도 없고 휠 수도 없던, 그리고 아직은 삶의 활력으로 충만해 있던 그 비정한 개성은 아니었다. 그사이 반나마 희어진 머리에 살이 빠져 등마저 둥그스름하게 휜 듯한 느낌을 주는 할머니가 되어 있었다. 정신도 몸만큼이나 쇠약하고 기력이 떨어져 안간힘을 다해 버티고는 있어도 그녀의 비정과 적의에는 진작부터 내부적인 동요가 느껴질 정도였다.

거기다가 영희에게는 근년의 득의(得意)로 생긴 여유가 있었다. 그래, 이제는 져 주어도 된다. 악귀였든 저주였든 어머니는 어머니다…….

"어머니, 아직도 절 용서하지 못하시겠어요? 그렇다면 다시 한 번 용서를 빌게요. 그동안 제가 잘못했어요. 이젠 용서하세요."

영희는 특별히 감정을 과장하고 있다는 기분 없이 그렇게 울먹이며 어머니의 어깨를 감싸 안았다.

"참 별일일세. 해가 서쪽에서 뜰 일이다. 니가 다 잘못했다는 소리를 하고…… 좌라, 고마. 이거 못 놓나?"

어머니가 그러면서 세차게 뿌리쳤으나 영희는 놓아 주지 않았다. 이내 어머니는 저항을 멈추고, 가는 떨림만이 영희의 두 팔에 전해져 왔다. 그 떨림이 묘하게 영희의 감정을 자극해 눈물이 걷잡을 수 없이 쏟아지기 시작했다.

"늦었지만 지금은 어머니가 시키신 대로 다 하고 있어요. 시어머니, 시아버지 모시고 시누이, 시동생 층층시하에서 며느리 노릇 제대로 하려고 애쓰고 있어요. 잘할게요. 앞으로는 어머니가 가르쳐 주신 대로 살 거예요. 그러니 이제 맘 푸세요."

"어디 가 어늘(말솜씨)은 늘어 가주고(가지고선) — 째진 악바리(아가리)라고 말이사 그저 철철……."

어머니가 여전히 그렇게 가시 돋친 말로 받았으나 이미 딸로 인정조차 않으려는 매몰참은 느껴지지 않았다.

"아직 한을 다 풀지는 못했지만, 세상 사는 것도 더는 어머니를 욕되게 하지 않을게요. 남에게 몹쓸 짓은 않을게요. 아니, 그동안 몹쓸 짓 한 거 있으면 그것도 다 갚아 가며 살게요."

그렇게 말해 놓고 나니 어머니와 집을 떠나 세상 바닥 진창을 뒹굴면서 겪은 온갖 비참과 고통이 새삼스러운 슬픔으로 영희의 눈물을 짜냈다.

"이기 어디서 못 먹을 거를 먹고 왔나? 이게 먼 희한(稀罕)한 소리로? 니가 당최 왜 이래노? 놔라. 보자, 이거 쫌 놓고 말해라."

영희의 긴장이 슬픔으로 풀어진 틈을 타 어머니가 기어이 자신을 안고 있는 영희의 두 팔을 떨쳐 버렸다. 그러나 그래 놓고 다시 영희를 뜯어보는 눈길은 여전히 못마땅해하는 대로 어김없이 한 어머니의 눈길이었다. 아련하게나마 멀리 세상 끝을 홀로 떠돌며 온갖 고초를 다 겪고 돌아온 딸을 애처롭게 여기는 빛이 떠도는.

"그래, 오늘은 무신 바람이 불어 여까지 다 왔노?"

제 서러움과 한에 겨워 울고 있는 영희를 한참이나 말없이 살피던 어머니가 이윽고 덤덤한 목소리로 물었다.

"오빠가 걱정돼서요. 아무래도 집안에 무슨 큰일이 난 거 같아서……."

"안 보고도 잘 아네. 니가 어예 그걸 아노?"

"실은 그 난리가 있던 날 오빠를 만났어요. 깡패 같은 청년들과 앞장을 서서 뒤엎고 때려부수는 걸 보고 걱정했는데……."

"그랬구나. 그래 놓고는 집에도 못 들어오고 그길이(그길로) 달라뺐구나."

"그럼 경찰을 피해 달아났어요?"

"그것도 모리겠다. 두 번 시(세) 번 찾아오는 걸로 보아 아직 경찰이 잡아간 거 같지는 않고 — 이번 나불(차례, 판)에 죽은 사람은 없다 카이 죽은 것도 아이겠고오 — 그래서 답답으이(하니) 캐(해) 보는 소리라. 그날 아침 무신 위원장인지 뭔지 하는 햇영감하고 나간 뒤로 안죽까지 소식이 없다. 참말로 어예 됐는 동……."

"그럼 알아보시지 않았어요?"

"황 머시기라꼬 《동양일보》에 기자로 있는 친구한테 알아봐 달라꼬 전화했디라. 그런데 모리겠단다. 경찰에 잡히지 않았다는 것만은 틀림없다는 말뿌이라."

"숨어 다니려면 돈이 필요할 텐데, 돈은 가진 게 좀 있었대요?"

"몇백 원이라면 모리까, 큰돈은 없었을 께라. 그케, 고마 죽은 듯이 뒤로 빠져 구경만 하라 캤디 — 그것도 물려받은 피라꼬 아무 데나 주척주척 나서기는……."

드디어 어머니의 대답이 오빠를 향한 푸념으로 바뀌었다. 그런데 피라는 말이 갑자기 영희를 긴장하게 만들었다.

"그런데 어머니, 무슨 일이 있었어요? 오빠가 집을 나가기 전에.

아니, 이 근래에……."

"일은 무신 일. 취직이라꼬 몇 푼 받고 나가던 데가 있었지마는 막노동이나 다름없는 경비 일이라, 쫓게(쫓겨) 나왔다꼬 상심할 일도 없고…… 오히려 이제 삼칠 나는 재준(在俊)이 덜따보며 어예튼동 살아 볼라꼬 빼둥거리는 중이었는데."

"혹시 아버지하고 무슨 연결이 있었던 건 아녜요?"

"이기 무신 소리를 하노? 오래비 자아(잡아)먹을 일이 있나? 아부지라이, 아이, 아부지라이……."

어머니가 갑자기 목소리를 높여 덤벼들 듯 몰아댔다. 그 바람에 하마터면 어렵게 이루어져 가던 모녀간의 화해가 깨어질 뻔했지만 이번에도 영희의 참을성이 파국을 막았다. 영희가 얼른 사죄와 함께 자신이 한 말을 거둬들이고 화제를 바꾸었다. 먼저 돌내골을 떠난 뒤 가족들이 겪은 풍상을 듣고, 이어 오빠가 결혼하게 된 일이며 성남에 집을 짓게 된 경위를 들은 뒤에 다시 물었다.

"그런데 인철이하고 옥경이는 어디 갔어요?"

"인철이는 고시 공부하러 돌내골에 내리갔다. 절에 가라 캤디, 거기 있는 정자도 공부하기 좋다 카미. 그런데 가아한테 이 일을 알래야 할지 어옐지 모리겠다. 며칠 더 기다려 보고 그래도 소식이 없으믄 지라도 불러들라야지. 옥경이는 아까 안 카드나. 내 식모살이 갈 때 공장 드갔다꼬. 첨에는 쪼매 고생했는데 인제 한 2년 되이 기술도 늘고 이력도 붙어 지낼 만한 모양이라. 지 오래비가 하마 언제부터 공장 치앗뿌고 집에 들어오라 캐도 영 말 안 듣는다."

지난 6년 가족들의 살이를 듣는 데 너무 많은 시간이 쓰였던지 거기까지 주고받고 나니 벌써 시집으로 돌아갈 생각에 마음이 급해졌다.

"그런데 어머니, 제가 뭐 도와드릴 일 없겠어요?"

영희가 서둘러 일어서며 그렇게 물었다. 그러자 어머니의 얼굴이 다시 험하게 굳어졌다.

"그것도 핏줄이라꼬 울미 불미 달가드이 내 집에서 내쫓지는 못했다마는 그눔의 주제넙적한(주제넘은) 소리 좀 하지 마라. 도와주기는 뭘 도와조? 지발 니나 잘살아라."

어머니는 그렇게 한마디로 거절했다. 그러나 영희는 미리 준비해 간 10만 원을 어머니 몰래 올케에게 쥐어 주었다.

"언니, 오빠에게 갑자기 연락이 와도 그렇고 — 정히 쓸 데 없으면 인철이 책값이라도 보태요."

"그랬니? 역시 그랬구나. 내가 사람을 잘못 보지는 않은 모양이네. 난 그것도 모르고 이 말을 꼭 해 주고 떠나려고 그랬지. 가족은 피해 가야 할 진창이 아니라 우리를 세상에 붙들어 매는 끈 같은 거라고. 우리가 이 고통스러운 세상을 굳이 살아야 할 많지 않은 이유 중에 가장 확실한 하나라고……."

영희가 띄엄띄엄 늘어놓은 말을 다 들은 혜라가 무엇 때문인지 가볍게 가슴을 쓸며 그렇게 말했다. 영희는 갑자기 감상적이 된 자신을 다잡듯 강한 어조로 덧붙였다.

"그렇지만 세상에 대한 내 받아치기 방식은 바뀌지 않을 거야. 그게 언제일지는 모르지만 충분하다고 여길 때까지 이대로 밀고 나갈 거라고. 나는 아직 세상에 대해 잔인하고 비정할 권리가 있어. 누구도 내 방식을 나무랄 수 없어."

그래 놓고 나니 문득 혜라의 말에서 느껴진 이상한 여운이 다시 떠올라 급하게 물었다.

"그런데, 너 — 정말 무슨 일이 있는 거야? 떠나다니? 떠나긴 어딜 떠나?"

"아, 그거. 그거야 시집을 가니까."

혜라가 흠칫하며 그렇게 얼버무렸다. 혜라답지 않은 그런 태도에 영희는 더욱 살피는 눈길이 되었다.

"시집간다고 아주 이 나라에서 뜨기라도 하는 거니? 꼭 다시 못 볼 사람처럼…… 정말 너 오늘 이상해. 말해 봐. 무슨 일이야?"

"아냐. 그런 게 아니고……."

혜라가 그러면서 창밖으로 눈길을 돌렸다. 그렇게 보아서 그런지 눈물을 보이지 않으려고 고개를 돌리는 것 같았다. 틀림없이 이 기집애에게 무슨 일이 있다 —. 영희는 그런 확신에 차 혜라의 손을 잡았다.

"아무래도 궁금해서 안 되겠다. 말해 줘. 너네 결혼 뭐가 잘못되고 있는 거지?"

"그게 아니라니까. 오히려 모든 게 너무 순조롭게 진행되고 있어. 그저께는 시부모님들 찾아가 뵙고 거기서 밥까지 얻어먹었는

걸."

눈은 옅게 눈물에 젖어 있었지만 혜라는 고개까지 저으며 강하게 부인의 뜻을 나타냈다.

"그럼 왜 그래? 무엇 때문에 그리 힘이 없고 슬퍼 보여?"

"내가 그렇게 보이니?"

"그래, 이 기집애야. 너 왜 점심 잘 먹고 편안히 늘어져 있는 사람 불러내 가슴 아프게 만들어? 이상한 소리나 하고."

"하긴…… 네가 바로 보았는지도 몰라."

혜라가 희미하게 웃으면서 무언가를 망설이는 눈치더니 이내 마음을 정한 듯 가벼운 한숨과 함께 말했다.

"그런데 정말 내 기분 왜 이러니?"

"뭐가 또 그렇단 거야?"

"어제는 우리가 살 집까지 보고 왔어. 서른두 평 새 아파튼데, 내게는 그저 과분하다는 느낌뿐이었어. 가구도 맞췄지. 보르네오 원목으로 만들었대나 어쨌대나. 웨딩드레스도 벌써 가봉했고……."

"그럼 하늘에 둥 떠 있는 기분일 텐데 — 뭐가 문제야?"

"너 옛날에 『미운 오리 새끼』 얘기 잘했지? 안데르센 동화에 나오는 그 어린 백조 말이야."

영희는 까마득한 기억을 되살리듯 『미운 오리 새끼』의 줄거리를 떠올려 보았다. 스스로 미운 오리 새끼를 자처하며 백조의 꿈을 꾸던 그 시절도. 그러자 정체 모를 아픔이 가슴을 할퀴고 지나갔다. 그게 심사를 건드려 영희의 목소리가 다시 퉁명스러워졌다.

"갑자기 그 얘긴 왜?"

"동화 속에서 백조가 된 미운 오리 새끼는 행복해진 걸로 끝나지? 그런데 말이야. 나는 그렇지 못했을 것 같아. 어렵게 백조의 호수를 찾아가긴 했지만 그 미운 오리 새끼는 결코 행복한 백조는 되지 못했을 거야. 아니, 오래잖아 외로움 속에 죽어 갔을 거야."

"이 기집애가 정말…… 너 갑자기 무슨 시인이라도 된 거야? 백조가 되었는데 왜 행복하지 못해? 뭣 때문에 외로움 속에 죽어 가?"

"들어 봐. 우선 그 미운 오리 새끼는 백조의 호수까지 찾아가는데 너무 많이 자신을 소모했어. 아마 행복이 주어졌다 해도 그걸 누릴 기력이 남아 있지 않았을 거야."

"그건 소모가 아니라 단련이었을 수도 있어. 다른 백조보다 더 기력이 왕성하고 현명해져서 오히려 더 많이 누리게 되었을 수도 있지."

"아냐. 소모였을 거야. 그것도 지독한. 거기다가 이제 백조로 살아야 한다는 걸 알게 된 순간은 어떤 절망까지 느꼈을 거라고."

"그건 또 무슨 소리야?"

"왜냐하면 길을 잘못 든 그 백조 새끼가 그때껏 살아온 방식이 오리로서였기 때문이야. 못생겨 오리들에게 구박은 받아도 더 익숙한 것은 오리의 삶이고 오리의 문화야. 그런데 할 짓 못할 짓, 겪을 일 못 겪을 일 다 헤쳐 나와 어른이 되고 나니 이제 생판 낯선 백조로 살아가야 하는 꼴이 난 거지. 다시 말해 전혀 낯선 삶, 낯선 문화에 새롭게 자신을 맞춰 가야 한다는 뜻이라고. 생각해 봐. 그때껏 알고 있던 세계로부터 온전히 단절되고, 지나온 세월도 아무런 참고가 못 되는 어떤 새로운 삶이 있다면 그 얼마나 가혹한 것이겠어?"

"기집애, 정말 문자 쓰네. 시 쓰고 있어."

입으로는 그렇게 말하고 있어도 가슴속에는 다시 날카롭게 후비고 드는 아픔이 있었다. 삶이 그녀의 의도대로 가닥이 잡혀 가면서 단속하고 단속해도 조금씩 되살아나는 감상 탓이었다. 너는 정말 백조가 되어 가는구나. 알 듯하다. 네 피로가 무엇인지. 네 외로움과 불안이 무엇인지 — 그런 기분이 들자 영희는 이제 부러움보다는 어떤 섬뜩함을 느끼며 혜라의 특이한 결혼을 되씹어 보게 되었다.

혜라의 화장이 눈에 띄게 엷어지기 시작한 지 제법 지난 어느 날이었다. 어렵게 시간을 내 카페로 찾아간 영희에게 그녀가 불쑥 말했다.

"나 어쩌면 결혼하게 될 것 같아."

"뭐? 누구하고?"

하도 난데없는 말이라 영희는 자신도 모르게 놀란 목소리로 반문했다. 그녀를 알게 된 뒤 영희가 늘상 감탄해 온 것 중에 하나는 사랑을 대하는 그녀의 태도였다. 틀림없이 그녀도 때때로 이런 남자 저런 남자와 사랑 비슷한 관계에 빠져들기는 했지만 한 번도 거기에 자신을 내맡기는 일은 없었다. 냉정히 말하자면 그것은 사랑이 아니라 매음의 변형에 지나지 않았다. 어느 정도 정서(情緖)의 소통이 가능하고 둘 사이의 관계도 독점적이었지만 경제적 보상과 관련된 냉정한 계산이 깔려 있다는 점에서는 틀림없이 매음이었다. 따라서 그런 관계가 끝나도 상처 받아 울고 불고 하는 일이 없었기 때문에 영희는 혜라의 남자들에 대해 전혀 알지 못했다.

"넌 모르는 사람이야."

"그래? 중매야? 연애야?"

"어느 쪽도 아냐. 그냥 이 카페 단골이었어."

"뭘 하는 사람이야?"

"대학교수. 좀 뜻밖이지?"

실은 그랬다. 그때만 해도 대학교수는 뒷날처럼 드러내 놓고 값이 매겨지는 일은 없었지만 정신적으로는 훨씬 더 존경받았던 직업이었다. 그런데 그런 대학교수가 요정 색시 출신의 작은 카페 여주인하고 결혼을 한다니, 영희에게는 뜻밖이 아닐 수 없었다. 그게 지극히 상식적인 물음을 이끌어 냈다.

"그 사람 나이가 얼마야? 초혼이래?"

"나보다 세 살 위야. 적어도 법적으로는 초혼이고."

그거야말로 더욱 뜻밖이었다. 영희의 그런 속마음을 알아차렸는지 혜라가 설명처럼 덧붙였다.

"하지만 깊이 상처 받은 적이 있는 사람이야. 미국에서 공부할 때 귀국해서 결혼하기로 하고 함께 산 여자가 있었던가 봐. 그런데 어떻게 깨어지고 혼자 돌아왔대."

"그럼 실연해서 단골로 드나드는 술손님하고 카페 여주인이 연애한 거네. 그렇잖아?"

"글쎄, 실은 나도 뭐가 뭔지 잘 모르겠어. 오해와 오해가 얽혀 어떻게 그 비슷하게 된 것 같은데, 걱정스러운 부분도 많아."

"오해와 오해가 얽히다니?"

"너도 화류계 생활 오래 해 봤으니까 이 기분 알겠지만 왜 갑자기 남자가 심드렁해지는 느낌이 들 때가 있지? 남자가 이런 거라면 남자 없이도 얼마든지 살 수 있겠다는 기분. 아마도 그동안 너무 그들의 분별없는 욕망에 벌거숭이로 시달려 온 탓이겠지만…… 그런데 재작년 내가 그 생활 때려치우고 여기서 카페를 열 때가 바로 그랬어. 갑자기 지금까지만으로도 충분했다는 기분이 들며 남자와 살을 맞대는 게 끔찍할 만큼 싫어지데. 그래서 남자는 이 카페 안에서 영업 시간에만 손님으로 만나기로 했지. 그래 놓고 나니 그것도 꽤나 괜찮더라. 밤늦게 빈집에 돌아가 홀로 드는 잠자리가 약간은 쓸쓸했지만, 한편으로는 묘하게 편안하고 자족한 느낌도 들더라."

"그 기분, 짐작은 가. 그런데 그게 오해하고 무슨 상관이야."

"이 교수가 내 카페에 드나들기 시작한 것은 작년 봄부터야. 미국서 학위 받고 돌아와 처음 전임(專任)이 되었다나 어쨌다나 하며 동료 교수들하고 지나는 길에 들렀다 갔지. 술은 많이 취해도 예절 바른 귀공자 같아 잘 대접해 보냈어. 그런데 무엇에 끌렸는지 다음부터는 혼자서 찾아오더라고. 너 잘 알지만 이런 데 혼자 찾아오는 손님, 미혼의 안주인한테는 부담스럽잖아? 속이 뻔히 들여다보이는 것 같기도 하고. 거기다가 하루는 공연히 퍼마시며 늑장을 부려 통금(通禁)을 넘기고 내게 매달리데. 하지만 난 이제 네 정체를 알겠다는 기분으로 쌀쌀맞게 내쫓았지. 그때 한창 말썽 많던 팔공자(八公子)까지는 아니더라도, 사회적인 지위와 반반한 이력을 앞세운 독신 난봉꾼 정도로 보았거든.

그런데도 그는 계속 단골로 우리 카페를 드나들더라고. 그런 남자라면 신물이 난다는 기분으로 나는 오히려 더 쌀쌀맞게 대했고. 거리낌 없이 내 과거와 현재를 밝힌 것도 아마 그 때문이었을 거야. 그때까지는 내 오해가 만들어 낸 이상한 진행이었지. 그런데 언제부터인가 그의 오해가 시작되더군. 하도 조르기에 그에게 내 전화번호를 주었는데, 얼마 안 돼 그의 전화질이 시작됐어. 내가 집으로 돌아와 잠자리에 들게 되는 열두 시 십오 분쯤 해서 어김없이 전화가 오는데, 그건 나도 별로 싫지 않더라. 어차피 홀로 잠들어야 할 밤인 데다, 그는 말솜씨가 좋은 편이라 나중에는 나도 은근히 그의 전화를 기다리게 되었지. 그래서 매일 밤 전화를 주고받게 되었는데, 그게 그에게 이상한 오해를 준 것 같아. 몇 달이고 언제나 정확한 시간에 제 방으로 돌아가 홀로 자는 카페 여주인에게서 일반 여자들에게서 느끼는 것보다 더한 어떤 정숙미(靜淑美)를 느낀 모양이야. 바로 그게 그쪽 편 오해의 시작이었어."

화류계를 돌다 보면 그야말로 신물 나게 듣는 게 이런저런 사랑 이야기였다. 하지만 그날 혜라의 얘기는 왠지 새롭고 색다르게 들려 영희는 자신도 모르게 빨려 들었다. 그래서 정신없이 듣고 있다가 혜라가 스스로 말을 끊은 뒤에야 건성으로 물었다.

"그게 무슨 오해야?"

"남자들은 사랑을 시작할 때 그 상대에게 소중하게 거는 것이 하나씩 있게 마련이야. 이 교수에게는, 그게 뭔지 정확히는 모르겠지만, 어쨌든 그는 내게서 바로 그걸 찾았다고 오해한 것 같아. 짐작으로는, 순전히 우연이었고 또 한시적(限時的)인 그 정숙함을 내 값지고 특이한 개성으로 이해한 거야. 거기다가 내 근년의 어쭙잖은 자숙(自肅)이 그 오해를 확신으로 키웠어. 이유야 무엇이든 내게 지금 남자가 없는 건 너도 잘 알잖아? 또 어쩌면 그건 불행일 수도 있지만, 내겐 그를 위해 정숙하게 살아야 할 과거의 남자가 없는 것도 사실이고……."

"내가 알기로 너는 한 번도 정말로 사랑해 보지는 않은 여자지."

"실은 그게 사실일는지도 몰라. 내 처녀는 이혼한 아버지 어머니에 대한 복수로 대학에 입학해 첫 축제 때 처음 만난, 이제는 얼굴도 잘 기억나지 않는 어떤 남학생에게 주어 버렸지. 그리고 그 뒤 아버지와 젊은 계모의 집을 뛰쳐나온 나를 만난 수많은 남자들도 그래. 그들은 나와 사랑을 하거나 섹스를 나눴다고 생각할는지 몰라도 나는 언제나 무언가에 복수하고 있었을 뿐이었어. 정말이야. 화대(花代)도 그래. 돈은 틀림없이 내게 요긴했지만 그보다 더

한 것은 아무래도 채워지지 않는 그 복수감을 달래는 일이었어."

"그랬었니……."

영희는 혜라와 알게 된 뒤 처음으로 애틋한 연민을 느끼며 엷은 화장으로 갑자기 시들어 버린 듯한 그녀의 얼굴을 바라보았다. 상처 없는 영혼이 어디 있으랴 —. 언젠가 술자리에서 만난 문인들 중에 하나가 외던 시구가 새삼 떠올랐다. 혜라가 갑자기 피식 웃었다. 옛날의 뒤틀리고 너무 강해 시건방져 보이던 그녀의 면모가 잠깐 피어났다 사라졌다.

"나도 어지간히 감상적이 된 모양이지. 아무에게도 안 한 우리 집 꼰대 얘기에 처녀성까지 주절거리다니……."

혜라가 그렇게 말해 놓고 다시 차분하고 조심스러운 표정으로 돌아가 이었다.

"어쨌든 이제야말로 찾고 있던 사람을 찾았다는 식으로 다가드는 그가 이번에는 다른 의미로 부담스럽데. 내게 기분 나쁜 오해는 아니지만, 그를 위해서는 빨리 풀려야 한다고 생각했어. 거기다가 내 지난 오해도 죄스럽고. 그래서 다시 내 진상을 보여 주려고 험했던 과거를 몇 가지 더 들춰 보였는데 이제 보니 그게 또 오해를 더한 것 같아. 그것도 그에게는 자신의 유(有), 불리(不利)를 따지지 않은 솔직함을 넘어 천사 같은 순진함으로 비친 모양이야. 최근 들어서는 내가 한 번도 남자에게서 느껴 보지 못한 정중함으로 사람을 감동시키더니, 어제는 정식으로 청혼해 왔어. 서양식으로 장미까지 사 들고 — 1년 동안 손 한 번 잡아 보지 못한 내게 거의 황송하다는 눈길로…… 취했다고 덮어씌워 그의 말을 바로 들으려고조차 하지 않고 돌려보냈지만, 나는 알아. 그건 틀림없이 그의 진심이야. 그런데 — 나는 어떻게 하면 좋지?"

그녀가 그러면서 호옥, 하고 한숨까지 내쉬었다. 진정으로 고민하고 있는 사람 같았다. 절반은 친구를 축복하는 마음으로, 그리고 절반은 부러움으로 듣고 있던 영희는 그녀의 그 같은 고민을 보자 갑자기 심술이 났다.

"어떠하긴 어떡해? 이 기집애야, 오늘이라도 다시 찾아오면 얼른 받아 들여야지. 그야말로 호박이 넝쿨째 굴러 들어온 거 아냐? 요새 세상에 그만한 신랑감이 어딨어? 내가 들은 것만으로도 벌써 너한테는 과분해도 한참 과분하네. 내 친구니까 그렇지, 솔직히 넌 뭐 있어? 네 얼굴 예쁜 건 나도 인정하지만 하마 6년이나 술상머리에 앉아 팔아먹은 거고, 이 카페도 겉보기야 빤지르르하지마는 내놓아 2백만 원이나 제대로 건지겠니? 공연히 복 까불지 말고 못 이기는 척 받아들여."

"그런데 바로 그 때문에 이렇게 심란한 거야. 그분이 내게 과분하다는 거."

"그건 또 무슨 소리야?"

"실은 나도 그분을 사랑하거든. 그래서 그분이 손해 보는 거, 속는 거, 그게 싫어. 아무리 그 상대가 나일지라도…… 나는 진정으로 그분이 행복해지는 걸 보고 싶어."

"너, 그 사람하고 아직 손도 한 번 제대로 잡지 않았다며? 그런데 그런 사랑이 생겨? 너보다 더 그 사람을 사랑할 수 있느냐고?"

"글쎄, 그것도 혼란스러워. 난 원래 그런 거 믿지 않았잖아? 세상에 우스운 게 말만 가지고 하는 사랑이라고 생각했는데 — 이렇게 됐어. 정말이야. 이게 언제까지일지는 모르지만 적어도 지금은 그분이 행복해진다면 나는 천 조각 만 조각이 나도 후회 없을 것 같은 기분이야."

"어이구, 여기 춘향이 났네. 춘향이 났어. 감옥에 들어앉아서도 저 죽을 줄 모르고 이 도령만 생각한다더니. 그만해. 이 의뭉스러운 기집애야."

영희는 여전히 그렇게 퉁을 주었으나 가슴은 알 수 없는 슬픔으로 미어질 듯하였다. 혜라에게 좋은 신랑감이 나타난 것보다 아직까지 그런 심성이 살아 있다는 게 부러움을 넘어 그런 슬픔을 자아낸지도 모를 일이었다. 나에게도 나보다 상대를 더 생각해 주는 저런 사랑이 있었던가…….

"하긴 그건 내 몫이겠지. 어쨌든 그리 됐어."

혜라도 영희에게서 무얼 읽었던지 그쯤에서 이야기를 덮어 버렸다. 그리고 다음 날 오전 전날과는 달리 밝은 목소리로 알려 주었다.

"나 그분 뜻을 따르기로 했어. 내게 잘못된 거, 모자라는 거는 살면서 고치고 채워 가지 뭐. 딴 거 다 그만두고 그것만 힘쓴다면 꼭 안 된다는 법도 없잖아? 나 정말 좋은 아내 한번 되어 볼래."

하지만 그녀의 흔들림은 그 뒤에도 한 번 더 있었다. 한 보름 전인가, 어느 날 밤늦게 그녀가 전화해 호소하듯 물었다.

"나 정말 이분하고 결혼해도 되는 거니? 그래도 벌 받지 않을까?"

"또 왜 그래? 이 기집애야."

막 잠자리에 들었던 영희는 머릿속에 엉겨 붙는 듯한 졸음을 털어 내며 성의 없이 받았다. 그런데 다시 들려오는 혜라의 목소리는 간곡하다 못해 애절했다.

"그동안 알아보니 생각보다 훨씬 엄청난 분이야. 교수니 박사니 하는 것보다 더 큰 걸 가지신 분이더라고. 시아버님 되실 분은 옛날에 도지사까지 지내셨고, 집안은 연안 이씨(延安李氏) 중에도 떠르르한 가문이야. 우리 앞으로는 벌써 집도 한 채 마련되어 있대. 새 아파트로."

"이 기집애가 정말 자는 사람 깨워 약 올리는 거야, 뭐야? 너 우리 남편 알지? 무식하고 병신 같은 거. 또 어떻게 결혼했는지도 잘 알지? 양가(兩家) 부모도 안 온 결혼식에 코딱지만 한 월세방에서 살림 차린 거. 정히 복에 겨워 못 견디겠으면 소주나 한 병 사다 마시고 엎어져 자. 괜히 복 없는 년 심사 건드리지 말고."

영희는 그렇게 퍼붓듯이 핀잔을 주어 그녀의 입을 막아 버렸으나 그날 밤은 왠지 편히 잠들 수 없었다. 전 같은 부러움이나 거기서 비롯된 고까움이 아니라 자신에게까지 옮아 오는 정체 모를 불안 때문이었다.

그날 영희가 혜라를 만날 때부터 느껴 온 불안이 그 모습을 뚜렷이 드러낸 것은 식사를 마치고 다시 마주 앉게 된 라운지에서였다. 시집으로 돌아가는 시간이 늦어지는 게 마음에 걸렸으나 아무래도 저녁만 얻어먹고 그냥 헤어질 수 없어 혜라를 라운지로 이끈 영희는 결론 삼아 혜라를 달랬다.

"턱걸이 결혼을 하게 되니 여러 가지로 불안하고 답답하겠지. 그건 나도 이해한다. 하지만 이겨 내야 해. 결국 너희 결혼은 할 수 있으니까 하게 된 거야. 너무 주눅 들지 마라. 옛날의 그 당차고 무엇에나 자신만만하던 윤혜라는 어디 간 거야?"

"나도 그러려고 해. 하지만 너무 힘이 들어."

저녁을 먹을 때의 쾌활함이 억지로 꾸민 것이나 아닌가 싶은 마음이 들 정도로 혜라가 다시 메마르고 쓸쓸한 어조로 말했다. 금방 눈물이라도 쏟을 것 같은 표정이었다.

"자꾸 감정을 과장하지 마. 그리고 무엇이든 현실적으로, 냉정하게 생각해."

"그게 더 어려워. 현실적이고 냉정해지는 것 — 실은 말이야, 실은……."

혜라가 그래 놓고 기어이 눈물을 쏟았다. 영희가 까닭 모르게 섬뜩해져 다음 말을 재촉했다.

"말해 봐. 망설이지 말고."

"오늘 너하고도 작별 인사를 하러 나왔어."

"뭐, 그럼 정말로 어디 외국에라도 나가 살 작정이야?"

"그게 아니라 — 너도 단절해야 될 과거의 사람이야. 우리는 참으로 좋은 길동무였지만, 그래서 진창 같은 삶을 여러 해 함께 어렵게 헤쳐 왔지만…… 이제 헤어져야 돼."

혜라가 거기서 잠시 말을 끊었다가 다시 호흡을 가다듬어 또렷하게 이었다.

"이게 내가 시작할 새로운 삶이야. 그래서 이렇게 외롭고 슬픈 기분이 드는 거야."

그러나 영희에게는 뒤엣말은 거의 귀에 들어오지 않았다. 이것이었구나. 줄곧 나를 불안하게 만든 것은 이것이었구나…….

"결혼식에도 나오지 말아 줘. 그리고 — 앞으로도 우리 다시는 만나지 말자."

영희가 슬픔이나 분노보다는 그저 막연한 암담함에 빠져 대꾸를 못 하고 있는 사이에 혜라가 거의 매몰차게 들릴 만큼 또박또박 말했다. 그런데 묘하게도 그 말을 듣자 오히려 영희의 마음이 조금씩 가라앉기 시작했다.

"알았어. 네가 원한다면. 그게 너를 위하는 길이라면 얼마든지 그래 줄게."

영희는 조금도 뒤틀림 없는 어조로 그렇게 대답했다. 까닭은 모르지만 진심도 그랬다.

"부디 그분을 의심하지는 마. 이건 그분이 원해서 하는 게 아니라 내가 결심한 거야. 힘들고 외롭지만 이렇게 해야만 온전히 과거와 단절될 수 있을 것 같아서……."

혜라가 그러면서 손수건으로 눈물을 찍었다. 영희도 갑자기 눈

시울이 화끈해 왔다.

"잘 생각했어. 너는 정말로 우아한 백조가 될 수 있을 거야. 그러기 위해서는 미운 오리 새끼 시절을 잊어야 하고말고. 게다가 나는 아직 얼마나 더 오래 미운 오리 새끼로 세상을 뒤뚱거리며 헤집고 다녀야 할지 몰라. 그래, 잘 가."

그래도 영희는 목 한번 메는 법 없이 이 세상에서 단 한 번 가졌던 진정한 친구와 작별을 했다.

마지막 장미

아무도 없는 무대에 사냥꾼 차림의 사내가 다시 등장한다. 프로그램에 나온 줄거리로 보아서는 힐라리온이다. 그가 주위를 살피다가 아무도 없는 것을 보고 로이스의 오두막으로 숨어 들어간다. 그때 새로운 음악이 울리며 한 기품 있는 젊은 여자와 귀족이 여러 사람들에게 둘러싸여 나타난다. 아마도 바틸데 공주와 그의 부친 클랑 공(公)이 신하들과 함께 나타난 장면일 것이다.

놀라 마중을 나온 지젤과 그 어머니에게 클랑 공이 마실 것을 부탁하며 잠시 쉬어 가기를 청한다. 바틸데 공주의 눈길이 지젤에게 머무른다. 무엇에 이끌린 듯 지젤에게 다가간 공주가 자신의 목걸이를 지젤에게 걸어 준다. 지젤은 공손하게 고마움을 표시하며 자신이 일과 춤을 사랑한다는 것, 그리고 곧 연인 로이스와 결혼하게 되리라는 것 따위를 이야기한다. 오래잖아 공주와 클랑 공은 지젤의 집으로 들어가고, 신하들도 쉬기 위해 흩어진다.

힐라리온이 로이스의 오두막으로부터 검과 망토를 가지고 나온다. 질투와 의심으로 달아 있는 동작이다…….

거기서 인철은 잠시 발레의 줄거리에서 빠져나왔다. 지젤이 없는 무대여서 자신도 모르게 긴장이 풀어진 탓이었다. 처음 대하는 세계지만 아름다운 세계다. 어렵게 더듬어 가며 알아듣고는 있지만 아름다운 언어다 ―. 재작년 명혜네 학교 연습실에서 훔쳐보았던 그 동작 언어가 인철에게 심어 주었던 육감적이란 편견은 그새 많이 지워지고 없었다. 지젤이 그를 긴장시키는 것도 그녀가 명혜이기 때문이어서가 아니라 서사 구조 속의 배역 때문이라는 게 옳았다.

그사이 무슨 축제와 같은 여럿의 춤이 있더니 화관(花冠)을 쓴 지젤이 혼자 남아 춤을 춘다. 수확제의 여왕으로 뽑힌 대목인 것 같았다. 이어 로이스가 나타나 지젤의 솔로는 두 사람의 파드되로 바뀐다. 감미로운 플루트 선율에 맞춘 두 사람의 춤은 한껏 고조된 사랑을 나타내고 있다.

거기서 묵은 상처가 건들린 듯 인철의 가슴이 쿡쿡 쑤셔 왔다. 로이스 역을 맡은 무용수가 여자라는 걸 알면서도 그에 대한 시기와 선망을 억누를 수가 없었다. 하지만 못 견딜 만큼 고통스럽지는 않았다. 열기 없는 절망에 이어 고요한 체념이 그 시기와 선망을 대신하였다. 언제나 그랬다. 내게는 한 번도 너와 걸맞은 대역이 주어지지 않았다. 언제나 너는 아득한 곳에 있었고 이제 그 거리는 영원히 줄일 수 없는 것이 된 듯하다…….

그사이 무대는 두 사람의 파드되에 지젤의 친구들과 마을 사람들이 가세해 군무(群舞)로 변해 있었다. 한창 고조된 축제의 분위기다. 그때 갑자기 힐라리온이 나타나 로이스가 귀족 알브레히트 백작이라는 것을 폭로하며, 그 증거로 자신이 훔쳐 두었던 로이스의 칼과 망토를 내보인다. 로이스가 그걸 뺏으려 하자 칼이 칼집에서 빠져 땅에 떨어진다. 힐라리온이 화난 동작으로 뿔피리를 들어 분다.

그 소리에 불려 나온 듯 클랑 공과 바틸데 공주가 나타난다. 흩어져 쉬고 있던 신하들도 몰려든다. 공작과 공주는 농민 차림을 하고 있는 로이스를 보고 놀라움과 의혹을 나타낸다. 정체가 드러난 로이스도 놀라고 당황스러워한다.

지젤도 이내 그 상황을 알아차린 듯하다. 로이스가 공주에게 입맞춤하러 다가가려는 것을 가로막고, 그가 자신의 손에 끼워 준 약혼반지를 가리킨다. 그러나 공주의 손에도 같은 약혼반지가 빛나고 있다.

그때 인철은 순박한 사냥꾼으로 동정해 온 힐라리온에게 갑작스러운 혐오와 분노를 느꼈다. 진정으로 그녀를 사랑했다면 비록 자신의 정체를 숨긴 로이스가 품게 한 것일지라도 그 행복한 꿈속에 지젤이 오래 머무를 수 있게 해 주었어야 했다…….

놀라움과 슬픔에 제정신이 아닌 지젤은 공주가 걸어 준 목걸이를 잡아떼고 기절하듯 쓰러진다. 사람들이 놀라 굳어 있는 사이 다시 몸을 일으킨 지젤은 처절한 느낌을 주는 동작으로 춤을 추기 시작한다. 로이스와 사랑했던 지난날의 행복과 기쁨을 표현하는 춤이다. 그러다가 땅에 떨어져 있던 로이스의 칼을 들어 주저 없이 자신의 가슴을 찌른다.

지젤은 고통을 참아 가면서도 로이스에게 두 손을 내밀며 그의 사랑과 평안함을 구하는 춤을 추다가 어머니의 팔에 쓰러지며 숨이 끊어진다. 그걸 비통한 눈길로 보고 있던 로이스가 다시 칼을 들어 자신을 찌르려 한다. 클랑 공이 그것을 막자 로이스는 돌연 거칠고 격렬한 동작으로 자신의 비탄과 고통을 드러낸다. 마음 착한 바틸데 공주는 그사이 마을 처녀들과 함께 불행한 지젤의 시체를 들어 옮기고, 미친 듯한 로이스도 사람들에게 끌려 나간다. 무대에 남은 사람들이 울먹이는 가운데 막이 내린다…….

그때 인철은 다시 묘한 동일시(同一視)를 경험했다. 불행하게 죽은 것이 지젤이 아니라 명혜인 것처럼 여겨지며 자신도 모르게 마음속으로 중얼거렸다. 안 돼. 안 돼. 너는 결코 그렇게 불행해져서는 안 돼……. 하지만 곧 극장 안에 불이 켜지고 곁에 앉았던 사람들이 저마다의 볼일로 자리에서 일어나자 인철도 현란한 동작 언어가 표현한 불행한 사랑의 감동에서 깨어나기 시작했다. 나는 지금 어디에 와 있는가. 왜 여기 있는가.

인철이 돌내골에서 성남의 집으로 불려 온 것은 지난달이었다.

어머니의 편지에서 형 명훈이 성남 폭동에 휘말렸다가 집을 나간 지 두 달이 넘었다는 말을 듣고 인철은 아무 미련 없이 짐을 쌌다. 집으로 돌아가는 도중에 먼저 안동에 들러 한낮이나 머물며 여기저기 수소문했으나 거기에는 형이 다녀간 흔적이 전혀 없었다.

돌내골에서 어머니의 편지를 읽을 때만 해도 인철은 성남에서 그토록 놀라운 일이 있었고, 또 형이 그 일로 경찰에 쫓겨야 할 만큼 주동적인 역할을 했다는 것까지는 알지 못했다. 그도 날짜 지난 신문에서 주먹만 한 활자로 난 광주 대단지 사건을 읽었지만 그것은 어디까지나 자신들과는 무관한 도시 빈민들의 난동일 뿐이었다. 따라서 그는 오히려 형이 그 소요를 핑계로 자신의 떠돌이 기질을 즐기고 있는지도 모른다는 의심까지 하며 형이 돌아올 때까지 남자가 아무도 없는 집을 지켜 준다는 기분으로 돌아왔을 뿐이었다.

그런데 형의 자취를 추적하기 위해 먼저 알아본 그날의 소요는 인철의 상상을 벗어나는 것이었다. 민간인이 관청을 습격해 불사르고, 파출소를 들부수는 것은 어머니의 끔찍한 기억 속에서나, 멀리 남의 나라의 혁명사에서밖에는 일어날 수 없는 일로 알아 온 인철이었다. 민간인들이 — 그것도 힘없고 가난해 서울 바깥으로 내몰린 도시 빈민의 무리가 — 한 지역을 몇 시간씩이나 힘으로 점거하고, 관청으로부터 무조건적인 항복을 받아 냈다. 그런 일이 실제 이 땅에서 일어났다. 이게 어떤 의미를 가지는가.

하지만 그보다 더 큰 충격을 준 것은 그날 형이 한 역할이었다.

"정말 대단하더만. 이명훈 씨의 어디에 그런 힘과 분노가 숨어 있었던지 몰러. 우리 지역위원회 대표 맡아 달라는 것도 한사코 마다하더니 — 그날 나하고 집을 나설 때만 해도 구경이나 하겠다는 투였는디…… 하지만 막상 일이 터지자 정말 무섭데. 나는 명색 지역위원장이라 늦게 도착한 서울 시장하고 담판 짓는 중앙위원회 근처에 있느라고 다 보지는 못했지만서두 먼빛으로도 하마 대단지 사업소를 덮칠 때부터 앞장이더랑께. 들은 얘기로는 경찰 기동대 밀어붙이고 그대로 서울까지 쳐들어가자고 한 것도 이명훈 씨였다는구먼. 서울시가 알아서 기는 바람에 그만하고 물러섰다는 거여, 힘으로 뻗대고 들었으면 정말 무슨 일이 났을지 몰러. 거기다가 함께 몰려다니던 친구들은 이번 난동의 책임을 일체 묻지 않겠다는 서울시의 약속만 믿고 여기서 그대로 어물거리다가 몽땅 묶여 간 데 비해 명훈 씨만 잽싸게 몸을 뺀 거하며…… 틀림없이 진작부터 먹은 마음이 따로 있었던 사람이여."

그날 아침 형과 함께 궐기 대회에 나갔다는 임장수 씨란 사람은 찾아간 인철에게 그렇게 그때 일을 전해 주었다. 인철로서는 전혀 상상 못 한 형의 갑작스러운 변모였다.

따지고 보면 인철이 사로잡혀 있는 원죄 의식이란 것도 태반은 형에게 원인이 있었다. 인철의 이념 혐오 혹은 이념 거부의 감정은 틀림없이 어머니의 생생한 체험에서 전이(轉移)된 것도 있었지만 하나의 의식 형태로 자리 잡게 된 것은 오히려 형의 논리화(論理化) 때문이라는 편이 옳았다.

"어떤 사회든 자기를 방어할 권리가 있다. 이 사회는 연좌제란 이름으로 끈질기게 우리에게 그 방어권을 행사하고 있다. 말하자면 우리는 이 사회의 잠재적인 적으로 규정된 셈이며 기독교 식으로 표현하자면 원죄를 지고 태어난 셈이다. 따라서 네게 있어 데모는 결코 죄 없이 태어난 아이들의 신나는 놀이가 될 수 없다. 그것은 저들의 잠재적인 적 개념(敵槪念)을 현실적인 적 개념으로 바꾸게 하는 결정적인 계기가 될 뿐만 아니라 우리 주위에 몰려든 사람까지 확대된 적 개념에 피해를 입게 한다. 그러니 데모는 말할 것도 없고 어떤 사소한 정치적인 행위에도 너는 끼어들지 마라. 이 사회의 권력 현상에는 우리 몫이 전혀 없다는 것을 언제나 명심해라."

작년 교련 반대 데모가 한창일 때 형은 대강 그런 뜻으로 인철에게 넌지시 충고한 적도 있었다. 그런데 뜻밖에도 형 자신은 격렬한 방식으로 자신을 드러내고 있었다. 인철은 그런 형에게서 어떤 돌연하고도 심각한 심경의 변화를 짐작했다.

'형에게 무슨 일이 일어났던가. 무엇이 형을 그 같은 결의로 이끌었을까. 혹시 아버지와 어떤 연결이 있었던 것은 아닐까…….'

인철은 스스로 소스라치면서도 그런 의심까지 했다.

하지만 몇 달 만에 집으로 돌아온 인철에게 충격적인 것은 형의 일만이 아니었다. 그 못지않게 느닷없고 놀라운 것은 옥경의 때 이른 결혼 선언이었다.

"오빠, 큰오빠가 없어 집안이 어수선한데 이런 얘기 하기 안됐지만, 나 결혼하기로 했어."

인철이 집으로 돌아온 일주일 만인가, 예고 없이 집으로 돌아온 옥경이 그렇게 통고하듯 말했다. 어머니에게 말하기에 앞서 둘만의 자리를 만들고 한 소리지만 표정이나 말투는 차분하기 그지없었다. 그러나 처음 그 말을 듣는 순간의 인철에게는 그 뜻하는 바가 도무지 실감이 나지 않았다.

따지고 보면 옥경은 벌써 스물한 살이었고, 좀 이르기는 해도 결혼 못 할 나이는 아니었다. 그러나 인철에게는 여전히 보호해야 할 어린 동생이었고, 스물한 살이란 나이도 결혼에는 어림없어 보였다.

"뭐야? 니 맘대로? 누구하고?"

인철이 자신도 모르게 목소리를 높였다. 그러나 옥경은 조금도 움츠러드는 기색이 없었다.

"지석 오빠. 짐작했겠지만 나 지석 오빠 벌써부터 좋아했어. 지석 오빠도 날 좋아한 지 오래됐대. 갈릴리 시절부터래. 그때부터 나를 자기가 돌보고 보살펴야 할 사람으로 생각해 왔대. 정수원 목사님도 반가워하며 허락하셨어. 주례를 서 주시겠대."

"결혼이 무슨 어린애 장난인 줄 알아? 도대체 너희들 나이가 몇이야?"

"응, 우리 나이가 좀 어린 줄은 알아. 그렇지만 구로동 근처에는 우리보다 훨씬 어린 애들도 결혼해 사는 일 많아."

"그게 어디 결혼이야? 공돌이 공순이 동거 생활이지."

"오빠, 그리 정 없이 말하지 마. 특히 그 공돌이 공순이란 말—그거 오빠 같은 지성인이 쓰기에는 너무 야비하고 잔인한 말 아냐? 어쨌든 언제까지고 여유 만만하게 삶을 준비하고 있다는 기분인 오빠 같은 사람들은 모르는 게 있어. 세상에는 오빠 같은 사람들도 있지만 일찍 삶이 결정되어 버리는 사람도 많아. 나나 지석 오빠도 그래. 우리는 어떤 휘황한 삶을 꿈꾸며 그걸 준비하는 사람들이 아니라 이미 삶 그 자체를 살고 있는 사람들이야. 그런 사람들에게는 결혼의 여러 쓰임들이 보다 일찍 요구될 수도 있어."

"그 말 잘했다. 너 정말 그렇게도 빨리 삶을 확정 짓고 싶니? 왜 집으로 돌아와 진학을 하거나 보다 값진 기술을 배워 네 삶을 개선시킬 생각은 하지 않아? 형수가 몇 번인가 돌아오라고 그랬다면서? 비천한 노동자로 평생을 울고 짜며 사는 게 그렇게 소원이야?"

거기서 더 참을 수 없는 기분이 된 인철이 한층 더 목소리를 높였다. 옥경의 눈길에 무언가 예사롭지 않은 불길 같은 것이 언뜻 비치다가 사라졌다. 목소리도 맞받아치기보다는 다분히 설득조였다.

"오빠, 아직도 몰라? 그건 내가 확정 짓는 게 아니고 이 사회구조가 확정 지은 거야? 진학이라고? 스물도 넘은 나이에다 겨우 중학교 졸업장이 전부인 기집애에게 그게 가능하다고 봐? 그 중학도 태반은 시골 고등공민학교에서 때운 주제에…… 값진 기술도 그래. 그게 어떤 건지 모르지만 학력도 없는 기술만으로 뭐가 크게 달라질 것 같아? 지금 우리 사는 것하고 여기서 거기야. 이건 지석 오빠 얘기지만 우리 집은 그게 큰일이래. 자기 소속을 모르는 거."

"그럼 그 잘난 자식 말 한번 들어 보자. 도대체 우리 소속은 어디야? 그 자식 수작대로 하면 무슨 계급이래?"

"지금 이 시대는 두 개의 기본계급이 있대. 자본가와 무산자. 그리고 그 밖에 몇 가지 주변 계급이 있는데 우리는 그중에 하나일 거래. 뭐라더라 — 그래, 몰락한 봉건지주 계급. 그런데 그 주변 계급들은 결국 그 두 기본계급 중에 하나로 변해 가게 되어 있는데, 우리는 그걸 못 하고 있대. 하마 길이 뻔해 보이는데도 시대에 뒤떨어진, 소멸하는 계급의 감상에만 빠져 있다는 거야. 뭐라더라……."

"알았어, 이 기집애야. 비합리적이고 신비적이며 통상으로는 비판론적이지만 때로는 목적(目的) 낙관론적이 되는……."

인철은 문득 그 유별난 기억력으로 노광석이 한창 사상 서클에 미쳐 있던 때에 떠든 적이 있는 말을 상기해 그렇게 대답했다. 하지만 그렇게 말해 놓고 나니 갑자기 옥경의 그런 의식을 불어넣고 있는 지석에게 섬뜩한 의심이 일었다. 결국 거기까지 가고 말았구나. 어떤 경로로 그런 계급관과 용어를 듣게 되었는지 모르지만 그건 레닌의 것이라고 들었는데…….

"맞아. 맞아. 그럼 오빠도 알고 있겠구나. 결국 우리가 두 기본계급 중 어디에 속하게 될지를. 그런데 왜 우리가 속하게 될 그 계급에 그렇게 비정하고 비관적이야?"

옥경이 신기한 듯 눈을 빛내며 그렇게 눈치 없이 소멸하는 계급의 감상에 반감을 드러냈다. 그게 인철을 화나게 해 이제는 거의 고함쳐 옥경을 나무라게 했다. 내용은 전에 노광석을 반박한 그 내용이었다.

"시끄러워, 이 멍청한 기집애야. 그리고 잘 들어. 첫째로 우리 시대가 그런 계급들로 구성되어 있다고 보는 것 자체도 일방적인 허구야. 거기다가 모든 주변 계급이 결국은 그 두 기본계급 중에 하나로 편입되어 가야 한다는 것은 지각한 좌파의 희망 사항일 뿐이야. 모든 주변 계급을 자기 계급으로 끌어들여 부르주아를 타도하는 힘을 보태려는 레닌의 전술적 암시를 맹종하는…… 하지만 정말로 우리 시대의 사회구조가 그렇다 해도 오히려 중요한 것은 그 주변 계급의 역할이야. 그들이 건전하게 살아 있어야 자칫 극단으로 내닫기 쉬운 두 기본계급을 아울러 비판하고 그들의 비극적인 충돌을 완충 조정할 수 있는 거라고. 어디서 케케묵은 빨갱이들 선전 몇 마디 듣고 와선. 안 되겠어. 정히 좋은 사람이 있으면 나이가 어려도 결혼을 허락해 줄 순 있지만 지석이 그 자식하곤 안 돼. 무식한 게 어디서 지각해도 한참은 지각한 빨갱이 수작을 배워……."

그러는데 갑자기 문이 열리며 어머니가 방 안으로 들어섰다.

"야들이 왜 이래 시끄럽노? 오랜만에 만낸 남매가 삼 이웃 사이웃 다 듣거로 소리소리 질러 대미. 그래고 — 인철이 니, 빨갱이가 뭐 어쨌다꼬?"

그렇게 되면 이념과 관련된 다툼은 끝낼 수밖에 없었다. 인철은 그러잖아도 형 때문에 근심에 빠져 있는 어머니에게 새로운 근심을 더하기 싫어 과장된 목소리로 일러바치듯 말했다.

"어머니, 세상에 저 기집애가 결혼하겠대요. 머리에 쇠똥도 벗어지지 않은 게…… 거기다가 상대가 누군지 아세요? 중학교도 겨우 나온 공장 일꾼이라고요. 옛날 밀양에서 같이 고아원에 있었던 고아고……."

그러자 이번에는 모녀간에 종류를 달리하는 한바탕 소동이 벌어졌다. 어머니는 무엇보다도 옥경이 인철이 말한 그런 조건의 남자와 결혼한다는 걸 못 견뎌 했다. 옥경을 설득도 하고 애원도 해 보다가 그래도 안 되자 마지막에는 위협 반 넋두리 반으로 나왔다.

"오이야. 정 그렇다믄 나는 이제 니 안 볼란다. 까짓 거, 딸년이란 거는 첨부터 안 놨다고 치믄 된다. 글치만 이기 무신 팔자고? 영희 그년 그래 미쳐 집 나가고 딸이라꼬는 니 하나 남았디……."

하지만 착하고 순하게만 보아 온 성격 어디에 그런 모진 구석이 있었는지 옥경은 끝내 뜻을 굽히지 않았다.

"엄마도 오빠도 정 마음에 들지 않으면 안 와도 좋아. 엄마 말마따나 날 죽은 사람으로 쳐. 하지만 결혼식 날 잡히면 알리기는 할게. 장소는 아마도 정수원 목사님의 천막 교회가 될 거고."

눈물을 줄줄이 흘리면서도 옥경은 또박또박 그렇게 말하고 집을 나갔다.

누나 영희와 6년 만에 다시 만나게 된 일도 인철에게는 적지 않은 충격이었다. 처음 집으로 돌아온 날 어머니는 뒤틀린 어조로 누나가 다녀간 일을 말해 주었다.

"그년 그게 안 죽고 또 찾아왔디라. 뭔 바람이 불었는 동 그년도 그날 그 난리판에 끼옜다가 어예 재준 애비를 만내(만나) 우리 집을 알게 된 모양인데 — 싱갱이(승냥이) 꼬리 3년 묻어 놓는다꼬 개 꼬리 되겠나마는, 옛날하고는 마이 달라졌드라. 지 말대로라믄 어디 농사꾼 집에 시집가 산다는데, 하는 행신(行身)이나 채려입은 꼬라지로는 그 말이 맞는 거 같기도 하고…… 하여튼 술 내미(냄새), 분 내미, 썩은 내미는 안 나드라. 제법 지 잘못했다 소리도 할 줄 알고. 글치만 억대구(억대우) 같은 속은 그대로라. 건청(시건방) 떠는 것도 글코. 또 뭐를 도와주겠다꼬 주척거리고 나서더라마는 내사 돌따도(돌아도) 안 봤다."

말은 그렇게 해도 어머니의 표정에는 어딘가 한시름 놓은 듯한 데가 있었다. 그 말을 듣는 순간 인철도 묘한 자괴감과 아울러 안도의 한숨을 내쉬었다. 아마도 그것은 참담한 지경에 빠져 있는 걸 보고 헤어졌으면서도 그 뒤 한 번도 근심이나 연민으로 누나를 그려 본 적이 없었다는 데서 비롯된 복합 감정이었을 것이다.

그런데 며칠 전 그 누나가 다시 집을 찾아왔다. 출산휴가가 끝나 형수가 출근을 시작하고 시도 때도 없는 기도에서 깨난 어머니도 다시 허드레 바느질을 시작하면서 일거리를 받으러 집을 나가 인철 홀로 집을 보고 있는데 누가 대문을 두드렸다. 문을 열고 보니 뜻밖에도 누나였다.

헤어진 지 6년 만에 만난 누나는 많이 변해 있었다. 고치고 덧붙이고 그리거나 칠한 것이 더 많던 얼굴은 그런 것들이 줄어선지 옛날 어렸을 적에 본 누나의 모습으로 되돌아간 느낌이었다. 거기다가 서른이란 나이가 험난했던 삶의 이력이 남긴 자취들과 더불어 화류계 여인들 특유의 색기(色氣)를 거의 지워 가고 있었다.

하지만 더 많이 변한 것은 성격이었다. 남자 같은 꿋꿋함은 여전히 살아 있었지만 그것과 겹을 이루고 있던 격정은 어디에서도 느껴지지 않았다. 전 같으면 먼저 끌어안고 한바탕 울고 보았을 누나가 별로 놀라는 기색도 반가워함도 없이, 덤덤하기 그지없게 말을 건넸다.

"네가 와 있었구나. 언제 돌아왔어? 벌써 어른이 다 됐네."

그런 누나에 비해 인철은 목부터 메어 왔다. 그녀가 그 뒤 겪었을 삶의 유전(流轉)이 절로 짐작이 가서였다. 와락 쓸어안고 싶은 마음을 억지로 누르며 어른스레 받았다.

"어머니한테 말을 듣긴 했어도 왠지 실감이 안 나더니 — 정말 누나가 돌아오긴 돌아왔구나. 나는 누나의 마지막 쪽지 속 구절을 늘 마음 아파했는데…… 우리 남매 살아서 다시 만나게 될지, 란 구절 말이야. 그동안 어떻게 지냈어? 그리고 지금은 어디 살아?"

"내가 서울을 떠나 어디서 살 수 있겠니? 어쨌든 들어가자. 어머니는 안에 계셔?"

"아니, 좀 전에 시장에 나가셨어. 형수도 출근했고……."

방 안에 들어와서도 누나는 헤어져 산 세월에 대해 별다른 감회를 보이지 않았다. 어떻게 보면 정신에서 정서적인 부분을 송두리째 들어내 버린 사람 같았다. 궁금함을 참지 못한 인철이 6년 전의 그 갑작스러운 파국과 그 뒤를 넌지시 물어보았으나 그녀는 한마디로 잘라 대답했다.

"죽지만 않으면 다 살아가게 되어 있는 거야. 너도 이렇게 훌륭히 자라지 않았어?"

"지금은 어떻게 지내?"

"역시 사람 살이야. 지금 열심히 받아치기를 하고 있어."

"받아치기?"

"그래, 무엇이든 내가 세상에서 받은 걸 모두 되돌려주려고. 돈만 있으면 멋있게 해낼 수 있을 것 같아. 그래서 지금은 앞뒤 돌아보지 않고 그 돈을 키워 가고 있는 중이야. 방법은 중요하지 않아."

그리고 바로 화제를 바꾸어 버렸다.

"오빠 소식은 아직 없어?"

"아직. 몇 군데 갈 만한 곳을 수소문했지만 전혀 나타난 적이 없대."

"뭐야, 재준이랬나? 우리 조카는 잘 커?"

"그럭저럭. 형수님 맘고생 더하지는 않을 만큼."

"드디어 우리 집도 한 세대가 지나갔구나. 벌써 새로운 세대가 태어나고."

잠깐 감회 어린 어조가 되었던 그녀가 이내 그걸 털어 버리듯 현실적이 되어 물었다.

"너 고시 준비 중이라며? 다음 시험이 언제야?"

"별일 없으면 또 내년 정월이겠지."

"그래 봤자 석 달도 안 남았잖아. 그런데 이렇게 집에 올라와 있어도 돼?"

"형님도 안 계시고 — 그냥 여기서 시험 준비할 생각이야."

"이 어지러운 데서 잘도 공부가 되겠다. 그러지 말고 절이든 어디든 집중이 잘되는 데로 옮겨. 네가 여기 와 있다고 해서 달라지는 건 아무것도 없어. 게다가 오빠 일은 너무 걱정하지 마. 생각해 봐. 어떤 오빠야? 어디 가 있는지 모르지만 잘하고 있을 거야. 우리가 걱정하지 않아도 될 거라고."

그때 안방에서 재준이 우는 소리가 나더니 어느새 왔는지 어머니가 아이를 어르며 인철의 방으로 건너왔다.

"누가 왔나? 낯선 신이 비(보이)노."

"어머니, 저예요. 제가 왔어요."

어머니가 방 안으로 들어설 때 인철은 자신도 모르게 긴장했다. 악연이래도 좋을 그들 모녀의 오랜 불화가 상기된 까닭이었다. 그러나 저번에 무슨 일이 있었던지 생각보다 누나를 대하는 어머니의 표정은 부드러웠다.

"시집살이 한다 카디 그것도 빈말(거짓말)이라? 시집 사는 게 어예 또 집을 비우고 이래 펄럭거리미 댕기노?"

"오빠 일이 어찌 되었나 싶어서요. 경찰에서는 요새도 오빠 찾으러 와요?"

"글쎄, 그게 참말로 이상타. 직접 찾아오지는 않는데 — 어딘가 잠복하고 있는 기분이라. 맘에 찡한 게…… 글치만 그게 바로 재준 애비가 아직은 경찰한테 뿌뜰랬지 않았다는 뜻도 되이 쪼매 위로도 되고."

"맞아요, 그렇게 마음 편히 잡수세요. 오빠도 잘할 거예요. 공연히 애매한 의심 받기 싫어 피하는 거지, 조용해지면 곧 돌아올 거라고요."

"또 주척대고 나서기는. 씰데없이 숨어 댕기다 있는 죄 없는 죄 다 덮어쓰는 거는 어예고?"

아슬아슬하게 이어가기는 해도 모녀 어느 쪽에서도 전같이 격렬한 적의는 느껴지지 않았다. 이것도 세월의 힘인가, 싶으면서 인철의 마음이 조금 놓였다.

"그런데 인철이 쟤 그냥 집에 붙들어 두실 거예요?"

"그러이 어예노? 집에 남자가 하나도 없으이. 거다가 집이 좀 수선시럽기는 해도 지 공부할 방도 있고……."

"안 돼요. 한번 결심했으면 바짝 죄어 빨리 끝장을 봐야죠. 절이든 고시원이든 어서 보내세요. 여기서는 집중이 안 돼요. 이렇게 어슬렁거려 될 시험이 아니라고요."

"주척대지 마라 카이. 니가 멀 안다꼬? 그거는 우리가 다 알아서 할 테이 이래 펄렁거리고 댕기지 말고 니 시집살이나 잘해라."

어머니는 그렇게 면박을 주었으나 누나의 말을 마음에 담아 둔 듯했다. 저녁에 형수가 형에게서 전화 연락이 왔더란 말을 소곤거림으로 알려 주자마자 그 일을 꺼냈다.

"어디서 전화를 했는 동 몰따마는 잘 있다이 됐다. 그래믄 우리도 본대(원래)대로 돌아가자. 인철이는 다시 공부하로 떠나고."

실은 인철이 그 극장에 들어오게 된 것도 그 의논 끝에 서울로 나오게 된 게 발단이었다. 서울 가까운 절에서 공부하기로 결정을 본 인철은 필요한 책을 몇 권 사기 위해 서점에 들렀다가 명혜가 출연하는 발레 포스터를 보게 되었다. 명혜네 모교(母校) 출신들이 주축이 된 발레단의 「지젤」이었는데, 지젤 역을 맡은 명혜를 선전하는 글귀에 '고별 공연'이란 말이 특히 인철의 발길을 그곳으로 끌었다. 극장에서 파는 프로그램을 보니 명혜는 그 공연을 끝으로 유럽 유학길에 오른다고 되어 있었다.

다시 사람들이 자리로 돌아오고 불이 꺼지면서 웅성거림이 잦아들었다. 환상적인 분위기를 자아내는 선율에 이어 천천히 막이 올랐다.

작은 호숫가의 숲이다. 어둡고 습기 차 보이는 땅에는 야생화들이 활짝 핀 채 우거져 있다. 어슴푸레한 달빛이 김이 피어오르는 호수를 희게 비추고 있는 한편의 측백나무 아래 지젤의 무덤이 보인다. 그녀의 이름이 쓰인 십자가가 쓸쓸하기 그지없다.

힐라리온이 한 패의 사냥꾼을 이끌고 나타난다. 그들은 떠들썩

하고 활기에 차 있으나 얼마 안 돼 자정을 알리는 종소리가 울리고 호숫가에 도깨비불이 떠돌기 시작하면서 공포에 질린다. 생전에 만족스럽게 추어 보지 못했던 춤에의 열정과 이루어지지 못한 사랑으로 품게 된 이성(異性)에의 복수심으로 무덤 속에서 편안히 잠들지 못하는 요정 '빌리'들 때문인 듯하다. 밤만 되면 무덤을 빠져나온 그녀들이 숲을 배회하며 춤을 추다가 그곳을 지나는 젊은이를 유혹하여 숨이 끊어질 때까지 춤을 추게 만든다는 전설에 겁을 먹은 사냥꾼들은 급하게 흩어져 무대에서 사라진다.

하프 반주의 느리면서 아름다운 선율에 이어 빌리의 여왕 미르타가 갈대숲 사이에서 그림자같이 나타난다. 날개가 달린 신비한 의상을 걸친 여왕은 꽃과 꽃 사이, 나뭇가지와 나뭇가지 사이를 날 듯이 오락가락하며 마법의 지팡이를 들어 빌리들을 불러 모은다. 꽃과 풀숲에서 여왕의 지팡이에 불려 나온 빌리들은 여왕을 에워싸며 환상적인 군무를 시작한다.

이윽고 춤을 멈추게 한 여왕이 빌리들에게 오늘 밤 새로운 자매가 들어오게 되었다는 것을 알린다. 이어 여왕이 지젤의 무덤을 마법의 지팡이로 가리키자 얇은 수의에 싸인 지젤이 걸어 나온다. 여왕의 지팡이가 그런 지젤에게 닿자 그녀는 이내 빌리로 변신하여 환상적인 날개를 펼치며 춤을 추기 시작한다.

아아, 너는 사랑의 원혼으로 되살아났구나 —. 인철은 애처로움으로 가슴 저려하며 중얼거렸다. 이제 명혜는 지젤 속에 완전히 녹아 사라지고, 인철은 차츰 순수한 예술적인 감동 속에 자신을 잊어갔다.

다른 빌리들이 따라 춤추어 한바탕 빌리들의 아름답고 고혹적인 춤이 펼쳐진다. 그때 떠들썩한 인기척이 나며 축제에서 돌아가는 동네 젊은이들이 숲으로 들어선다. 빌리들은 황급히 춤을 멈추고 몸을 숨긴다. 들떠 있던 젊은이들이 갑자기 춤추고 싶은 마음이 들었는지 춤추기 시작하고, 숨어 있던 빌리들이 살며시 그런 그들을 에워싼다. 그때 한 늙은이가 나타나 젊은이들을 일깨운다. 그제야 제정신으로 돌아온 젊은이들이 겁먹은 얼굴로 흩어져 달아난다. 빌리들이 화를 내며 쫓아가 보지만 이미 홀림에서 깨어나 버린 젊은이들을 춤으로 되돌리지는 못한다.

텅 빈 무대. 오보에의 서글픈 선율이 울리며 이제는 귀족 알브레히트로 돌아간 로이스가 나타난다. 백합꽃 다발을 들고 지젤의 무덤을 찾는 알브레히트의 얼굴은 초췌하기 그지없다. 시종 윌프레드가 위험하다며 말리지만 알브레히트는 오히려 그를 쫓아 버리고 지젤의 무덤 앞에 무릎을 꿇는다. 그때 한 줄기 빛이 비치며 지젤의 환영이 솟아오른다. 알브레히트가 그 환영을 쫓아가면 사라지고, 멈추어 서면 다시 나타난다. 그러다 마침내 알브레히트는 지젤의 환영을 따라잡고 빌리가 된 지젤과 알브레히트는 재회의 기쁨으로 춤춘다.

오래잖아 다른 빌리들이 돌아오는 기척이 나고, 놀란 지젤은 알브레히트에게 숨어 있기를 간청한다. 그때 빌리들이 길을 잃은 힐라리온을 붙잡아 춤으로 홀린다. 힐라리온은 정신을 잃고 춤을 추다가 발을 헛디뎌 연못에 빠져 죽고 만다…….

저건 아니야. 그의 순진한 사랑을 저렇게 잔인하게 다룰 권리는 없어 — 인철은 1막에서와는 달리 힐라리온에게서 묘한 동일시를 느끼며 중얼거렸다. 차라리 슬픔과 절망으로 죽게 하는 게 나아.

힐라리온을 죽인 빌리들이 더욱 고조된 춤에의 열정과 복수욕으로 활발하게 춤추며 새로운 희생을 찾아나선다. 오래잖아 나무 뒤에 숨은 알브레히트가 빌리들에게 발견된다. 끌려온 그에게 여왕 미르타가 마법의 지팡이를 대려 한다. 그때 지젤이 나타나 여왕에게 그의 목숨을 애걸한다. 그러나 여왕은 그를 용서하려 하지 않는다. 지젤은 알브레히트를 자신의 무덤가로 이끌어 십자가 곁을 떠나지 못하게 한다. 여왕이 마법의 지팡이를 그에게 대지만 십자가의 힘 때문에 지팡이는 부러지고 만다. 분노한 여왕과 빌리들이 무덤가를 돌며 자신들의 희생물을 되찾으려고 애를 쓴다.

마침내 여왕이 지젤에게 유혹의 춤을 명령한다. 빌리 세계의 질서를 어길 수 없는 지젤은 하는 수 없이 춤을 춘다. 슬픔과 두려움에 잠겨 있으면서도 우아하기 그지없는 춤이다. 알브레히트는 그 춤에 매혹되어 십자가를 버리고 지젤 쪽으로 다가간다. 그러자 여왕의 마법이 회복되어 그도 지젤을 따라 춤추기 시작한다. 이윽고 지친 알브레히트가 그 자리에 쓰러진다. 그래도 여왕은 지젤에게 명해 춤으로 그를 일으켜 원기를 북돋게 한다. 사랑의 주제가가 슬프고도 감미롭게 무대를 채우고, 다시 일어난 알브레히트는 미친 듯한 열정으로 지젤과 춤을 춘다.

거기서 다시 인철의 감상이 개입했다. 그래, 저게 사랑일지 모른다. 죽을 때까지 미친 춤을 멈추지 않는 것. 그러나 나는 알브레히트가 아니다. 처음부터 나는 무대 밖을 서성거렸고, 아직도 그리로 가는 길은 굳게 닫혀 있다. 명혜, 너는 너의 알브레히트를 찾았느냐…….

지젤과 함께 춤을 추던 알브레히트가 다시 힘이 다해 쓰러진다. 지젤이 여왕에게 다시 한 번 그의 목숨을 애걸하지만, 여왕은 냉정하게 거절한다. 다른 빌리들도 여왕에게 동조하며 지젤의 복수욕을 돋우려는 춤을 춘다. 알브레히트가 다시 깨어나고 빌리들이 그의 마지막 숨결을 끊어 놓으려는 유혹의 춤을 펼친다. 휘청이며 일어난 알브레히트가 빌리들과 어울리려는 순간 새벽을 알리는 종소리가 울리고 날이 훤히 밝아 온다. 빌리들이 지배하는 밤이 끝나고, 그들은 꽃들이나 나뭇잎 속으로 황급히 사라진다. 하지만 지젤은 그들을 따라가지 못하고 머뭇거리다 정신이 돌아온 알브레히트의 품에 쓰러진다. 그녀를 보낼 수도 없고, 이 세상으로 끌어낼 수도 없는 알브레히트는 지젤을 끌어안고 비탄에 빠진다.

그때 관악기의 장중한 울림과 함께 클랑 공과 바틸데 공주가 알브레히트를 찾아 숲으로 들어온다. 그들을 본 지젤이 알브레히트에게 그의 사랑을 공주에게 바쳐 달라고 염원하면서 영원한 이

별을 고한다. 지젤이 다른 빌리들처럼 꽃 숲 속으로 사라지자 슬픔과 허탈에 빠진 알브레히트는 마침 다가온 바틸데 공주에게 손을 뻗으며 정신을 잃고 만다. 다시는 깨어나지 못할 사람처럼, 혹은 지젤의 마지막 염원을 받아들이듯이…….

언제부터인가 옆에서 연신 눈물을 찍어 대는 어린 여고생에게 감염된 것일까, 막이 내릴 무렵 해서 인철의 눈에서도 눈물이 흘렀다. 느닷없지만 걷잡을 수 없을 만큼 뜨겁고 속 깊은 눈물이었다. 인철은 허둥대며 손수건을 찾아 두 눈을 눌렀지만 눈물은 커튼콜이 끝나고 극장 안이 다시 환하게 밝아질 때까지 계속 쏟아졌다.

겨우 눈물을 씻어 내고 운 흔적을 지운 인철이 공연히 민망해하며 주위를 둘러보았을 때는 이미 대부분의 관객이 자리를 뜬 뒤였다. 그제야 좌석 밑에 놓인 꽃다발을 떠올리며 그걸 어떻게 명혜에게 전하나 막막해져 있는데 아직 몽롱한 얼굴로 자리에 앉아 있는 그 여고생이 눈에 들어왔다.

"얘."

인철이 가만히 꽃다발을 내밀며 그 여고생을 불렀다. 그녀가 화들짝 놀라며 인철을 쳐다보았다. 약간 충혈되어 있기는 했지만 맑고 예쁜 눈이었다.

"우리 이 꽃다발을 지젤에게 보내지 않을래?"

"우리…… 가요?"

경계라기보다는 의아한 눈빛으로 그녀가 그렇게 반문했다.

"그래, 무대 뒤로 가서 네가 전하고, 누가 보냈느냐고 묻거든 힐라리온이 보냈다고 해 다오."

"힐라리온?"

"못 알아듣거든 — 분홍 무지개를 좇던 소년이 마지막으로 보낸 장미라고 하면 된다."

그 역시 명혜가 알아들을 수 없기는 마찬가지라는 걸 알면서도 인철은 태연스레 말했다. 그런데 알 수 없는 것은 그 여고생이었다. 그새 모든 것을 다 알겠다는 듯 인철이 내민 꽃다발을 받아들며 차분하게 말했다.

"알겠습니다. 제가 전해 드릴게요."

그로부터 20년쯤 뒤에 인철은 잠시 어떤 대학에서 교편을 잡게 되는데, 거기서 한 동료로 그 여고생을 다시 만나게 된다. 그날 본 「지젤」에 매혹되어 발레리나로 자란 뒤 명혜와 비슷한 유학 과정을 거쳐 그 대학 무용과의 교수로 와 있던 그녀는 한눈에 인철을 알아보았다.

"왠지는 모르지만요, 어쨌든 꼭 전해 드려야 할 꽃다발 같았어요."

그때 그 꽃다발을 어떻게 이해했느냐는 인철의 질문에 그녀는 살풋 얼굴을 붉히며 그렇게 대답했다. 그러나 그날 그 여고생과의 만남은 그녀가 꽃다발을 전하기 위해 무대 뒤로 가는 것으로 끝이 났다. 이게 네게 바치는 마지막 장미다. 이제 내가 다시 사랑하게 될 여자는 피와 살을 가진 여자다. 나와 같은 욕망과 약점을 가진 살아 숨쉬는 여자다. 길고 치열했던 관념의 터널을 이제 나는 벗어난다. 이제 나는 스스로 키워 간 이데아가 아니라 지금 여기 던져진 실존을 사랑하게 될 것이다 ―. 인철은 한없이 쓸쓸하면서도 한편으로는 달콤한 상실감까지 느끼며 그렇게 명혜의 환상에 작별을 고했다. 그리고 그 여고생이 되돌아오기를 기다리지 않고 극장을 빠져나왔다.

그가 머문 자리

교대 시간이 가까울수록 갱 안은 더 더워지는 느낌이었다. 거기다가 습도까지 높아 작업복은 진작부터 땀으로 후줄근히 젖어 있었다. 넉넉하게 넣어 온다고 가득 채워 온 군용 수통도 다 비고 얼굴에 솟은 땀은 덮어쓴 탄가루 사이로 골을 지어 흘렀다. 닷새 전 그보다 며칠 늦은 아다무끼(후산부) 하나와 햇돼지를 잡아(신참 신고식을 치러) 아직 그들 가다(작업반)에서는 신참을 못 면한 명훈이었다. 하지만 그동안 익힌 요령 덕분인지 후산부(後産夫) 일이 이제는 그리 힘들지 않았다.

그런데 같은 아다무끼라도 명훈에게는 한참 고참이 되는 김씨에게는 그렇지 못한 듯했다. 햇돼지 잡는 날 소주에 취해 신세타령을 하면서 스스로 막노동으로 잔뼈가 굵었다고 털어놓았고, 후산부로 막장에 들어선 지도 벌써 반년에 가깝다면서도 그가 일하는 방식은 신참인 명훈의 눈에도 어설퍼 보일 때가 많았다. 방금도 갑방(甲班: 아침 여덟 시부터 오후 네 시까지 작업) 막차가 될 굴진에 쓸 동발을 옮기면서 항 내에서의 자재 운반 요령을 잊었는지 앞으로 쏠린 동발 앞머리를 주체 못 해 하리(천장 횡목)에 소리 나게 부딪혀 주춤하다 다시 노부리(갱도 막장)를 올랐다.

뒤따라가던 명훈이 약간 습기 있는 나무끼리 부딪는 둔탁한 소리에 고개를 들어 보니 하리와 그 사이를 메우고 있는 잡목 사이로 나무껍질과 흙먼지 같은 것이 푸슬푸슬 떨어지는 게 보였다. 그런데 바로 그때 무심코 그곳을 쳐다본 명훈을 긴장시키는 게 있었다. 단순히 하리나 다루끼(하리 사이를 메우는 잡목)에 붙어 있던 나무껍질이나 흙먼지가 아니라, 무언가가 흰 가루 같은 게 하리와 다루끼 틈서리로 흘러내리는 것 같은 느낌이 그랬다. 갱 안의 어둠 속에서 화이바 캐프(파이버 캡: 안전모에 달린 전등) 빛에 쏘여 그런지 흰빛을 띠고 곱게 피어나는 그 흙먼지는 엷은 안개가 피어오르는 것처럼 보였다. 그것도 제법 자우룩한 느낌으로.

"탄광 막장에서 인생 막장 보지 않을라 카믄 정신 바짝 차리고 일하라꼬. 뭔가 이상한 게 있으믄 내한테나 반장한테 바로바로 말하고. 특히 작더라도 전에 보아 둔 물길(갱내 지하수)이 백줴 뚝 끊기게나(끊어지거나) 노부리 천장에 탄가루가 이슬맨쿠로(처럼) 피믄 앞뒤 살필 것 없이 얼른 퍼뜩 알리라꼬."

며칠 전 햇돼지 잡을 때 거나해진 사끼야마(선산부) 장씨가 특히 그날의 햇돼지(신참) 둘에게 무슨 심각한 충고라도 하듯 그러던 게 퍼뜩 떠올랐다. 누군가 다른 구미의 사끼야마 하나도 그런 말을 되풀이한 것 같았다. 그들이 이슬이라고 말한 게 어쩌면 저 안개 같은 것일지도 모른다 싶었지만, 다른 한편으로는 별것 아닌 일로 법석을 떠는 꼴이 되는 게 두려워 명훈은 한 번 더 그 하리 쪽을 자세히 살펴보았다. 1.5와트 캐프 빛에 잡힌 그 안개 같기도 하고 이슬 같기도 한 기운은 아직도 부근을 아련히 떠돌고 있었다.

그 바람에 명훈은 무거운 동발의 무게도 잊고 걸음을 재촉해 막장에 이르렀으나 단단한 탄괴(炭塊)라도 만났는지 착암기와 씨름하듯 땀 흘리고 있는 사끼야마 장씨를 보자 다시 자신이 없어졌다. 자신이 잘못 본 것이면 입이 험한 그에게 한 소리 들어도 오지게 들을 것 같아서였다. 그런데 그때 마침 장씨가 착암기를 끄고 무언가를 시키기 위함인 듯 명훈과 김씨를 번갈아 돌아보았다. 그제야 결단을 내린 명훈이 지고 온 항목을 내려놓으면서 호칭을 생략하고 장씨에게 말했다.

"저기…… 말입니다. 서너 타(打: 동발 개수) 저쪽 하리에…… 안개가 핀 것 같습니다."

형님이라는 호칭만 붙이면 훨씬 쉬울 말을 굳이 피하려다 보니 절로 말이 더듬거렸다. 그때껏 명훈에게 익숙한 세계에서의 그 호칭은 인격이나 신분의 상하를 구분 짓는 것이어서 그랬는지, 장씨는 자신보다 다섯 살이나 많고 특히 광산에서는 산전수전 다 겪은 고참 선산부였지만 명훈은 왠지 형님이란 소리를 쉽게 뱉을 수가 없었다.

"저기, 뭐 어쨌다꼬? 거다가 하리에 안개가 왜 피노?"

장씨가 얼른 알아듣지 못하고 퉁명스레 되물었다.

"전에 말씀하신 안개, 아니 이슬 같은 게 그쪽 하리와 다루끼 사이에 피어오르는 것 같아서요. 뭔지 모르지만 적기는 해도 계속 흘러내리는 것 같은 게 이상해서……."

그러자 갑자기 긴장한 장씨가 착암기를 든 채 명훈 쪽으로 달려 나오며 소리쳤다.

"어디고? 어느 쪽이고?"

명훈도 덩달아 다급해져 여남은 발짝 뒤쪽을 손가락질하며 앞장을 섰다. 명훈이 어림해 되돌아 가본 곳의 하리 사이에서는 아직도 무언가 흰색 가루 같은 것이 흘러내리는 게 캐프 불빛에 희미하게 비쳤다. 그걸 확인한 장씨가 아직도 항(갱) 안쪽에서 꾸물거리는 김씨를 성난 소리로 불러냈다.

"어이, 거다 니 일마(인마), 뭐 하노? 얼른 이쪽으로 안 건너오나?"

그러고는 그 하리를 경계로 안팎에 무슨 선명한 경계라도 그어진 양 갱도 쪽 바깥에 서서 큰 랜턴으로 이슬이 피는 천장 쪽을 비쳐 보았다. 많이 옅어지기는 했지만 이슬은 아직도 그 하리 언저리에서 피어오르고 있었다.

"이거 분탄(粉炭) 맞다. 불빛이 비체(비쳐) 허옇게 보여서 그렇지 틀림없이 탄가루 흘러내리는 게라꼬."

사끼야마 장씨가 그래 놓고는 아직도 그 하리 저쪽에서 천장을 올려다보고 있는 김씨에게 버럭 소리를 질렀다.

"저누묵 새끼, 저거는 사람 말이 귀꾸마리(귓구멍)에 안 들어오나? 왜 아직 그쪽에 뻴쭈미(엉거주춤) 서 있노? 니 일마 막장 무너지믄 사람 죽고 사는 게 동발 하나 차이라는 거 모리나? 하리 무너지고 가루탄 데미(더미)로 쏟아져 발목까지만 잠기믄 하마 파이라(끝이라). 눈 깜짝할 새 무릎이고 가슴까지 차이, 결국은 탄가루 한 입 물고 수백 길 땅속에서 뒤지게(뒈지게) 된다꼬."

그러자 김씨도 화들짝 놀라 장씨와 명훈 뒤로 와 섰다. 장씨는 일단 그들을 데리고 여러 발짝 뒤로 물러나 랜턴만 비추며 그 하리 쪽을 지켜보았다. 하지만 그 서슬 푸른 기세가 무색하게 그쪽은 한참 지나도 별일이 없었다. 그러다가 그 옅은 이슬 같은 아련한 기운마저 사라지자 장씨는 다시 그 하리 밑으로 다가가 세심하게 살폈다. 완전히 탄가루가 멎자 손도끼 등으로 그 하리를 가만가만 두들겨 가며 살피던 그가 한 군데서 다시 제법 굵은 탄가루가 우수수 쏟아지자 마침내 확신한 듯 이를 사리물었다.

"이 누묵 새끼들. 내 이럴 줄 알았다. 이거 언(어떤) 놈이 여다서(여기서) 미리 탄(炭) 빼먹은 기 틀림없다 카이."

그러고는 둘을 둘러보더니 단호하게 말했다.

"오늘 일은 고마(그만) 시마이(마감)다. 열에 하나 여기 도탄(盜炭)이 잘못돼 천장이 쏟아지믄 말캉(모두) 황(헛것)이라. 막장에 중요한 물건 두고 온 게 있으믄 얼른 뛰 드가(뛰어 들어가서) 가지고 나오고, 아이믄 여다서 반장 올 때까지 기다려 오늘 공수(하루 작업량)나 채우는 기다. 그동안 정(정히) 기다리기 안 됐으믄 찌끄래기 잔탄이나 씰어무져(쓸어모아) 한 항차[鑛車] 맹글어 보던 동."

땡땡, 땡땡 — 갑방 퇴항(退杭) 준비를 알리는 종소리는 그로부터 오래잖아 들렸다. 권양기(捲楊機)로 연결되는 수평갱에 매달아 놓은 야포 탄피 두드리는 소린데 부근의 사갱(斜坑)에도 잘 스며들었다. 그 소리를 기다렸다는 듯 갱도 옆으로 밀려난 커다란 보다(폐석) 덩이에 앉아 담배를 피우던 장씨가 꽁초를 비벼 끄고 다섯 번째 항차 때 남긴 부스럭 탄으로 여섯 번째 항차를 반쯤 채워 가고 있는 명훈에게 말했다.

"봐라. 이씨. 그거 놔뚜고 수평항[坑]으로 내려가 반장 보이거든 여기 쫌 불러 온나. 이누묵 새끼 뭐라 카는지 말이나 함 들어보자. 몬땐(못된) 놈들 탄 도둑질 때문에 우리가 다 못 채운 공수도 인정받아야 하고."

그 말에 명훈은 두말 없이 자리를 털고 일어나 수평갱 쪽으로 내려갔다. 멀리 갈 것도 없이 벌써 사갱으로 접어들던 반장이 먼저 명훈에게 소리쳐 물었다.

"어이, 왜 막차가 안 내려오는 거야? 거기 5번 노보리에 무슨 일 있어?"

그리고 미처 명훈이 대답하기도 전에 먼저 막장으로 올라가 사끼야마 장씨에게도 같은 투로 채근하듯 물었다.

"여기 탄차 막차 어찌된 거야? 10톤 할당에 아직 많이 비잖아? 그런데 막장 버리고 멀찌기 앉아 무슨 일이야? 오늘 공수 안 채울 거야?"

억양은 다른 지방 것인데 어휘만 표준말인 사끼야마 출신의 50대 반장이었다. 장씨가 무슨 시비라도 걸린 사람처럼 깐족거리는 말투로 받았다.

"공수고 뭐고, 막장에 사람 파묻히지 않은 것만도 다행으로 아소. 혹 나흘 전 병방 때 이 막장 박 반장이 감독하지 않았소?"

"그건 왜 물어? 나흘 전이라지만 방[班]으로는 열두 방 전 일인데, 그 일은 갑자기 왜?"

"나도 짚이는 게 있어 묻는 말이라. 그날도 내 갑방 뛰고 저녁 여덟 시쯤 누가 찾아와 영주옥에 가 한잔 빠는데, 열두 시에 병방[丙班: 밤 열두 시부터 아침 여덟 시까지 일하는 조] 드갈 놈들이 안죽도 거기서 취해 해롱거리고 있더라꼬. 꼴 보이 하마 일 들어가기는 틀렸던데, 그다음 날 들으니 글마들도 그날 병방 드가 공수 다 채우고 나왔다 카데. 그런데 그날 이 4번 항 병방은 박 반장이 감독했다며? 검수(檢受)도 박 반장이 하고. 그 이튿날 갑방은 옆 가다 천 반장이 감독했다 카지 아매."

"전날 병방까지 감독했으면 다음 날 갑방은 쉬는 거 아냐? 그게 어째서?"

박 반장도 무슨 낌새를 느꼈는지 웃음기 거둔 낯으로 목소리를 높였다.

“그날 감독한 반장이 글마들 마른 공수(일 하지 않고 인정받는 일당) 봐 줄라꼬 도탄(盜炭)을 눈감아 준 것 같아서 하는 말이라.”

그러자 박 반장이 금세 벌겋게 달아올라 받아쳤다.

“그게 무슨 소리야? 그럼 내가 갑식이네 구미 마른 공수 놔줬단 말이야?”

“아니면, 여기 동발 하리가 왜 이래?”

장씨가 그러면서 이번에는 진작부터 들고 있던 손도끼 등으로 좀 세게 천장을 쳤다. 그러자 그새 걷혔던 안개가 다시 짙게 일었다. 이제는 명훈도 그게 예사 흙먼지가 아니라 부스러져 내린 탄가루라는 걸 알 만했다.

“그게 왜 그래? 거긴 사끼야마 방씨네 구미가 잘 매조진(일을 맺은) 곳인데.”

“글쎄, 사끼야마 방씨가 했는지 아다무끼 구씨가 했는지 모르지만 여기는 틀림없이 근간에 언(어떤) 놈들이 도둑질로 파먹은 자리라 카이. 정 못 미더우믄 내가 이 도끼 등으로 정끈(힘껏) 함(한번) 쳐 보까?”

그러자 박 반장이 놀라 두 손까지 저으며 장씨를 막아섰다.

“이 사람들이 정말 큰일 날 짓을 하려고 드네. 거길 도끼로 후려져 어쩌겠다는 거야? 막장 무너뜨릴 궁리라도 하는 거냐고?”

“보소 박 반장, 하마 탄굴 밥 30년이나 자셨단 양반이 참말로 몰라서 묻는가요? 적어도 여기 항목 들보 두어 개는 뺐다 박았다 했을 거라. 막장 캐빙(동발을 빼내고 갱을 막기 전에 남은 탄을 긁어내는 작업)할 때나 긁어낼 탄을 글마들이 술 취해 교대로 자빠져 자다가 막판에 빼먹은 거라꼬. 반장은 알고도 검수 봐주고…… 이눔의 막장 몸서리나서 5년이나 타관객지 떠돌다가 돌아온 날라리 사끼야마라도 척 보이 하마 알겠구마는, 그날 검수까지 한 빠꼬미(훤히 들여다보는 사람) 반장이 그걸 모른다 카믄 말이 안 되지."

무얼 믿는지 장씨는 20년 손위인 박 반장에게 평소 같지 않게 시종 반말이었다. 그러나 박 반장도 쉽게 기죽지 않았다.

"아니 그럼 내가 뇌물이라도 먹고 도탄까지 눈감아 주었다는 거야 뭐야?"

"뇌물을 먹었는 동(먹었는지) 와이로를 받았는 동 그거는 내 알 바 아이고 — 보소, 고마 긴 얘기 할 것 없이 이랩시다(이렇게 합시다)."

"뭘 어째?"

제법 눈까지 부라리며 반문하는 반장에게 장씨가 갑자기 타협조로 나왔다.

"우선 우리 마지막 항차는 저 이슬 피오르는 거 보고 겁이 나서 쫌 일찍 막장에서 달라 빼 나오다 그래 됐으이 오늘 작업량은 다 채운 걸로 해 주소. 우리 공수는 건들지 말라 이 말이요. 그래고 이따가 을방부터라도 여기 동발 단디(단단하게) 보수 시키소. 안 되믄 이쯤에서 아예 케빙해 이 막장을 닫아 뿌든지. 어쨌든 우리 구미는 콩팥이 떨래(떨려) 이 막장에서 더는 이대로 작업할 수는 없다꼬요. 그러이 공연히 달구 벼슬(닭 볏) 같은 반장 끝발 들이대다가 항장 귀에까지 말 들어가 일 시끄럽게 하지 말고 내 말대로 해 주소. 이거는 우리끼리 언성 높여 해결될 일이 아이라 카이."

장씨가 그렇게 목소리를 깔자 박 반장도 더는 뻗대지 않았다.

"언성 높이려고 그러는 게 아니라, 장씨가 애먼 소리로 아래위 없이 몰아대니 성질나서 그런 거고 — 좋아, 그러자고. 저나 나나 고달픈 두더지 신세, 탄가루로 시커멓게 굳어 가는 허파 싸안고 방(작업반)을 돌다 보면 한 잔씩 걸치고 항에 들어가게 되는 수도 있지 않은가 말여. 갑식이네 구미처럼 젊은 혈기만 믿고 병방 겁내지 않는 애들에게는 더욱. 하루 빠져 만근(한 달 26공수를 다 채우는 것) 못 되고 수당 깎이는 꼴 볼 수 없어 걔네들 좀 봐준 게 마른 공수가 되고, 저희끼리 돌아가며 한숨씩 눈 붙이는 거 모르는 척해 준 게 뇌물 먹고 도탄까지 봐준 꼴이 됐구먼. 알았어. 장씨, 이만 쟤들 데리고 그냥 퇴항하라고. 내 을방 아이들 시켜 저 천장 한번 열어 보지. 낙반 염려 있으면 동발 넉넉히 넣어 보항(補坑)할 테니 걱정 말라고. 정히 안 되면 본사에서 철제 동발이라도 얻어 와 물길이 터져도 버티게 해 놓을 테니 케빙 같은 소리는 아예 하들 말고."

그렇게 부드럽게 마무리 지었다.

박 반장 말대로 퇴항하기 위해 막장을 나와 갱도로 나가면서 명훈이 장씨에게 궁금한 것을 물었다.

"저어 — 하나 물어봐도 됩니까. 형님."

장씨는 어릴 때 아버지를 따라 봉화를 떠났다는 데도 강하게 남은 그쪽 사투리가 명훈의 고향 쪽과 닮아 왠지 가까운 느낌을 주는 데가 있었다. 하지만 입이 험하고 매사에 너무 거침이 없어 아무데나 겁 없이 부딪히는 성격이라 까닭 모르게 다가가기 망설여지는 사람이었다. 그 바람에 그들 사이라면 당연히 나와야 할 형님 소리가 아주 힘들었는데 그때는 쉽게 나왔다.

"뭘?"

"조금 전 그 갑식이라는 선산부 잘 아는 사람입니까?"

"그거는 왜 묻노?"

"천장에서 탄가루 흐르는 것 말씀드리자마자 거기서 도탄이 있었다는 것뿐만 아니라, 그게 그들 패거리 짓이라는 걸 알아보시는 같아서요."

"오끼 먹은 걸(작업량 측량)로 대강 재 보이 글마들 병방[丙班] 한 날이고, 마침 그날 고향 후배하고 술 한잔할라꼬 영주옥에 갔다가 입항 두 시간을 놔뚜고 글마들이 거다서 해롱거리는 걸 본 적이 있어 따져 봤을 뿌이라."

"그렇지만 듣기에는 그보다 더 그들을 잘 알고 있는 것 같아서요. 특히 사끼야마로는 눈에 띄게 젊은 축인 갑식이란 사람……."

"아 갑식이 글마, 글마도 알지. 나이는 너댓 살 적지만 자랄 적에 내하고 석공(석공) 사택 앞뒷집에서 자란 놈아라. 이쪽저쪽 오야지(두목: 아버지) 모두 석공 탄차 몰고 잘나갈 때."

"그 이상 더 잘 알고 있는 것 같은데……."

명훈이 왠지 석연치 않은 기분에 혼잣말처럼 그렇게 중얼거리자 통명스럽기는 해도 그때까지 잘 받아 주던 장씨가 버럭 화를 냈다.

"알기는 뭐 개 좆을 더 알아? 별걸 가지고 토를 달고 난릴세."

그래 놓고는 좀 심하다 싶었던지 짐짓 화제를 바꾸며 목소리를 좀 낮추었다.

"자, 인자 갱도(坑道) 다 나왔다. 씰데없는 소리 고마하고 지금부터 갱구 고야(임시 휴게소)까지는 좆 빠지게 쪼차(뛰어) 가라. 땀티백이(투성이)로 5리 길 꾸물거리고 걷다가는 집에 가기 전에 대관령 황태 꼴 난다."

그 말에 명훈이 주변을 둘러보니 어느새 지갱(支坑)을 벗어나 큰 광차(鑛車) 레일이 깔린 갱도로 들어서고 있었다. 땅 위로 나와서 그런지 갱구가 2킬로 밖인데도 벌써 찬바람이 선뜻거렸다. 그러나 아직도 막장에서의 열기와 습도를 다 털어 내지 못한 명훈에게는 장씨의 말이 얼른 받아들여지지 않았다.

"이제 겨우 양력으로도 동짓달인데요, 뭐. 막장에서 오후 내 후텁텁하게 지냈는데, 이참에 땀이나 식히며 천천히 걸어 나가지요."

"소설(小雪: 양력 11월 하순)이 낼 모렌데, 이기(이것이) 아직 함백산 추위 안 겪어 봤구나. 여기 소설은 서울 소한(小寒: 양력 1월 초순) 맞잡이라. 도회지서 온 언 병아리 같은 것들, 어리바리하다가 고뿔이라도 걸리믄 내년 곡우(穀雨: 4월 하순)는 돼야 떨어질 꺼로. 땀 얼루지(얼리지) 말고 어서 뛰라 카이."

그리고 자신부터 도시락 통을 떨그럭거리며 뛰었다. 그때까지 말없이 두 사람을 뒤따라오던 아다무끼 김씨도 덩달아 뛰기 시작했다. 어제까지도 명훈과 함께 갱구까지 덜덜거리며 걷던 그였다. 장씨 말대로 11월 하순 해 질 무렵의 함백산 추위라 그런지 오래지 않아 명훈도 땀이 식고 온몸이 으스스해 왔다. 할 수 없이 걸음을 빨리해 그들 뒤를 따랐다.

벌써 드럼통 난로에 불을 피운 고야로 막 들어서는데 같은 가다의 낯익은 반장 하나가 을방 교대를 들어오다가 명훈을 보고 강원도와 충청도 경상도 사투리가 이리저리 뒤섞인 말로 전했다.

"어이, 젊은 이씨. 항 사무실에서 찾더래요. 얼릉 가 봐여. 본사 비파(비공식 파견)한테. 거기 누군지 이씨 찾아온 사람들이 있는 갑서."

그 말에 명훈은 고야 안에 피워 둔 드럼통 난로 모닥불에 땀도 제대로 말리지 못하고 본항[本坑] 사무실로 곧장 달려갔다.

명훈이 갑방으로 일한 석공 하청 사동항(舍洞坑)에서 동북쪽으로 한 마장쯤 떨어진 본항 입구에 차려진 항 사무실은 함백 탄좌 산하 석공 하청 사무실 중에는 가장 컸다. 총무과를 겸해 사장의 조카인 총무에 서기 하나와 광산노조 쪽 직함을 가지고 있지만 실은 경영자 측이 보낸 잡무수(雜務手) 또는 독찰대(督察隊)라는 편이 옳은 비공식 파견 직원 하나가 더 있었다. 그날 을방 사람들을 시켜 명훈을 찾은 것은 바로 광부들이 흔히 비파로 줄여 부르는 그 직원이었다. 면접 같잖은 면접 때 공고(工高)까지만 적어 둔 명훈의 학력에 유독 관심을 가지고 이리저리 캐묻던 친구였다. 하지만 그날은 면접 때와 사뭇 달랐다. 명훈을 보자 꽤나 가까운 척 하며 나긋나긋하게 말했다.

"저 아래 큰길따라 쭈욱 내리가다 보면 니나노 집 골목 나오는데, 거기 한 모틩이에 태백장(莊)이란 방석집이 있을 끼요. 거다 가(가서) 찾아보믄 아는 얼굴이 있을 끼구마는. 권영길 씨, 아이, 우리 직영 총무과에 노조 비파로 일하는 권 대리는 이씨를 이 사동항에 밀어 넣은 사람이니 잘 알 낀데, 거기다가 그 사람하고 아삼륙(단짝)으로 댕기는 함백 탄좌 지부장(노조 지부장)까지 행차한 것 같더라꼬요. 나도 우짜믄 을방 입항(入坑) 매조지고는(매듭짓고는) 글로 갈 끼요."

그러자 명훈은 속으로 '아, 날치가 왔구나.' 싶었다.

그새 두어 달 지나다녀 그런지 그 태백장이란 시골 요정도 명훈은 어느 정도 알고 있었다. 태백장은 전에 신참 신고식을 한 싸구려 니나노 집 거리 한 모퉁이에 있었지만, 집부터가 하꼬방을 겨우 면한 부근 니나노 집들과는 아주 달랐다. 제법 반듯한 기와집에다 넓은 마당 한편에는 폐석 겨우 면한 돌로나마 정원이랍시고 꾸며 둔 게 있었는데, 이리저리 모아 둔 흙더미 사이에는 몇 그루 침엽수가 듬성듬성 꽂혀 있고, 기중 굵은 향나무 가지에는 붉고 푸른 색등 한 쌍까지 걸려 있었다. 거기 가 본 적이 있는 축은 정갈한 음식 범절이며 대여섯 되는 한복 차림 색시들까지도 부근 니나노 집 작부들과는 아예 노는 물이 다르더라고 입에 침이 말라 했다. 개중에는 항장(坑長) 이상의 간부들이나 본사 직원들이 관내의 고만고만한 기관장들과 허리끈 풀고 마시는 집이라고 빈정거리듯 일러 주는 이도 있었다.

그 태백장 골목으로 가는 내리막길을 천천히 걸으면서 명훈은 특별한 처량함이나 영락의 느낌 없이 지난 석 달을 돌아보았다.

그날 성난 군중과 함께 성남 출장소 일대를 휩쓸고 다니던 명훈이 퍼뜩 정신이 든 것은 서울 시경에서 파견한 기동대 8백 명의 선두와 한 차례 맞닥뜨리고 난 뒤였다. 이미 눈들이 뒤집혀 몽둥이며 식칼까지 들고 나온 군중 한 갈래가 돌팔매질로 기동대 선두를 밀어낸 뒤 기세를 올렸다.

"이대로 서울까지 밀고 가자!"

"서울 시장 놈을 잡아 광화문(거리)에 조리를 돌려야 돼!"

서로 그렇게 부추기며 서울로 갈 버스를 빼앗아 타려고 정류장 쪽으로 밀려가는 군중을 바라보며 명훈은 무슨 독한 술에서 깨난 것처럼이나 몽롱하고 갑작스러운 격앙과 분기에서 엄중한 현실로 끌려 나왔다. 시위는 어느새 피를 두려워하지 않는 폭동 단계로 접어들고 있었다. 일시 내몰려 재정비를 하고 있는 경찰 기동대와 겁 없이 내닫는 군중 사이에서 10여 년 전 4·19 날 오후 이기붕의 집 앞에서 느꼈던 묘한 분위기가 느껴지면서 명훈은 어느새 그들 사이에 낀 자신을 섬뜩하게 돌아보았다.

먼저 연좌제의 그늘 아래 성장하는 동안 거의 본능의 수준으로 자란 굴종과 순응의 타성이 자지러지듯 깨어나고, 다시 그동안 경험한 남한 사회의 무시무시한 자기방어 능력이 버텨 내기 어려운 위하(威嚇)가 되어 머릿속에서 으르렁거렸다. 그러자 용공 혐의 확대 조작을 수없이 보고 겪는 동안 혈관에 켜켜이 쌓여 온 공포가 차츰 그의 의식을 이끌기 시작했다.

'내가 너무 멀리 왔다. 내가 내뛰어서는 안 될 곳까지. 내가 맞서고자 했던 부조리와 불의는 틀림없이 내게 항의할 수 있는 권리를 주었지만 이렇게, 여기까지는 아니다. 경찰력은 국가권력을 지키는 중심 세력이고, 저들과 맞선다는 것은 대한민국을 부정하는 행위가 된다. 4·19는 정권을 무너뜨릴 수 있었기에 혁명이 되었고, 공권력의 추격과 복수를 뿌리칠 수 있었지만 지금은 아니다. 당장은 우리가 경찰력의 선두를 밀어냈다 해도 그들은 또 올 것이다. 그러나 우리가 다수가 되어 우리의 정당함을 주장할 수 있는 것은 오늘이, 아니 조금 전의 승리가 그 마지막일 것이다. 도시 빈민은 이 광주 대단지 안에서만 다수이지 서울로 밀고 들면 그 순간 일부 소수로 밀려나고, 우리의 항거는 폭동이나 소요가 되고 말 것이다. 그런데 그 선두에 내가 있다. 반공을 국시(國是)로 하는 정권의 경찰력에 감히 저항하며.'

자기 성찰이 거기에 미치자 명훈은 거의 본능적인 두려움에 움찔 멈춰 섰다. 저기 저 많은 군중은 각기 어떤지 모르나 적어도 나는 여기 서 있어서는 안 될 사람이다. 오늘 지키려고 한 것은 틀림없이 나의 권리고 나의 소유지만, 이 나라 이 체제가 아무리 잘못을 했다 해도 내게는 감히 맞설 자격이 없다. 아버지가 이 체제를 거역하고 자신의 공화국으로 넘어가 끊임없이 이 체제의 전복을 노리고 있다고 추정되는 한은……. 그러자 명훈은 갑자기 낭패한 기분이 되어 차츰 대열의 선두를 벗어나고, 점점 뒤로 빠졌다가 마침내는 온전히 대열에서 이탈하고 말았다.

그런데 알 수 없는 일은 이탈 혹은 분리의 심리 기제가 펼치는 요사였다. 한번 군중심리에서 빠져나오자 먼저 습관적인 죄의식이 명훈을 쥐어짜기 시작했다. 너는 죄지었다. 너는 뭔가를 사칭했다. 자격 없는 일을 했다. 이 사회가 끊임없이 물어 오던 네 아버지의 죄에 다시 주제넘은 죄를 더 얹었다……. 그러다가 그 죄의식은 차츰 민망함이나 부끄러움에서 해결할 수 없는 번민 같은 것으로까지 자랐다. 그 어떤 통절한 참회와 고해를 통해서도 풀릴 것 같지 않은.

그럭저럭 군중 사이에서 온전히 몸을 뺀 명훈은 처음 별생각 없이 집으로 돌아가 조용히 틀어박힘으로서 그날의 자취를 묻어버릴 작정이었다. 특히 이제 만삭이 되어 방 안에서만 힘들게 여름 방학을 보내고 있는 경진 곁으로 돌아가 진실되게 참회함으로써 자신의 어이없는 죄의식에서 놓여나고 싶었다.

그런데 집 앞 골목 어귀에서 그런 명훈을 막아 선 것이 대투위(대정부 투쟁위원회) 지역위원장 임장수 씨였다.

"아니, 이 선생이 워떻게 이리 일찍 돌아왔소? 그럼 경찰 기동대는 모두 쫓아 부렀소? 서울 시장 놈은 기연시(기어히) 항복을 허고?"

의혹 반 기대 반으로 다급해 하며 임장수 씨가 그렇게 물었다.

"경찰 기동대는 출장소 위쪽 고개 있는 데까지 밀어냈습니다. 지금 모두들 버스를 뺏어 서울로 올라가자고 의논들이던데요."

그때껏 제 생각에만 빠져 있던 명훈이 잠깐 정신을 모아 자신이 본 대로 이야기했다.

"그렇담 이 선생은 어째 이리 뒤로 빠져 부렀소? 어디 저쪽에서 겁나게 나오는 데가 있던가요? 아니면 이쯤서 싸 말자고 혼자 달라빼 온 것이오?"

왠지 추궁하는 듯이 들리는 그 말에 퍼뜩 정신이 돌아온 명훈이 새삼 긴장하며 받았다.

"그럼 위원장님은 왜 여기 계십니까? 위원장님이야말로 아침부터 동네 사람들 있는 대로 몰아 나갔으면 끝장을 볼 때까지 같이 계셔야지."

"워매, 저 사람 저거 말하는 것 쫌 보소. 아침부터 동네 사람 있는 대로 몰고 나갔다니, 그럼 나가 뭐 폭동 주동자라도 된다는 거여, 뭐여?"

"그렇다면 저는 왜 거기 끝까지 남아 있어야 한다는 겁니까?"

"그건 아니지만 이왕 아그들 데리고 출장소 들부수고 불까지 질렀으니 끝을 보고 와야 허지 않겠느냔 뜻이지. 이 선생 얼굴 알아볼 사람도 수월찮게 많을 텐디……."

그 말을 듣자 명훈은 다시 등골이 서늘해지는 느낌을 받았다. 이 사람은 나보다 훨씬 더 겁먹고 움츠러들어 뒷일을 걱정하고 있구나. 어쩌면 벌써 자신을 대신해 줄 희생양을 찾고 있는지도 모르겠다. 더군다나 지금은 나를 알맞은 희생양 감으로 점찍은 것 같기도 하다. — 앞뒤 없이 그런 생각이 들자 갑자기 좀 전의 두려움은 제법 거친 막말이 되어 터져 나왔다.

"임 위원장이야말로 나를 폭동 주모자로 찍는구먼, 아주 콱콱 찍어. 어디 순사가 찾아와 조사라도 시작하던가요? 좋시다. 내 가꾸목(각목) 들고 성남 출장소 유리창 몇 장 들부셨시다. 그렇지만 불까지 싸질렀다는 건 생판 모함이오. 다시 그런 소릴 했다가는 증거부터 대야 무고죄를 면할 거요. 그렇지만 이게 폭동이고, 그 주모자를 찾는다면 나 같은 얼치기 행동대보다는 아침부터 이 집 저 집 뛰어다니며 한 사람이라도 빠지면 이 동네에 못 살 것처럼 을러대 시위대로 몰아낸 대정부 투쟁위원회 단대 지역 위원장님이 훨씬 윗길일걸."

뒷골목 시절의 쌍욕은 아니지만 예절과는 먼 반말이었다. 그 갑작스러운 명훈의 적의에서 받은 충격 때문일까, 임장수 씨의 눈에서 막다른 골목에 몰린 맹수에게서처럼 사납고 매서운 불길 같은 것이 번쩍 했다가 사라졌다.

"이 선생, 이거 배운 사람이라고 대접했더니 원래가 그랬었구먼. 좋다고. 내가 주모자인지 주동자인지는 다음 날 사람들 모아 대질시켜 보면 알 거고오 — 그거 가지고 우리가 여기서 이럴 일은 아니제. 내 잘못 알고 말을 건 것 같으니 그만합시다. 인제 그만 제 갈 길들 가 보더라고."

그래도 입으로는 찬바람이 돌 만큼 그렇게 말을 맺고는 홱 돌아섰다. 그런 임장수 씨의 뒷모습을 보니 어느새 집에 들어와 갈아입었는지 말쑥한 양복 차림에 머리에는 포마드까지 뒤집어쓰고 있었다. 얼굴을 약간 뒤로 젖히고 차분하게 걸음을 내딛는 품이 방금도 광주 대단지 하늘을 불길한 연기로 그을고 있는 시위나 폭동과 자신은 전혀 무관하다고 외고 있는 듯했다.

그런 임장수 씨가 그를 만나기 전까지 명훈이 품고 있던 감상적인 죄의식을 깨끗이 쓸어내고, 자신이 떨어진 처지를 한층 엄중한 것으로 느끼게 했다. 내가 짓눌려 있던 죄의식은 주관적인 참회만으로 놓여날 수 있는 것이 아니다. 우선은 머지않아 나를 옥죄어 올 법망을 피해 멀리 달아나는 것이고, 그래서 사람들이 무리 지어 저지른 범죄에서 흔히 그렇듯 나라가 형벌권을 포기하거나 완화할 때까지 기다리는 수밖에 없다. 멋모르고 내 곁에서 항의하고 시위했던 그 숱한 사람들을 위해서도 함부로 나를 희생양으로 내줘서는 아니 된다. 그 사람들에게 아버지와 접선한 나를 추종해 폭동을 일으켰다는 식의 대공(對共) 용의점(容疑点)을 덮씌울 수 있게 해서는 안 된다…….

명훈이 돌아가니 아침에 집을 나갈 때만 해도 안방에 나란히 앉아 있던 어머니와 경진이 모두 집 안에 없었다. 갑자기 바깥의 요란스러운 기척에 고부(姑婦)가 함께 구경하러 나갔다가 아직 돌아오지 않은 듯했다. 명훈은 임장수 씨에게 무슨 암시라도 받은 것처럼 옷장 속의 양복 가운데 가장 말쑥한 것을 꺼내 갈아입고 물수건으로 얼굴에 묻은 소요(騷擾)의 먼지와 때도 씻어 냈다. 그런 다음 경진이 임박한 해산에 대비해 갈무리해 둔 경대 서랍 속의 돈 가운데 몇천 원을 꺼내 집을 나섰다.

골목을 나와 큰길로 들어서며 아직도 엷은 연기 같은 게 피어오르는 성남 출장소 쪽을 보니 서너 골목 위쪽 큰길가에서 어머니와 경진이 아직도 소란 속에 경찰과 힘 겨루기를 하며 몰려 다니는 사람들을 눈길로 뒤쫓고 있었다. 먼빛으로 보아도 걱정하는 기색들이 역력했다. 명훈은 그녀들에게 작별 인사와 당부라도 몇 마디 남길까 하다가 얼른 돌아서 반대편으로 뛰듯이 걸음을 재촉했다. 어차피 추적을 피해 떠나는 길이라면, 자신의 행방을 그녀들이 알 수 없게 하는 것이 추적자들의 신문에 덜 시달리게 도와주는 길일 수도 있었다.

몇 개의 골목길을 돌아 다시 큰길로 나온 명훈은 아직 경찰의 포위망이 쳐지지 않아 경계와 검문이 없는 남쪽으로 길을 잡았다. 두어 시간 국도를 따라 걸어 광주 읍을 지나치고 곤지암 부근에 이르니 수원 쪽에서 오는 시외버스가 있어 불안한 대로 그 차에 올랐다. 차 안에서 가만히 귀 기울여 본 바로는 아직 성남의 폭동 사태가 사람들에게 그리 요란스레 알려진 것 같지는 않았다. 세 시 뉴스로 성남 근처에 뭔가 큰 소란이 벌어졌다는 정도로만 퍼져 있는 듯했다.

이천 시외버스 역에 이른 명훈을 기다리는 것은 이제 막 시동을 걸어 놓고 마지막으로 여객을 불러 모으고 있는 충주행 버스였다. 흐린 하늘이 그사이 더 궂어지며 어둑하기까지 해 오는 걸로 미루어 충주로 가는 막차쯤으로 보였다. 거의 본능적으로 소요가 벌어진 곳과 반대쪽 만을 고집하고 있는 방향감각에 따라 명훈은 생각할 겨를도 없이 그 버스에 올랐다.

명훈이 이제 어디로 갈 것인가를 구체적으로 생각해 보기 시작한 것은 충주에 내리자마자 찾아 들어간 시외버스 역 부근 식당에서였다. 그 어떤 중노동에 못지않게 맹렬히 움직이고서도 막걸리 몇 대포뿐, 점심을 걸러서인지, 갑작스러운 식탐에 빠진 명훈은 국물 한 방울 남기지 않고 육개장 한 그릇을 다 비울 때까지 먹는 데만 열중했다. 그러다가 숟가락을 놓을 무렵 그제야 부옇게 김 서린 식당 창문에 어려 오는 노을을 보고 선잠에서 화들짝 깨어난 사람처럼 홀로 중얼거렸다. 자 이제 어디로 가지…….

먼저 명훈은 지난번 서울로 돌아오기 전 가장 늦게까지 함께한 배석구와 청화사(淸華寺)를 떠올렸다. 거기서 잠시 숨어 지내며 다시 세상이 조용해지기를 기다려 볼까 하다가 이내 고개를 저었다. 그곳을 떠날 때 연루된 사건과 받게 된 혐의가 너무 엄청났기 때문이었다. 자신은 그 피해자의 사인(死因)과 무관하였지만 연루되고 혐의를 받게 된 것은 어쨌거나 폭행 치사 사건이었다. 아직 2년도 지나지 않았는데 벌써 추적과 감시가 끝났을 것 같지 않았다.

그러자 다시 안동과 그 뒷골목이 당분간의 은신처로 떠올랐다. 벌써 3년에 가까운데도 여론조사소 건은 그 뒤 신문에 한 번 뜨지 않고 조용한 것으로 보아 그대로 아물어 가는 듯했고, 떠날 때

대두박 김 사장 목울대를 훑어 놓은 일도 그때쯤은 가라앉았을 것 같았다. 그래서 여관방에 들기 전에 수부 전화로 『대한경제』 안동지국에 먼저 전화를 넣어 보니 그것도 생각과는 달랐다.

"김 사장, 그 영감 그거 악질이더구먼. 아직도 서(署) 수사과장 술 밥 사 먹이며 널 찾아내 달라고 쑤석거리는 모양이야. 어떻게 구워삶았는지 형사들도 영 너를 잊어 주려고 하지 않아. 서울에서 무슨 일이 있었는지 모르지만 여기도 네가 편히 틀어박혀 숨을 곳은 못 되는 것 같은데."

명훈이 이쪽 일을 제대로 내비치기도 전에 마침 지국에 있다가 전화를 받은 잇뽕 형이 그렇게 잘라 말했다. 그리고 실망을 감추지 못한 명훈이 한참을 말없이 있자, 설명하듯 덧붙였다.

"거기다가 여기 공기도 예전보다 아주 나빠졌어. 영길이(날치)도 결국은 못 견디고 딴 데로 날랐다고. 그 짧은 책가방 끈 가지고 이제 겨우 3단 기사 정도는 긁적거릴 수 있게 되었다 싶더니 말이야."

"그건 무슨 소립니까? 날치가 또 무슨 사고 쳤어요?"

"그게 아니야. 뭐 지역 언론 정화라나? 이제는 별(전과) 두 개 세 개 달고 무보수 기자로 밥 얻어먹는 시절도 지나간 것 같아. 시골 읍 주재 기자도 이력서 받고 시험 보여 뽑는 때가 올 모양이야. 신문 2백부만 유가지로 뿌릴 수 있으면 나오던 지국장 취재권(기사 작성권)도 물 건너갔어. 이젠 그런 걸로 어물쩍 언론인 행세 하려 들지 말고 코흘리개 신문 배달부들 왕초 노릇이나 잘하라는 거지."

잇뽕 형이 자조적인 목소리로 그래 놓고 다시 생각난 듯 물었다.

"너 집에서 하는 전화 같지가 않은데, 거기 어디야? 그리고 무슨 일로 다시 여기 내려오겠다는 거야?"

그제야 명훈도 절박한 어조를 드러내며 비슷하게 자신의 처지를 밝혔다.

"여긴 충주고, 한동안 어디 깊숙이 틀어박혀 있어야 할 일이 생겨서……. 아마 내일 조간 톱기사는 그 일이 될 겁니다."

"그게 뭐지? 오늘 저녁 일곱 시 라디오 뉴스가 뭐였더라?"

잇뽕 형이 그렇게 중얼거리다가 문득 깨달은 게 있는지 갑자기 목소리가 신중해졌다.

"그게 뭔지 모르지만, 이제 생각해 보니 한동안 깊숙이 틀어박혀 있을 곳이라면 차라리 영길이에게 알아보는 게 나을지 모르겠다."

"날치는 안동에서도 못 견뎌 떴다면서요. 그런데 어디로 갔기에?"

"너 전에 여론조사소 때 탄광 지역 돌아 본 적 있지? 여기서 뜬 영길이는 거기 어디 틀어박힌 것 같더라."

"날치가 탄광에?"

"그런 길이 있는 모양이야. 옛날 국토건설단 시절에 끈이 있는 것 같더라고."

그러면서 날치에게 연락할 수 있는 전화번호 하나를 불러 주었다.

"아무래도 영길이한테 가면 무슨 수가 있을 것 같네. 배 안 곯고 깊숙이 숨어 있을 수 있는 곳으로는 탄광 막장보다 더 나은 곳이 없지. 긴 얘기 하지 않을 테니 어쨌든 영길이한테 한번 찾아가 봐. 거기도 길이 없다면 다시 내게 연락하고."

그런 잇뽕 형의 어조에는 혈육 못지않게 끈끈한 정이 느껴졌다.

다음 날 일찍 명훈은 처음부터 날치를 찾아 나선 듯이나 그가 일하고 있다는 강원도 정선 군 사북 면이라는 곳을 찾아 갔다. 충주에서 원주로 넘어가 다시 물어 물어 찾아가다 보니 사북 장터에서 차를 내렸을 때는 벌써 오후가 되어 있었다. 마침 장날이라 장터국밥으로 점심을 때운 명훈은 시골 다방에 자리 잡고 잇뽕 형에게서 받은 번호로 전화를 걸었다. 날치가 반겨 줄까 은근히 걱정했는데, 뜻밖에도 날치는 기다리고 있었다는 듯이나 한 달음에 달려 나와 명훈을 맞았다.

"나도 아침에 성남 폭동 기사 봤다. 대단하더구나. 아직은 그런 소리가 없지만, 그런 꼴을 당하고도 당국이나 경찰이 맥없이 두 손 들고 물러나지는 않겠지. 당장이야 무엇이든 다 들어줄듯 성난 주민들을 달래겠지만 폭동 주모자들에게는 반드시 엄한 처벌이 있을 거야. 늦지 않게 잘 빠져나왔어. 그리고 탄광 막장에 몸을 숨긴다는 아이디어도 터무니없는 것은 아니고……. 나를 찾아온 것도 — 어느 정도는 맞게 한 일 같아."

잇뽕 형에게 미리 전화로 들은 말이 있는지 날치는 먼저 그렇게 명훈을 반겨 놓고 다시 지나친 낙관을 경계하듯 이었다.

"하지만 여기 강원도 탄광도 옛날 같지는 않아. 막장에 들어가겠다고 줄만 서면 받아 주던 그런 시절은 지나갔다고. 석공(석탄공사)은 이제 신체검사에 면접시험까지 보고 들어가는 곳이 됐고, 민영탄광도 본사 직영은 예전같이 신원확인에 그리 관대하지 않아. 신분을 적당히 숨기고도 일할 수 있는 곳은 민영이라도 석공 하청 같은 거나 따서 몇 푼 뜯어먹고 사는 개인 탄광뿐이야. 우선은 그런데 어디 아다무끼(후산부: 광부 보조) 자리라도 알아보자. 그때까지는 며칠 여기 광부들하고 같이 하숙하며 막장 분위기부터 알아 두고."

"그런데 넌 여기서 뭐 해?"

그제야 간단치 않아 뵈는 일을 그토록 쉽게 말하는 날치의 소속과 지위가 궁금해 명훈이 슬며시 물어보았다.

"아, 그거? 잇뽕 형이 말하지 않았어? 옛날 끈이 있어 민영 함백 탄좌 한구석에 새 둥지를 틀었지."

"옛날 끈? 아, 국토건설단 말이야? 잇뽕 형이 말한 거."

"그때 거기서 나하고 함께 고생한 친구들이 여기 탄광에 많이 스며들었지. 석공 민영 할 것 없이. 그동안 그런 말만 듣고 있었는데, 이번에 안동에서 떨려 나오고 보니 갑자기 그 친구들 생각이 나데. 그래서 구경 삼아 장성(長城)으로 가 보았더니, 남한산성(육군 교도소)보다 더한 게 국토건설단 의리라던가, 어쨌든 그때 알던 형제들이 힘써 여기 이 자리를 만들어 주더라고."

"그런데 그때 네가 돌내골 맹동산 쪽에서 했던 건 국토개척단 아니었어?"

"아, 그건 나중 일이고, 본방(본판)은 62년 2월에 창단된 국토건설단으로 시작했지. 그때 내 권총 강도 얘기했던가? 어쨌든 권총으로 노름판 덮쳐 판돈을 빼앗았으니 특수강도가 되고, 권총으로 사람을 다치게 했으니 특수상해가 되어 재판을 받고 있는데, 군대에 안 간 게 다시 문제가 됐어. 그때 마침 새로 생긴 국토건설단이 나를 구해 주더군. 호적 나이 만 28세 안 되는 덕에 전과도 털고 병역미필도 퉁치는(터는) 것으로 국토건설단에 들어가게 됐지. 뭐, 내가 '검거된 불량배'로 분류됐다던가……."

거기서 잠깐 날치의 표정이 평소와 어울리지 않게 진지해졌다.

"나는 국토건설단 제3지대에 소속돼 태백산 지구로 배치되었는데, 그게 바로 이 부근이야. 제3지대는 다시 2천 명 내외로 패로 갈라 한 패는 정선부터 예미까지 정선선 철도 42킬로를 깔고 다른 한 패는 이 지역 산업도로 38킬로를 뚫었지. 그리고 나머지는 울산 공업 단지 터 닦으러 가고……. 울산으로 간 패거리는 잘 모르지만, 여기서 나와 함께 철도 깔고 도로 뚫은 건설단은 그야말로 뼛골이 녹아났지. 우리는 할당된 작업량에 따라 하루 열 시간이 넘는 중노동을 하면서도 현역병에 준하는 규율을 받았고, 그걸 어기면 바로 군형법이 적용됐어. 보통 4백 명 정도의 건설단에 20명 정도의 현역병이 기간요원으로 붙는데, 그들에게 우리는 인간이 아니었어. '특수' 두 글자가 붙은 죄명 때문에 그들 기간병들에게 어느 정도 대우를 받았다던 나도 크게 나을 건 없었어. 오죽

했으면 의무대에라도 며칠 누워 쉬어 볼까 하고 작업장 아스콘 자갈 부스러기를 몇 줌씩이나 입에 털어 넣어 보았지만 그놈의 맹장염도 한번 걸리지 않더구먼. 하지만 그때 함께 고생하며 맺은 우리 건설단 의리는 땅개들(육군) 빵깐 동기 따위와는 비할 바가 아니었지. 거기다가 피땀에 젖어 함께 뒹굴면서 이 산골짜기와 맺은 인연은 나중 국토건설단이 해산된 뒤에도 많은 동기들이 이 지역에 뿌리를 내리고 서로 도우며 살게 된 기원이 됐어."

"그런데 64년도에 네가 돌내골 맹동산 쪽에 있었던 건 뭐야? 이름도 그때는 국토개척단이었잖아?"

명훈이 문득 옛날 일을 떠올리고 그렇게 물었다.

"아, 그거? 그건 네 돌내골 개간처럼 나도 잠시 헛바람이 들어……."

"그게 무슨 소리야?"

"63년 국토건설단 해산할 무렵에 김춘삼이네 식구들을 만난 게 탈이 됐지. 거 왜, 거지 왕 김춘삼이 말이야. 그가 거느린 거지와 양아치 패거리들이 그때 한참 이는 개간 개척 바람을 타고 자력갱생의 터전을 마련한답시고 국유림 개간 사업을 시작한 적이 있어. 경북 고산지대에 버려진 국유림 수십만 평을 개간해 극빈층 백여 가구가 자립한다는 건데, 제법 그 많은 식구가 농사 수확으로 자급할 수 있을 때까지 먹을 것을 대겠다는 물주까지 있었어. 하지만 그 일꾼들이란 게 모두 도시에서 빌어먹던 거지거나 시라이꾼(넝마주이)에 닦새 찍새 같은 일로 잔뼈가 굵은 양아치들이라 그들을 다잡을 규율부 같은 조직이 필요했던 모양이라. 비록 민간 단체지만 국토건설단처럼 지대(支隊)를 꾸며 나더러 지대장으로 군기를 좀 잡아 달라기에 따라간 게 너희 고향 맹동산 쪽으로 간 국토개척단이었지."

"그런데 왜 그리 흐지부지 사라졌어? 나중에 들으니, 내 개간지보다 먼저 끝장난 것 같던데. 도대체 너 애초부터 어떻게 거기 끼게 된 거야?"

"나도 바람이 든 거라고 하지 않았어? 네 개간 사업처럼. 없는 사람들 나라 땅에 기대 자립하려는데 도울 수 있다는 게 왠지 마음에 끌리데. 하지만 처음부터 될 일이 아니었어. 가장 중요한 노동력을 확보할 수 있는 인적 자원부터 제대로 된 수확이 날 때까지 그 많은 식구들의 양식과 농자금을 댈 물자, 그리고 정부의 꾸준하고 세심한 지원, 그 어느 것도 제대로 되지 않았지. 심지어는 개간된 땅의 불하 문제나 지대(地代) 감면 같은 것도 정부는 전혀 생각하지 않고 있더군."

날치가 거기까지 얘기했다가 갑자기 자조하듯 말을 맺었다.

"또 쫓기게 된 너를 만나 그런가. 오늘 내가 왜 이렇게 케케묵은 옛날 얘기를 장황스럽게 늘어놓지? 어쨌든 몸은 다소 고단하겠지만 당분간 네가 걱정 없이 숨어 있을 만한 곳은 곧 찾을 수 있을 거야."

그러고는 그날로 움막 같은 집 좁은 방에 부근 개인 탄광 후산부 둘과 함께 지내는 하숙부터 구해 주더니 보름 뒤에 소개해 준

일자리가 지금 명훈이 몸담고 있는 석공 하청을 맡은 개인 탄광 사동항의 후산부였다. 부근에서는 가장 큰 민영 탄광 함백 탄좌의 친인척 계열사 격인.

명훈이 태백장에 이르러 보니 아직 날이 어둡지도 않았는데 벌써 거나해져 술상을 두드리며 노래하는 방이 있었다. 노래하는 사람들의 혀가 그리 꼬부라지지 않아 가사를 알아들을 만했는데, 방금 끝난 것은 유행가였지만 새로 시작하는 것은 그렇지가 않았다.

거친 이 강산이 우리를 부른다.
힘에 찬 젊은 팔을 어디에 쓰랴
괭이를 둘러메고 삽과 호미로
새 나라 새 강산에 일하러 가자…….

귀담아 노래를 들어보니 대강 그랬다. 곡은 군가나 교가 같아도 가사가 어느 쪽도 아닌 듯했다. 그런데 함께 노래하는 목소리 가운데 하나가 어딘가 귀에 익은 게 날치, 아니 영길이 같았다. 하지만 당장은 자신이 없어 그 방 문 앞에서 쭈볏거리는데 이어 들리는 후렴이 명훈에게 확신을 주었다.

우리는 조국의 기둥이 된다

아, 새 터전 이룩하는 국토건설대.

국토건설단 혹은 국토개척단이 '국토건설대'로 바뀌어 있기는 하지만 틀림없이 예전에 날치가 몸담은 적이 있었다는 그 단체의 단가(團歌) 같았다. 그걸 믿고 명훈이 문밖에서 가볍게 헛기침을 하자 다시 시작되려던 노래가 멈춰지고, 방문이 열렸다. 고개를 내민 것은 벌써 발갛게 술이 오른 날치였다.

"뭐 해? 왔으면 들어오지 않고. 어서 들어와서 여기 이 배추 형께 인사드려."

날치가 그렇게 말하며 명훈을 방 안으로 잡아끌듯 했다. 이어 굵은 목소리가 거들어 명훈을 편안히 방 안으로 들 수 있게 해 주었다.

"어서 들어오시오. 이 형을 기다리는 동안 먼저 이 집 술맛이나 보아 둔다는 게 그만……"

그러면서 멀쩡한 얼굴로 맞아들이는 사람을 보니 명훈보다 대강 네댓 살은 위로 보이는 30대 후반이었다. 머리통이 유난히 커 보이는데 짧은 스포츠머리를 하고 있어 배추란 별명이 저절로 설명되었다.

"하지만 영길이가 술이 약해서 그렇지 그리 과하게 마시지는 않았소."

그러면서 너털웃음을 치는데 보니 상 위에는 돼지고기 수육 안주 접시와 함께 벌써 네 홉들이 소주병 한 개가 거지반 비어 가고 있었다. 도수가 높은 지역 소주 같았다.

"건설대 시절 얘기하다가 발동이 걸린 모양이다. 벌써 10년이 다 돼 가는데, 그때 노래가 영 잊히지 않네. 야, 간다. 정식으로 인사드려라. 내가 형님으로 모시는 최정기 지부장님이시다. 광산노련 함백탄좌 지부."

"이명훈이라고 합니다. 갈 곳이 없어 떠돌다가 몇 달 전부터 영길이 신세 좀 지고 있습니다."

날치가 명훈의 옛 별명을 부르는 바람에 명훈이 오히려 날치의 이름을 정식으로 불렀다.

"이 세상에 떠돌지 않는 사람이 어디 있겠소? 영길이한테 형편은 대강 들었소."

배추란 별명을 별로 탄하는 기색이 없는 그 사내가 광산 구석에 처박혀 사는 사람 같지 않은 풍정(風情)을 내비치며 그렇게 받았다. 날치가 술병을 들어 그 사내에게 넘기며 애써 친밀감을 나타내느라 약간 간드러지게 들리는 목소리로 말했다.

"10여 년 전 안동 역전에서 만나 형제처럼 지내 온 친굽니다. 동대문 뒷골목에다 일월산 개척단이며 다시 안동의 여론조사소 시절까지 함께 해 온……. 하지만 이 친구 이래 봬도 한때 대학물까지 먹은 적이 있습니다. 먼저 술 한 잔 주시고 저처럼 아우로 대해 주십시오."

그러자 사내가 별 사양 없이 술병을 받더니 눈짓으로 명훈 앞의 소주잔을 가리키며 너털웃음으로 권했다.

"영길이한테 얘기는 많이 들었소. 그럼 내 한 잔 따르지. 객지 벗 열 살까지 맞먹는다고 하던데, 정말 아우님이라 불러도 되겠소?"

이상하게 1950년대 말 서울 뒷골목의 중간 오야붕을 연상시키는 말투요 분위기였다. 명훈은 문득 배석구를 떠올리며 별 거부감 없이 그의 술을 받았다.

"그러십쇼. 영길이처럼 대해 주시면 편하겠습니다. 말씀 낮추시고."

"하긴 동대문 사단에 있었다 했소? 그때는 나도 청량리 뒷골목 한 모퉁이에 나와바리(세력권) 같지도 않은 나와바리를 깔고 앉았을 때니, 4·19 직전 우리가 한창 정치판으로 내몰릴 때는 두 집 식구 한마당에 같이 어울릴 때도 있었겠소. 장충단이나 한강 백사장 같은 데서……. 민주당 시국 강연회니 뭐니 때려 엎는다고. 어쨌거나 그럼 아우님으로 부르겠소. 말은 차차 트기로 하고."

배추란 사내는 제법 그렇게 겸양할 줄도 알았다. 뒷날 6형제파의 우두머리로 초기 광산노련을 국토건설대 출신의 주먹들로 휘어잡고 1980년대 새로운 물결이 몰아칠 때까지 어용 노조로 버텨 낸 저력이 그런 친화력에 있었는지도 모를 일이었다. 그러나 그때까지 명훈은 날치가 왜 그런 사람을 그런 술집에 불러내 자신과 만나게 해 주는지조차 짐작 가지 않았다.

그때 한복을 차려 입은 아가씨 둘이 들어오고 주인 마담인 듯한 여자가 뒤따라와 새로 차리듯 술상을 바꿔 놨다. 솜씨 부린 안주에 술 종류도 데운 백화수복으로 바뀌어 한동안은 요란스럽게 그런 자리에 어울리는 수작들이 오고갔다. 그저 한없이 이어갈 질탕한 술자리 같았다. 그렇게 한 시간쯤이나 지났을까, 갑자기 배추란 사내가 시계를 보더니 칼로 긋듯이 분위기를 바꾸었다.

"자, 내가 여덟 시부터 부근 직영 5개 항[坑] 항장들과 모임을 약속해 놔 아우님들과 오래 자리를 못 할 같네. 술은 다음에 다시 만나 뿌리를 뽑기로 하고 오늘은 이만 일어나 봐야 하니 우선 여기 이 아우에게 아직 못다 한 얘기나 대강 하고 일어나야겠네."

그러자 아가씨 둘이 스스로 알아서 하는 건지 핑계를 대어 함께 자리를 비켜 주었다.

"좋은 시절 다 가고 팍팍한 세상 만나 아우님 고생들 많다고 들었네. 그렇지만 여기를 찾아오길 잘했어. 바둑이 구멍마다 묘수라고 어딘들 사람 살지 못할 곳이야 있겠나. 여기니까 오히려 아우님 같은 사람이 요긴하게 쓰일 수도 있다고. 나 최정기 뭐 그리 대단할 건 없지만, 이 바닥에서는 그럭저럭 자리를 잡은 셈이네. 아우님을 영길이처럼 여겨 힘닿는 대로 밀어 줄 테니 조금만 더 막장에서 아다무끼로 굴러 봐. 머잖아 끼일 자리가 생길 거네. 적어도 영길이가 대의원으로 탄좌 본부 올라오면 여기 직영 비파(비정규 파견)로는 아우를 부르지. 그리고 위로 먹든지 아래로 먹든지 길을 잡아 보는 거라고. 송충이는 솔잎을 먹고 살아야 하듯이 주먹은 주먹으로 빌어먹는 길을 찾아봐야 하지 않겠나. 그때까지 고생 좀 하게."

배추라는 사내가 방을 나가는 색시들을 못 본 척 그렇게 말을 맺고 일어나면서 날치에게 긴한 당부라도 하듯 말했다.

"둘이 더 마시고 와. 여기 술값은 내가 긋고 갈 테니 손대지 말고."

하지만 명훈은 그가 호의로 자신을 돌봐 주겠다는 뜻을 밝히고 있다는 것 말고는 무슨 소리를 하고 있는지 잘 알아들을 수가 없었다. 그가 방을 나간 뒤 아직 색시들이 돌아오지 않은 틈을 타 명훈이 날치에게 궁금한 걸 물어보았다.

"도대체 지부장이란 게 무슨 지부장이야? 아까 광산노련이라고 했는데 그건 또 뭐고? 무슨 일을 하는 사람이야?"

"노련은 노동조합 연맹을 말하는 거야. 지부장은 직장 단위별 노동조합장을 광산에서 부르는 호칭이고. 지금 배추 형님은 말하자면 우리 함백 탄좌 노조위원장이야. 광산노련으로 봐서는 함백 탄좌 지부장이고."

"그럼 네가 앞으로 될 것도 바로 그 노동조합 대의원이란 말이야? 또 비파란 게 비공식 파견이란 건 알겠는데, 너 지금 비파는 어디서 비공식으로 파견된 거야?"

"그래, 배추 형님이 자리를 알아봐 주겠다는 것은 단위 노조의 대의원이지. 지금은 그냥 평조합원으로 함백 탄좌 지부에서 직영 총무과에 비파 나와 있는 거고."

"대의원이 돼 탄좌 본부로 들어간다는 것은? 그것도 탄좌 본부 총무처에 직원으로 비파 가게 되는 거야?"

"그건 아니고……. 탄좌 본부 총무과 한구석에 형식적으로 두어 자리 만들어 놓은 노조 본부 상근 대의원 자리로 옮겨 앉는다는 뜻이야."

"그럼 네가 대의원 되어 탄좌 본부로 들어간 뒤 내가 직영 본사 비파가 되어 하는 일은 뭐야? 거기 무슨 하루 종일 보아야 할 노동조합 일이 있어?"

"그건 아니고. 노조 일 하다가 필요하면 총무과 일도 돕고, 독찰대(督察隊) 일이나 방위과 일 거들기도 하고."

"독찰대? 방위과?"

"민영 탄광에 이따금 설치되곤 하는 부서야. 업주 쪽에서 조합원들의 비리나 불법을 감시하기 위해 운영하지. 독찰대는 주로 업주의 친인척 위주로 결성되는데, 때로는 불온 노조 결성같은 것도 감시해."

그런 날치의 말을 듣자 문득 떠오르는 게 있어 명훈이 물었다.

"그런데 노동조합 그거 좌익들이 하는 거 아냐? 작년에 서울 청계천서 전(全) 뭣인가 하는 젊은 재단사가 분신자살하고 청계천 피복 노조란 게 생겼다는 말은 들었다만 아니, 이번 성남 일 터질 때도 무슨 노조, 어디 지부 하고 연대 같은 소리 있었던 거 같은데 여기서는 노조 비파가 업주 쪽 독찰대 일도 거든단 말이야?"

그러자 날치가 왠지 아연해하는 눈빛으로 명훈을 바라보다가 더듬거리며 반문했다.

"그, 그럼 노조가 뭘 해야 하는데?"

"너 노조원으로 대의원까지 넘보면서 그걸 몰라 물어? 노조라는 건 원래 악덕 업주에게 맞서 노동자 권리 지키자는 거 아냐?"
그때 색시들이 돌아왔다. 그러나 날치는 그녀들을 크게 의식하는 눈치 없이 명훈의 말을 받았다.
"그건 도회지 빨갱이 노조가 어릿한 노동자들 등쳐 먹자고 허울 좋게 하는 소리고. 우리 광산노련은 그런 게 아냐. 업주와 노동자의 협조를 도모해 양쪽 모두의 이익을 아울러 지키는 데 힘쓰는 단체라고. 광부 없는 탄광이 어딨냐 하겠지만, 막말로 업주 때려잡아 놓고도 잘돼 가는 탄광은 또 어디 있겠어?"
아직 입에 익지는 않았지만 여러 번 되풀이 들은 소리를 전하고 있는 말투였다. 이번에는 명훈이 잠시 아연해져 입을 다물고 있다가 떠보듯 물었다.
"그럼 거 뭐야? 배추 형이란 사람이 날 막장에서 꺼내 주겠다는 건 그런 노조에 날 끼워 주겠다는 거야? 키워 주겠다는 것도 언젠가는 나를 그런 노조 간부로 키워 주겠다는 거고?"
"이제 뭘 좀 알아듣는군. 국토건설대에서 만났지만 배추 형 의리 있는 사람이야."
"하지만 내가 듣기에는 내 뒷골목 이력이나 주먹 같은 걸 값 쳐주는 것 같은데, 노조에 왜 그런 게 필요하지?"
"겉으로는 평온해 보이지만 여기도 빨갱이 노조 전통이 만만찮은 곳이야. 배추 형과 그 의형제들 처음 여기 자리 잡을 무렵은 말이 아니었대. 작년에도 한바탕 홍역을 치른 것 같더라고."

"그게 무슨 말이야?"

"4·19 나고 여기도 개판이었다더군. 지가 무슨 무법자고 여기가 무슨 서부 텍사스라고 주먹 하나 믿고 깨춤을 추는 놈이 없나, 일본 놈 교과서 베끼듯 노조라고 내세워 봄가을로 춘투(春鬪)니 추투니 주접떠는 놈이 없나, 때 아니게 시뻘게져 노동자 무산계급 타령하는 놈이 없나, 민영 업주들뿐만 아니라 석공까지도 골치깨나 썩였다는 거야. 그걸 평정한 게 배추 형네 육 형제가 중심이 된 지금의 광산노련 집행부야. 뭐 그렇다고 노동자 때려잡아 업주들만 배불린 건 아니고……. 말이야 바른 말이지, 전쟁 뒤 한창 어려울 때 그래도 탄광만 한 데가 어디 있었어? 세상이 다 굶주릴 때도 배는 안 곯은 데가 이곳 탄광 아냐? 배추 형 의형제들이 피 터지게 싸운 것은 바로 그 탄광 지키자는 거였다고."

날치가 탄광 역사는 혼자 안다는 듯 그렇게 한없이 얘기를 이어 나갔다. 잇뽕 형 말대로라면 잘해야 탄광으로 들어온 지 한 해 남짓인데 아주 탄광에서 잔뼈가 굵은 사람 같았다.

"그럼 거 뭐야, 육 형제 파가 모두 국토건설단 출신이야?"

"육 형제 파랄 것까지는 없지만……. 그리고 모두가 건설단 출신도 아냐. 토박이 주먹도 있고, 어쩌다 막장으로 잘못 풀린 도시 건달들도 있지. 너처럼 일시 피해 왔다 아주 뿌리내린……."

그 말을 듣자 갑자기 명훈의 가슴이 서늘해졌다.

'여기 또 나를 받아 주겠다는 사람들이 있구나. 그런데 어째서 나를 기다리는 사람들은 언제나 이들인가. 우리를 뿌리 뽑힌 자,

가진 것 없는 자로 내몬 이들, 그러나 이 시대로 보아서는 무언가를 움킨 자들, 가지고 누리는 자들 — 기껏 그들을 뒤 보아주는 시대의 어두운 막후가 내가 머물 자리라니. 저희끼리는 의리니 뭐니 구차한 구실을 붙이지만 실은 그들이 던져 준 뒷고기나 게걸스레 핥고 있을 뿐인, 가진 자 누리는 자의 흉기 노릇이…….'

벌써 한잔 오른 술기운 탓일까, 조금은 과장 섞인 자신만의 상념에 빠져 잠시 말을 잇지 못하고 있는데 그때껏 둘의 대화를 듣고 있던 색시들이 겨우 틈을 찾았다는 듯 끼어들었다.

"자, 이제 어지간히 회포들 푸셨으면 술도 한잔씩 마셔요. 형님도 가고 없는데……."

그러고는 약속이나 한 듯 둘 모두에게 술을 따랐다. 그러나 명훈은 갑자기 술이 깨며 따라 논 청주 잔의 맑은 빛이 묘하게도 차고 비정하게 느껴져 선뜻 잡을 기분이 나지 않았다.

그새 술이 오른 날치는 그런 명훈의 기분을 아랑곳 않고 흥을 돋우었다. 무슨 빚이라도 갚으려고 작정하고 나온 사람처럼 급하게 술잔을 돌리다가 갑자기 자리를 접는 시늉을 하며 말했다.

"야, 이거 안 되겠다. 너 내일 병방이지? 오늘 우리 사북 읍내로 나가 아주 뿌리를 뽑자. 따로 날 잡을 것 없이. 말을 하니 그렇지, 어디가도 통일역 날치일 뿐이던 권영길이가 이런 막장에서 천하의 간다를 맞아들이게 될 줄 누가 알았겠어?"

마지못해 끌려가던 명훈이 그제야 정색을 하고 날치를 말렸다.

"어이, 오늘은 이만 하지. 솔직히 말하자면 어째 더는 마실 기분이 아냐."

"그게 무슨 소리야? 어딜 가든 노른자위란 게 있는 법인데, 너는 이미 우리 막장으로 보아서는 노른자위 언저리에 자리 잡았어. 배추 형이 봐주기로 한 이상은……. 그런데 왜 그리 시무룩해? 어디 배추 형이 미덥지 않은 데라도 있는 거야?"

"그게 아니라, 그 노른자위란 데가 내가 찾아온 곳과는 아주 다른 것 같아서."

"그게 왜 그래? 네가 갈 곳이 어딘데?"

"내 말 잘 들어. 나는 여기서 늙어 죽으려고 온 것은 아니지만, 어찌 됐건 여기서도 내가 마땅히 머물러야 할 자리란 게 있는 법이야. 그런데 너희들이 말하는 그 노른자위가 바로 그 자리 같지는 않아. 며칠을 머물든 나는 내가 머물러야 할 곳에 머무를 거고, 이 탄광에서 내가 머무를 곳은 아마도 광부 자리일 거야. 여기에 얼마를 있게 되든 광부로 머물다가 떠나고 싶어."

"너 아주 막장에서 두더지처럼 석탄인 파다가 죽으려고 온 사람 같구나. 무너지는 동발 사이에 묻히거나 탄가루로 폐가 시커멓게 굳어 죽을 작정으로."

명훈의 표정에서 무엇을 읽었는지 말을 그렇게 해도 날치는 선선히 술자리를 거두어 주었다. 이미 들어와 있는 술상을 마지막 상으로 삼아 술과 안주가 비는 대로 일어서기로 하고 색시들에게도 5백원 짜리 한 장씩을 나눠 주며 아쉬운 정을 드러냈다.

"야, 그런데 이대로 일어서려니 아무래도 마음 한구석이 어둑해지는 데가 있네. 명훈이 네가 너무 낯설어. 내가 오래 알고 있던 사람 같지 않아. 사람이 그렇게 갑자기 변하는 거 좋지 않다던데……. 오늘 네 얘기 배추 형에게는 안 들은 걸로 해 둘게. 일이 그 형 뜻대로 잘 매듭지면 그때 다시 생각해 답 주기로 하고 결론은 그때까지 미뤄 두자."

명훈이 숙소로 돌아갔을 때는 밤 열 시가 다 돼 갈 무렵이었다. 숙소라야 그곳 경기가 좋을 때 함바 집처럼 얽은 판잣집을 손본 세 칸 하숙집인데, 날치는 소개를 하면서도 왠지 낯없어 했지만 명훈은 벌써 석 달째나 마음 편히 쓰고 있었다. 부엌 왼편으로 안방 겸 식당으로 쓰는 방은 하숙집 아주머니가 탄광 퇴물로 진폐증을 앓고 있는 남편과 함께 썼고, 오른쪽 장지문으로 갈라진 두 칸 장방에는 떠돌이 광부 네 명이 한 달에 쌀 세 말을 하숙비로 내는 이른 바 '세 말들이' 하숙생으로 방을 갈라 살고 있었다. 모두가 명훈같이 석공 하청을 맡은 민영 탄광 계열 회사거나 일산 몇백 톤을 넘기지 못하는 영세 개인 탄광에서 후산부로 일하는 떠돌이 광부들이었다.

명훈이 집 안으로 들어섰을 때는 안방의 불이 이미 꺼져 있었고, 하숙생들의 방만 불이 있었다. 중간 방 석공 하청 후산부는 병방이라도 드는지 입항 채비로 부스럭거리는 듯했고, 그와 같은 방을 쓰는 개인 탄광 광부는 술잔이라도 걸치고 쓰러졌는지 코를 골아 대는 소리가 마당까지 요란하게 들렸다. 한잠에 빠져 있기는 명훈과 같은 방을 쓰는 사동항 신참 후산부도 마찬가지였다. 물 사정이 좋지 못해 제대로 씻지 못해서인지 탄가루가 가시지 않은 거뭇한 이마를 땀으로 번질거리며 명훈이 들고나는지조차 모르고 잠들어 있었다.

방 안에 들어선 명훈은 잠시 그런 동숙생을 내려보다가 조용히 옷을 벗고 그 곁에 누웠다. 그리고 새삼 치솟는 술기운을 누르며 자신에게 다짐하듯 속으로 되뇌었다. 그래, 내가 머물 곳은 바로 여기다. 내가 얼마나 여기 머물게 될지 모르지만 마땅히 있어야 할 곳은 이 사람 곁이다. 나는 아무것도 가지지 못했으니 무산계급이고, 그래서 일해 받은 임금으로 살아야 하니 노동자이다. 그리고 마르크스 식으로 말한다면 어떤 방식으로든 계급이 사라질 때까지는 부르주아와 잉여가치를 다투어야 할 프롤레타리아다. 이 자리를, 이 명백한 계급과 신분을 잊어서는 안 된다. 지금까지 내가 겪은 실패와 좌절은 바로 이 자리에 머물기를 마다한 탓이었다…….

유적(流謫)의 아침

광기와 편견으로 폭도가 된 기독교인들은 도시의 행정권까지 장악한 대주교의 선동적인 암시와 부추김에 내몰려 한 여성 이단자를 찾아 나섰다. 신플라톤주의 철학자이자 수학자이기도 한 그녀는 예수의 신성을 부인하고 '다만 사람을 신으로 만들었을 뿐'이라고 조소하여 니케아 회의를 주도한 그 권위주의적이고 독선적인 대주교의 미움을 샀다. 거기다가 그 불경스러운 그 이단자는 여자이면서도 남자들과 나란히 학문을 토론하고, 주제넘게도 당시에는 과학과 종교를 결합한 것으로 간주되던 수학을 그 도시의 저명한 대학에서 강의하기까지 했다. 역시 저명한 수학자이자 대학의 교수였던 아비 덕분에 아름답게 가꾸어진 그녀의 외모와 균형 있게 단련된 지성은 유럽과 아시아, 아프리카에서 온 열정적인 학생들을 매혹시켜 그녀의 강의실로 몰려들게 하였는데, 거기 대한 질투가 다시 그녀에게 무서운 혐의를 보태게 했다. 곧 그녀가 제자로 모여든 젊은 남자들을 흑(黑)마술로 유혹하여 타락시키고 그들로 하여금 기독교를 비방하게 만든다는 혐의였다.

폭도들은 핏발 선 눈으로 햇빛이 눈부신 알렉산드리아 거리로 내달으며 이미 걷잡을 수 없게 달아오른 자신들의 야만성과 폭력성을 식혀 줄 희생자가 있을 만한 곳이면 어디든 뒤졌다. 그런 줄도 모르고 마차를 타고 거리를 지나가던 그녀는 광장 근처에서 폭도들에게 발각되었다. 마차 안에서 그녀를 끌어내린 폭도들은 먼저 그녀의 옷을 찢어 내 발가벗긴 뒤 머리카락 한 올 남김없이 몸의 모든 털을 뽑고, 날카로운 굴 껍질로 온몸의 살을 점점이 도려내며 고문했다. 그러다가 온몸이 저며져 설화석고 같은 피부가 새빨간 피로 뒤덮인 뒤에도 아직 숨이 붙은 그녀를 끌고 가 미리 마련된 화형대에 묶었다. 이윽고 장작더미에 불이 붙어 검붉은 불꽃이 그녀를 삼키자 그들은 그 속에서 고통스럽게 죽어 가는 그녀를 보며 환호와 갈채 속에 신의 영광을 찬미하고 춤을 추었다…….

인철은 인간의 광기와 편견이 연출할 수 있는 극한의 가학성과 잔혹을 보여 주고 있는 그 페이지에서 전율 못지않게 메스꺼움까지 느끼며 책장을 덮었다. 이번에 새로 사들인 법철학 교재였다. 저자는 아마도 로마법의 전통과 게르만 관습법에 들어가기 전에 동서양의 여러 갈래 법철학적 관념의 축적을 모두 살펴볼 작정인 듯했다. 함무라비 법전에서 시작해 우파니샤드와 베다에 이어 난데없는 다르마까지 집적거리더니 춘추전국시대 법가와 형명가(刑名家)까지 끌어와 그 방면의 넓은 식견을 펼쳐 보였다. 이어서 헬레니즘과 헤브라이즘의 법철학적 원리로 더듬어보다가 기독교 윤리를 스쳐 가는 중에 일어난 열정의 일탈이었다. 인간의 광기와 편견이 연출하는 잔혹과 가학의 어두운 열정은 얼마나 끔찍한가…….

인철이 방문을 열고 내다보니 밖은 어느새 눈부신 한낮이었다. 아침 공양 뒤에 곧장 책을 펴 들었는데, 그새 꽤 시간이 지난 듯했다. 아직 들고 있던 책에서 그날 읽은 페이지를 확인해 보니 마흔 페이지 정도였다. 그리 높은 집중력을 요구하지 않는 교재란 점에서 추산하면 두 시간 가까이 읽은 듯했다.

인철은 바람이라도 쐴 생각으로 읽던 책을 책상 위에 덮어 두고 마루로 나왔다. 절이 제법 바람막이가 되는 좌청룡 우백호를 거느린 주봉(主峰) 발치 남향받이에 자리 잡아서인지 아직 2월 중순인데도 경내는 벌써 봄날 같았다. 가까운데 양지바른 둔덕에는 산수유 진달래라도 피어 있을 것 같은 기분에 공연히 마음이 들떠 마루에서 댓돌로 내려선 인철은 흰 고무신을 발에 꿰고 조용한 암자 마당을 가로질러 산문 쪽으로 걸었다. 지나오다 보니 모두 어디로 갔는지 요사채[寮舍]도 법당 쪽도 조용했다.

근처 이름난 사찰의 말사(末寺)로 자처하고 있으나 실은 개인 소유의 암자에 가까운 그 절은 그래도 법당과 공양간 요사채를 따로

갖춘 규모 덕분인지 열 명 넘는 상주 인원이 있었다. 겉으로 절을 운영해 가는 쪽은 대처승으로 그 절의 실질적인 소유주였던 전 주지 유족들이 월급을 주고 데려다 놓은 이름만의 주지 무착(無着) 스님과 어려서부터 그 절에서 자라 산 아래 국민학교를 마치고 행자승으로 불목하니 일을 해 왔으나 그 봄 입대를 앞두고 있어 매사가 건성건성인 스무 살의 원각(元覺), 그리고 처사계(處士戒)를 받았다며 절반은 사복 차림으로 산을 내려가 지내다가 큰 불사(佛事)가 있으면 절로 돌아와 스포츠머리에 승복 차림을 하고 집전을 도와주는 전 주지의 둘째 아들과 보살 할매란 이름으로 공양간 일을 보고 있는 전 주지의 처를 합쳐 네 사람이었다. 거기에 손님으로는 객승으로 와서 적묵당(寂默堂)이라는 요사채를 번갈아 차지하고 있는 무착 스님의 도반(道伴) 두엇이 있었고, 예전에 심검당(尋劍堂)이란 삼엄한 현판이 붙어 있었다는 또 다른 요사채는 법원 서기직과 4급 공무원 시험을 준비하는 20대 후반에다 휴가를 얻어 승진 시험을 준비하고 있다는 중년의 지방 공무원, 그리고 몇 달째 수양을 하고 있다는 애매한 중늙은이와 인철이 있었다.

가만히 날짜를 따져 보니 토요일에 장날이라 20리 아래 장터로 내려간 이들이 있어 그런 듯도 하지만 아무래도 경내가 너무 조용했다. 그 때문에 공연히 조심이 되어 조용히 산문을 나온 인철은 평소처럼 좌청룡 골짜기 쪽 오솔길로 접어들었다. 골이 깊고 계곡물이 맑아 자주 걷는 계곡 비탈길이었다.

그런데 산문 밖에서 멀지 않은 산신각 앞에 이르니 왜 경내가 그리 조용했던지 알 만했다. 경을 읽어 줄 스님이 없어서 그랬던지 며칠 전부터 절에 돌아와 있던 전(前) 주지의 둘째 아들이 스포츠 머리로 승복에 염주까지 늘어뜨린 채 목탁을 들고 서 있었고, 그 곁에서는 원각이 지게에서 종이로 덮은 큰 함지를 내리는 중이었다. 열려 있는 산신각 앞은 한눈에도 무속인임을 알아볼 수 있는 차림에 짙은 화장을 한 아주머니 셋과 중년 남자 둘이 짐꾼이 져다 준 큰 보따리를 풀어 이런저런 무구(巫具)를 꺼내 제상을 차리고 돗자리를 펼쳤다.

전에도 몇 번 본 적이 있어 인철은 그들이 무얼 하려고 하는지 한눈에 알아보았다. 먼저 스님을 청해 독경을 청한 뒤에 그들 무속인 나름의 치성을 드리려는 것 같은데 펼쳐 놓은 제물을 보니 산신각에 올리는 치성치고는 규모가 꽤나 커 보였다. 전 주지의 둘째 아들이 직접 승복을 걸치고 나선 것은 반드시 독경해 줄 스님이 없어서라기보다는 자신이 밖에서 모아 온 치성 굿판이라 자신이 주재해야 된다고 그러는 듯했다. 그러고 보니 전에 그가 외던 것도 불경이라기보다는 산왕경(山王經)이라는 무속 쪽 경문이었다.

"산자산(山自山: 산은 산이고) 서자서(書自書: 책은 책)일 뿐이라더니 어느 얼 풍수가 금낭경(錦囊經) 쪼가리만 들여다보고 자리를 잘못 잡은 거야. 산신혈(山神穴)은 여기가 아니고 저쪽 골짜기 안 너럭바위 있는 데라고. 거기다 세우고 치성을 드렸으면 조선 천지에 이만한 영험을 볼 산신각도 드물 텐데……."

언젠가 풍수를 볼 줄 안다는 무착 스님의 도반 하나가 그곳을 지나면서 큰 소리로 그렇게 떠들던 게 문득 떠올랐다.

인철은 그들에게 눈웃음을 보내는 것으로 인사를 대신하고 계곡을 따라 산책을 이어 갔다. 기술적인 적용을 위한 법학 공부라고도 할 수 있는 사법시험 준비는 집중적인 책 읽기가 중심이 되고, 그 집중적인 책 읽기는 대개 상쾌한 피로로 중단되었다가 곧 휴식 뒤의 새로운 집중으로 이어가게 된다.

그러나 그날 아침 나절의 책 읽기는 이전의 경험과 아주 달랐다. 철학이란 말이 주는 부담일까, 각 법의 총론을 읽을 때와는 전혀 다른 애매함과 추상성이 자신이 공부하려는 법학의 외연과 내포를 턱없이 확장하고 심화시켜, 한창 소설에 빠졌다가 문학의 목적이나 본질을 따져 보게 되었을 무렵의 어느 날처럼 갑자기 자신이 걷고 있는 길을 막막하고 불안하게 만들었다. 문학이 통합 인문학으로 확장되고 심화되며 받게 되었던 불안과 무력감이 갑자기 법학에도 감염되어, 문학에서 그랬던 것처럼 머지않아 자신이 더는 그 새로운 길을 걷지 못하게 될까 두렵기까지 했다.

인철이 석달사(釋達寺)란 그 절로 찾아든 것은 전해 9월 하순 성남 사건이 있고 한 달 보름쯤 지난 뒤였다. 형이 난동 주도 혐의를 받고 잠적해 받게 된 충격 때문인지 예정일보다 스무 날이나 일찍 출산한 형수가 휴직 한 달 만에 출근했다 오랜만에 보는 밝은 얼굴로 돌아와 말했다.

"오늘 또 형님 전화 받았어요. 점심시간 맞춰 우리 학교 교무실로 왔더군요. 원주시내 우체국에서 한 전화였어요."

마침 성남 사건 주동자를 색출, 추적해 반드시 엄벌하겠다는 당국의 의지를 재삼 밝히고 있는 석간을 두고 인철과 함께 걱정하고 있던 어머니가 반가움 반 놀라움 반으로 받았다.

"엉이, 원주라꼬? 애비가 원주에 어예? 그래, 아무 일 없다드나? 어디서 뭘 하미 어예 지낸다 카드노?"

"그건 말하지 않았어요. 충주 제천 쪽에 일자리를 구해 잘 지내고 있으니 당분간은 걱정하지 않아도 될 거라고 하더군요."

"서울이나 안동같이 여러 해 몸담고 산 연고지도 숨어 지내기 어려워 생판 낯선 거기까지 피신해 간 것 같은데, 마음 놓고 숨을 데가 그렇게 쉽겠어요?"

이번에는 성남 사태가 어느 정도 가라앉은 뒤 형이 갈 만한 곳 몇 군데를 가만히 둘러본 적이 있는 인철이 걱정스럽게 끼어들었다. 그래도 형수는 무슨 얘기를 들었는지 사뭇 밝은 목소리였다.

"교환 전화니까 혹시라도 누가 도청할까 봐 그러는지 어딘가 에둘러 말하는 것 같은 데가 있었어요. 하지만 그리 다급하게 쫓기고 있는 듯한 목소리는 아니었어요."

"보자, 원주라꼬? 그래믄 거기는 강원도 아이가? 그런데 일은 충주 제천에서 한다이. 하기사 거기가 거기 같이 서로 멀지 않은 데라 충청도에 있다는 말도 꼭 빈 말은 아일 수 있다마는……. 그래, 거다서 뭐 한다꼬는 안 갈채(가르쳐) 주드나?"

"힘은 들지만 벌이도 여기 막일 하는 것보다는 낫다나요. 그러나 자기가 어디서 무얼 하는지는 우리가 알아서 좋을 거 없다며 그냥 걱정 말고 기다리래요. 엄벌, 엄벌, 그러지만 이북하고 엮이지만 않는다면 사면이 없다 해도 그만 일로 수배가 그리 오래 가지는 않을 거라던데요. 도련님 정말 그래요?"

"예, 단순 방화나 폭행, 손괴에 가담한 거라면 대개 공소시효가 5년이 넘지 않는 걸로 알고 있어요."

인철이 얼결에 그렇게 대답했다. 어머니가 조금도 풀리지 않은 표정으로 말했다.

"그거는 모린다. 그놈들이 꼭 그랠라 카믄 어예튼 동 그쪽으로 옭아맨다. 조봉암이도 생떼 같이 간첩 맹글어 죽인 놈들이따. 다음에 또 전화 오거든 마음 놓지 마라 캐라. 아매 재준 애비도 그걸 알아 너어한테 이꾸저꾸(이리저리) 둘러 대면서도 있는 대로 밝히지 않는 게고……. 너어 아부지 덕에 나도 도피니 잠복이니 은신이라 카는 기 어떤 긴지 쪼매는 안다."

"저도 그런 거 같아 아범에게 꼬치꼬치 캐묻지 않았어요. 경찰이 우리를 찾아와 물어도 차라리 모르는 게 잡아떼기도 좋을 거고요."

형수가 그래 놓고 문득 생각났다는 듯 인철을 쳐다보며 말했다.

"그런데 형님이 도련님 집에 와 계신다는 소리 듣고 몹시 걱정하셨어요. 아직도 여기서 머뭇거리면 사법고시는 어쩔 거냐고요."

"나름 여기서도 열심히 하고 있다고 말씀해 주시지 그랬어요?"

"물론 그랬어요. 그렇지만 형님은 못 믿겠다던데요. 당분간은 우리 집안뿐만 아니라 동네가 다 어수선할 텐데 여기서 무슨 집중이 되겠느냐고. 돌내골로 돌아가는 게 마땅찮으면 어디 조용한 절에라도 가서 공부하라더군요. 벌써 가을바람이 부는데, 1월에 있다는 1차 시험부터 당장 어쩔거냐고……. 그리고 — 돈이 문제라면 자신이 보내 줄 수도 있다고 했어요."

그때 갑자기 어머니가 결연한 어조로 끼어들었다.

"그거는 형 말이 맞다. 이왕 잘 댕기든 대학교까지 때려치우고 시작한 고시 공부이(니) 그래 무르게 해서는 안 되제. 나도 니가 여기서 이리 어정거리는 게 마음 편찮았다마는 당장 너어 형 일이 걱정돼 지금까지는 그양 지내(지나) 보고 있었더라. 그래 어예튼동 너어 형은 몸 숨길 곳을 찾았다 카이, 이제는 니가 지 자리에가 있어야 할 차례따. 오늘 당장 나가 어디 조용하게 공부할 절 한번 찾아봐라. 내 생각에 여주 이천 쪽이믄 어디 틀어박히 공부할 맞춤한 절이 있지 싶다. 절 하숙비나 책값 같은 거는 걱정 말고."

그래서 그날로 수소문을 시작해 찾아가게 된 곳이 광주와 여주 어름에 있는 양자산 서남 산록 한 골짜기에 자리 잡은 그 석달사였다.

인철은 평소의 산책로를 따라 너럭바위 계곡 쪽으로 갔다. 거기서 자연석으로 이루어진 징검다리를 건너 계곡 저편에 난 오솔길로 산문까지 되돌아가면 대강 5리 남짓의 산책로가 되는데 그 일대가 부근에서는 가장 풍광이 좋았다. 징검다리를 건넌 인철이 그 며칠 습관처럼 너럭바위 쪽을 보니 부근 계곡 바위틈에 기대 친 2인용 야전 텐트가 전날 그대로 서 있었다.

스무 날쯤 전인가, 아직 바람 끝이 매울 때였다. 습관처럼 된 아침 산책을 나선 인철이 너럭바위 쪽으로 걷고 있는데 웬 건장한 사내가 이불 보퉁이만 한 륙색을 지고 저만치 앞서 가는 게 보였다. 군용 야전잠바에다 목긴 군용 워커를 신고 모자까지 육군 작업모 비슷한 것을 써 처음에는 군인인가 싶었으나, 등에 맨 륙색이 민간용인 데다 지나치게 크고 입은 바지가 갈색 코듀로이 종류라 군복과는 쉽게 구분되었다.

그런데 그 사내가 뒤따라가던 인철의 주의를 끈 것은 그가 륙색을 벗어 놓는 자리 때문이었다. 겨울 산행에는 어울리지 않게도 계곡 가 너럭바위에 륙색을 내려놓고 바로 야영을 준비하는 게 며칠 전 구정을 집에서 쇠고 온 인철에게는 기이하게 비쳤다. 인철이 산책 길을 따라 지나치면서 곁눈질로 보니 그는 륙색을 열고 2인용 야전 텐트와 몇 가지 취사도구를 꺼냈다. 그리고 역시 군용인 듯싶은 손도끼와 야전삽을 꺼내 너럭바위 가까운 계곡 바위 벽 곁에 텐트를 세울 자리를 다듬기 시작했다.

부근에 앵자봉 칠장산 같은 지역 명산들이 있고 절기로는 겨우 입춘을 지났지만, 산행은 몰라도 야영까지는 아직 이른 때였다. 그런데 겨울 야영지로는 전혀 어울리지 않는 계곡 물가에 텐트를 치고 있으니 심상하게 보일 리가 없었다. 그 며칠 인철이 너럭바위 근처를 지날 때마다 그 텐트 쪽을 습관적으로 쳐다보게 된 것은 바로 그 때문이었다. 그러나 대개는 텐트 안에라도 들어 앉은 것인지 너럭바위 부근에서는 사내의 모습을 찾을 길이 없었다. 그날도 마찬가지였다.

그사이 산문(山門)에 가까워 인철은 너럭바위에서 눈길을 돌리고 그리로 드는 오솔길로 올라섰다. 경내는 얼마 전 산문을 나설 때처럼 조용했다. 시계를 보니 낮 공양 시간으로는 아직 일러 공부방으로 돌아가려는데 갑자기 공양간으로 쓰는 요사채 나무 여닫이가 열리며 전 주지의 처였다는 보살 할머니가 인철을 불렀다.

"이 선생이 어디 갔나 했더니 산보하고 오는 모양이네. 옛수, 여기 편지. 어제 낮에 등기로 와 지장 찍어 주고 받아 놓은 건데 밤에 아래 동네 마을 갔다 아침에 오는 바람에 깜박했어."

보살 할머니가 그러면서 물 묻은 손으로 편지 봉투 하나를 집어 인철에게 건넸다. 인철이 겉봉을 훑어보니 수신인 발신인 주소부터가 눈에 익은 형의 글씨였다. 이번에는 발신지가 충주였다.

인철에게

어제 충주에서 네 형수 만나 소식 들었다. 이번 사법시험에 또 떨어졌다고 너무 낙심 마라. 첫술에 배부른 밥상이 어디 있겠느냐? 네 시험 이번이 두 번째라지만, 첫 시험은 준비한 지 석 달도 안 돼 친 것이라 사실은 이 시험을 첫 번째로 보는 게 옳다. 1차라도 합격했으면 격려는 좀 되었겠지만, 정규 법대도 안 나온 처지에 너무 서두르는 것 같다. 형은 네가 1차 떨어진 걸 그리 서운해하는 게 오히려 걱정스럽다. 부디 기죽지 마라.

이렇게 되고 보니 그런지 나는 갈수록 네 선택이 장하고 기특하게 느껴진다. 행여, 하시면서도 그래서 더 간절한 어머님의 염원도 잊지 마라. 세상은 변하고, 열망하면 길은 열릴 것이다. 세상이 끝내 거부해도 한번 꾸어 볼 꿈이고 마침내 쓰러져 피 흘리게 되더라도 한번 해 볼 만한 싸움이다. 아니, 너는 이제 우리 모두를 위해서도 물러날 수 없는 필사의 전사(戰士)가 되었다.

나도 이제는 내가 누구이며 어디에 서고 무엇을 해야 하는지 확연히 알게 됐다. 더는 돌아갈 가망 없는 기본계급을 힐끗거리며 언젠가는 사라져야 할 주변 계급으로 떠돌지 말고, 아버지가 떠나실 때 이미 결정된 새로운 계급으로 살아가기 말이다. 더 구체적으로 말하면 이미 아무것도 가진 게 없으니 나는 무산계급이고, 노동을 팔아 살아야 하니 임금노동자일 뿐이라는…….

사실 이런 소속감 또는 계급의식은 이미 오래전부터 의문의 형태로 내 의식을 떠돌았지만 나는 지난 8월의 격돌 때까지도 내 것으로 인식하지는 못했다. 하지만 엄격한 연좌제로 길들여진 굴종과 포기의 논리에 쫓겨 곧 대열에서 빠져나오기는 했어도, 그날 처음 그 앞장을 설 때는 분명히 그곳이 내가 있어야 할 곳이었음을 또렷이 인식하였다. 그러다가 삶과 노동이 긴밀하게 얽혀 있는 막장에 이른 지금에서야 그 인식은 이제 하나의 의식으로 내가 누구인지를 규정하고 내 결의와 실천을 이끌게 되었다.

내가 길을 돌고 돌아 이른 이 자리, 이러한 의식은 이제 다시는 나를 기회주의적인 주변 계급 또는 중간계급으로 되돌리지 못할 것이다. 더구나 내가 그동안 그렇게 간절하게 복귀하게 되기를 희망했던 그 계급이 아버지의 이데올로기가 지지하는 엄혹한 적자생존의 원리로는 두 기본계급 중에 끝내 지게 되어 있는 바로 그 계급(부르주아: 편집자 주)의 아시아적 원형임에랴.

하지만 너는 다르다. 네게는 아직도 함부로 너를 확정하기에는 너무 많은 선택과 가능성이 열려 있다. 영희가 가고 있는 천민자본주의의 지름길도 성공할 수만 있다면 우리가 경험한 여러 불합리한 박탈과 억압에는 상큼한 앙갚음이 될 수 있을 것이다. 그처럼 네가 사법고시를 통해 의지하려는 눈먼 여신의 저울과 칼도 아버지의 이데올로기 속 말고는 아직도 장래가 불확실한 그 기본계급(프롤레타리아: 편집자 주)에 함부로 너를 내던지는 것보다는 나은 선택이 될지도 모른다.

편지가 장황해졌다. 네가 시험 발표를 보고 며칠이나 취해 보내다가 다시 책 한 보따리를 메고 절로 돌아갔다는 말을 들어서인지, 왠지 쫓기는 건 정작 너 같구나. 부디 자중자애하고 정진해라.

1972년 2월 중순. 충주에서.

형이 쓴다.

추신: 돈 7천 원 보낸다. 쓰고 싶은 데 써라.

재추신: 광주 대단지 사건 주동자 재판 진행 과정 한번 살펴봐 다오. 일찍 체포된 사람들은 1심 판결이 나올 때가 됐는데, 촌구석에

살아서 그런지 통 발표된 걸 볼 수가 없네. 어쨌든 스물몇이라던가, 그 사람들 1심부터 발표 나는 대로 좀 알아봐서 형수에게 전해 주어라. 언제 자신이 서울로 돌아갈 수 있는지 궁금해하는 사람이 있어서 그런다.

다 읽고 난 인철은 무엇보다도 먼저 검열이 걱정되었다. 외딴 절로 가는 편지 중에는 이따금 우편 검열에 걸리는 경우가 있다는 말을 들은 게 있어 혹시라도 형이 있는 곳을 구체적으로 나타내는 데가 있는지를 다시 살펴보았으나 문면으로는 충주라는 것 외에는 이렇다 할 추적의 단서가 보이지 않았다. 형의 처지도 성남사건을 '지난 8월의 격돌'로 바꾸는 등 말을 애매하게 뒤틀어 놓은 것이 있어 그 편지로는 쉽게 드러나지 않을 것 같았다. 그제야 인철은 조금 마음을 놓으면서 한 번 더 읽어 필요한 걸 기억한 뒤 편지를 살라 없앴다.

오후에 몇 시간 다시 인철은 수험서를 펴 들었으나 오전과 마찬가지로 별 성과를 내지 못했다. 이번에는 형법과 민법을 처음부터 다시 시작했는데 교재의 편집 순서가 총론부터여서 그랬는지 오전처럼 철학적인 사변이 요구되는 논의가 많은 게 원인이었던 듯했다. 특히 기계적으로 논리 전개를 암기하기만 해도 평균 점수는 얻을 수 있는 다수설(多數說)보다는 정교한 사변이나 날카로운 직관적 진술이 반짝이는 소수설(少數說)이 전에 없이 느슨해져 있는 인철의 의식을 자극해 논리적인 사고와 주관적 감성을 뒤엉키게 만든 탓이었을 것이다.

정당행위와 자구행위, 그리고 사회적 정당방위. 폭군 방벌론과 저항권과 혁명의 법리. 사회적 법익을 위한 긴급피난, 그리고 상당성. 비를 맞으면 못쓰게 되는 비싼 양복을 입은 신사는 넝마를 걸친 거지가 받고 있는 우산을 뺏어 쓸 수 있는가. 시효(時效)는 정의인가, 시대의 편의인가. 짧게 쳐도 백만 년 인류사에 길게 잡아도 공인된 지 몇천 년이 안 되는 모노가미(일부일처혼)적 원리가 가족법이 기를 쓰고 보호하려는 법익의 근거가 될 수 있는가……. 잡념처럼 그런저런 단상 사이를 넘나들다가 깜박 잠이 든 인철을 원각의 목소리가 깨웠다.

"이 선생님 계십니까? 이 선생님."

인철이 퍼뜩 깨어나 문을 열고 보니 원각이 엄청나게 큰 보퉁이를 멘 키 큰 사내와 함께 툇마루 앞에 서 있었다. 그제야 졸음에서 겨우 깨어나 제대로 모이는 시선으로 살펴보니 사내는 너럭바위 쪽에 텐트를 치고 있던 그 사람이었다.

"스님 무슨 일이지요?"

인철이 그에게 어색하게 아는 체를 하며 원각을 보고 물었다.

"저…… 오늘 밤 이 손님과 방을 함께 써 주실 수 없을까 해서요."

그 말을 듣고 보니 벌써 가까운 산기슭에부터 어둠살이 끼어오고 있었다.

"그거야 어려울 것 없지만, 무슨 일로?"

"오늘 산신각 치성 드리러 오신 분들이 모두 우리 사찰에 묵게 돼서 방이 찼는데, 갑자기 이분이 와서 좀 묵어 가자고 하셔서……. 이 요사채에서는 선생님 방이 제일 넓으니 하룻밤 함께 써 주십사 하고."

"마을에 내려가서 잘까도 생각해 보았지만, 이미 저물어 오는 산길을 한 짐 지고 20리나 더듬고 내려갈 일이 꿈 같아서."

중년 사내가 조금은 사정조로 그렇게 원각을 거들었다. 인철은 하룻밤 공부를 방해받는 게 달갑지 않았으나 일이 그렇게 되었다면 어쩔 수 없었다.

"예, 그러십시오. 원각 스님은 손님이 쓰실 이불 한 채 이 방으로 보내 주시고."

그렇게 허락하자 사내가 감사와 함께 툇마루에 륙색을 내리고 멜빵을 벗었다. 원각도 다행이라는 듯 공양채로 달려가더니 곧 이불 한 채를 가져다 툇마루에 갖다 놓았다. 그사이 륙색을 방 안에 들여놓은 사내가 다시 그 이불을 받아 방 윗목 륙색 옆에 갖다 놓았다.

"고등고시를 준비하는 모양이구먼. 이거 하루저녁 방해가 되겠소. 하지만 내게 신경 쓸 건 없어요. 오늘 밤 나는 아마 누가 업어 가도 모르게 깊이 잠들 거요."

뜻밖으로 차분하게 가라앉은 목소리였다. 그 말에 오히려 인철이 당황하며 예정에 없던 일을 갑자기 생각해 냈다.

“걱정하지 않으셔도 됩니다. 실은 저도 오늘 저녁은 술이나 한 잔 하고 쉬려고 했어요.”

“그렇다면 그건 또 어쩌나? 나는 술을 잘 못하는데……. 거기다가 술 살 만한 마을은 여기서 20리나 되고.”

사내는 인철의 말을 술이나 한잔 사라고 하는 뜻으로 들은 듯 그렇게 걱정으로 받았다. 인철이 그를 안심시켰다.

“그건 걱정 않으셔도 됩니다. 혼자 마시는 버릇이 들어 놔서. 술은 며칠 전 친구가 다녀가며 사 두고 간 소주가 몇 병 있습니다.”

그러자 다시 어색한 자리는 수습돼 두 사람은 저녁 공양 때까지 별로 주고받는 말없이 각자 하룻밤 함께 지낼 채비를 했다. 인철은 두 칸 장방에 널려 있는 자신의 짐을 책상 쪽으로 옮겨 반쪽을 그 사내에게 내주었고, 사내는 륙색을 풀어 하룻밤의 유숙에 쓰일 몇 가지 자질구레한 휴대품을 꺼내 가지런히 놓아 두었다. 자리끼를 담아 두려는 듯 군용 수통과 어두운 경내를 다닐 때 쓸 플래시, 밤에 읽을 것인 듯한 방각본이거나 조선 후기 필사본 형태의 낡은 책 두어 권, 그리고 기도용인 듯한 손목에 감는 염주 따위였다.

그가 꺼내 놓은 것들을 보고 인철은 그동안 너럭바위 야영지를 지나면서 그에게 품어 왔던 궁금함이 새삼 일었으나 저녁 먹으러 가까운 공양간으로 모여드는 사람들의 수런거림이 그를 재촉해 공부방으로 빌려 쓰고 있는 요사채를 나왔다.

인철이 그 사내와 정색을 하고 이야기를 나누게 된 것은 공양간에서 공부방으로 돌아온 뒤였다. 돌아올 때 인철은 보살 할멈에게서 김치 한 접시와 산신각 치성에서 나온 도치나물 한 움큼을 얻어 왔다. 도치나물은 육식을 금하는 절에서 돼지고기를 가리키는 일종의 은어다. 도치는 돼지를 뜻하는 돛에서 나온 듯한데 이름이 재미있어 인철도 돼지고기 수육이나 머릿고기를 먹게 될 때는 특히 은어를 쓴다는 기분 없이 그렇게 불렀다.

인철은 형의 편지를 읽은 뒤부터 인 술 생각에 얼마 전 제대해 복학한 재걸이가 왔다 가면서 사다 놓은 진로 몇 병 가운데 한 병을 벽장에서 꺼내 공양간에서 가져간 김치 접시와 버드나무 껍질 도시락 곽에 담긴 돼지고기를 얹어 둔 앉은뱅이책상 한구석에 놓았다. 그리고 술잔으로 쓸 사기 컵 두 개를 책상 양쪽으로 벌여 놓으며 벌써 륙색에서 침낭을 꺼내 잘 채비를 하는 그 사내에게 물었다.

"저어, 선생님. 주무시기 전에 한 잔만 드시지요."

저녁을 먹으면서 가까이서 뜯어 보니 나이도 자신보다 한 세대 가까이 많아 보이는 데다 절간 식구들과 수인사를 나누면서 주고받는 말도 점잖고 세련된 느낌을 주어 인사치레로 한 번 더 공손하게 건네 본 소리였다.

"저녁 전에 말했듯이 내가 원래 술을 잘 못해요. 젊을 때 오기로 따라 마시던 것도 그만둔 지 벌써 10년이 넘고. 더군다나 오늘은 기도 끝 날이라……."

사내가 그렇게 사양하다가 어려운 양보라도 구하듯 차분하게 말했다.

"그럼 고수레 삼아 한 잔만 따라 놓으쇼. 객귀(客鬼)한테나 부어 동토경(動土經: 동티가 나지 않게 막아 준다는 경문)이나 대신하지요. 우리 만난 인연에 동티나 안 나게."

인철에게는 알 듯 말 듯 한 소리였다. 그게 다시 그가 누구인지 궁금하게 만들었으나 인철은 그의 말대로 술 두 잔을 따라 그중에 한잔을 마신 뒤에야 물었다.

"저어, 저기 너럭바위 쪽에 야영하시던 분 맞으시지요? 그런데 여기는 어떻게 오셨지요? 산행이야 겨울에도 할 수 있겠지만 입춘은 들어도 아직 음력으로는 정월인데 얼어붙은 물가 야영은 어째……."

그러는데 갑자기 바깥에서 후두두둑 비 듣는 소리가 들렸다. 소리가 요란한 게 단순한 겨울 소낙비가 아니라 우박이 섞인 폭우인 듯했다. 뒤이어 번쩍하는 빛줄기와 함께 들리는 우레 소리까지 귀 기울여 듣고서야 사내가 대답했다.

"백일기도 왔소. 정성이야 어려움을 참고 올리는 것보다 더한 게 있겠소? 눈 속에 찬물 뒤집어쓰고 드리는 치성도 있는데 까짓 입춘 지난 야영이야……."

"그럼 백일이 차려면 아직 멀었는데 어떻게 벌써 기도를 끝내셨습니까?"

말투와 내용이 그곳에서 가끔 접하게 되는 어떤 별난 직종을 짐작게 하는 데가 있어 인철이 가볍게 긴장하며 물었다.

"그만 내려가란 말씀이 있으시기에. 가끔씩 내가 정한 기도 일수와 신령님이 정해 주는 일수가 맞지 않는 수도 있지요."

"어떻게 말씀하시는데요?"

"삼칠(三七) 전에 제가 거기 자리를 잡으면서 식수로 쓰려고 물가에 작은 샘을 하나 막았는데, 그게 갑자기 말라 버렸어요. 낮에 물 뜨러 갔을 때만 해도 괜찮았는데……. 그뿐이 아니었소. 그냥 내가 임시로 울을 두른 옹달샘 하나만 마른 게 아니라 물길이 아예 대여섯 자 저쪽으로 돌아가 버렸더군. 그래서 이제 그만 떠나란 말씀인 줄 알아듣고 해거름에 갑자기 짐을 싸기 시작한 거요."

"그렇게 말씀을 주고받는…… 수도 있군요."

인철은 그의 말을 믿을 수도 안 믿을 수도 없는 어정쩡한 기분으로 그렇게 대꾸했다. 그때 다시 백지 바른 여닫이 창살이 훤히 드러날 만큼 강한 번개가 치더니 인철조차 움찔 놀랄 만큼 요란한 우레가 골짜기를 울렸다. 뒤이어 쏟아지는 빗줄기는 방 안에서 듣는 소리만으로도 오뉴월 장맛비보다 더했으면 더했지 덜할 것 같지 않았다. 그가 꼼짝 않고 그 한 차례 예사롭지 않게 이어지는 자연현상을 차분히 점검하는 듯한 표정으로 듣고 있더니, 해설처럼 담담하게 인철의 중얼거림을 받아 주었다.

"실은 나도 그때는 그 말씀이 무슨 뜻에선지를 몰랐는데 이제 보니 알 거 같소. 오늘 밤 국지성 호우로 갑작스레 물이 불면 내 텐트자리는 성치 못할 듯싶소. 갑자기 내 옹달샘을 막고 물길을 돌려 보이신 것은 그걸 일러 주시기 위한 게 분명해요."

그 말을 듣자 인철은 오히려 긴가 민가 한 기분에서 깨어났다. 몇 번인가 이런저런 사람들과 어울려 용한 점집을 찾아갔을 때 느낀 분위기가 퍼뜩 살아나며 마음 한구석을 스쳐 간 감동을 깨끗이 털어 내게 했다. 특별한 내색 없이 술 한 잔을 스스로 따르며 그럴 때 흔히 하는 시골 농담으로 혼자 마시는 어색함을 눙쳐 보았다.

"음식 끝에 마음 상한다고, 술도 음식인데 정말 혼자 마셔도 되겠습니까? 날도 우중충하고 그런데 딱 한 잔만 비워 보시지요."

그러자 그가 조금 전보다 더 강경하게 사양했다.

"내가 원래 술을 잘 마시지 못한다 하지 않았소. 혼자 편히 마셔요. 거기다가 음식도 음식 나름이고……. 술과 돼지고기는 부정한 것이라 이제 막 기도를 끝낸 사람에게는 마땅한 음식이 못 되오."

그러고는 륙색 주머니에서 굵은 양초 토막을 꺼내 따로 불을 붙이더니 저녁 전에 꺼내 놓은 정격의 한서는 아니지만 비슷한 크기의 구식 한지로 묶은 책 한 권을 펼쳤다. 인철이 흘깃 내용을 곁눈질해 보니 국한문 혼용에 채색 삽화 같은 것까지 보이는 조선 후기 쯤의 필사본이었다.

어색한 대로 혼자 마시던 인철이 다시 그런 사내의 정체가 궁금해진 것은 한동안 웅크린 채 책을 읽던 그가 문득 왼손을 펼쳐

엄지손가락으로 나머지 네 손가락의 마디를 짚으면서 무언가를 헤아리기 시작했을 때였다. 집게손가락부터 새끼손가락까지 열두 마디를 헤아리는데, 무언가 입속으로 중얼거리면서 엄지를 이 마디 저 마디로 움직여 가는 게 아마도 육갑(六甲)을 짚고 있는 듯했다.

그새 혼자 마신 소주 몇 잔으로 긴장이 풀린 인철이 궁금함을 더 참지 못하고 물었다.

"선생님은 무얼 하시는 분이십니까?"

그가 가만히 인철을 바라보더니 대답 대신 물었다.

"갑자기 그건 왜 묻소? 젊은 선생은 내가 뭐 하는 사람 같소?"

그 기습 같은 반문에 인철이 얼결에 대답했다.

"무속인 같지는 않고…… 역술가 아니십니까?"

"뭐 그리 어렵게 말할 것 없고, 무당이나 점쟁이 중에는 점쟁이 같아 보인다는 말이지? 어째서 그렇게 보았소?"

"백일 기도니 치성이니 부정 탄다니 하는 말 때문인데, 육갑을 짚고 옛날 점복서(占卜書) 필사본을 읽고 계시는 게 아무래도 그쪽 공부를 하시는 분 같아서……."

그러자 그가 문득 자조 섞인 어조로 받았다.

"잘 알아보았소, 점쟁이. 남의 길흉을 봐 주고 그 복채로 사니 갈 데 없는 점쟁이지. 공부니 뭐니 하는 것도 거창한 소리고. 신기(神氣)가 떨어지니 기도로라도 빌어 보아야 하고, 그마저 효험 없으면 세상에 떠도는 허드레 상서(相書) 역술서(易術書) 가릴 것 없이 주워 모아 복사(卜辭)를 꿰맞추며 하루하루 불안하기 그지없이 살아가는 점쟁이요."

약간 자조 섞인 그 말을 듣자 슬금슬금 올라오던 술기운이 일시에 가시는 듯했다. 그게 인철을 갑작스러운 후회로 다급하게 만들어, 하지 않아도 될 위로와 아첨을 곁들이게 했다.

"그렇게 고단해 뵈지는 않는데요, 뭘. 명산 영혈(靈穴)에 신기를 빌러 오는 무속인들은 더러 보았습니다만 선생님에게서처럼 초연한 기운을 느껴 보지는 못했습니다. 세속을 초탈해 산으로 들어온 구도자 같기도 하고……."

그 말에 그가 얼른 뜻을 알 수 없는 옅은 미소와 함께 물었다.

"젊은 선생이야말로 고시 준비를 하러 온 게 아니라 도 닦으러 토굴에 든 도사 같구먼. 그래, 선생이 보기에는 내가 세속에서 무얼 하다가 이 길로 나선 것 같소?"

그 갑작스러운 질문이 조금 황당하게 들렸으나 인철은 문득 처음 그를 만나던 날을 떠올리며 대답했다.

"술을 부정한 음식으로 여겨 드시지 않은 지 벌써 10년이 되었다 하셨으니, 어쩌면 그때까지는 군문에 계셨던 게 아닌지요?"

실은 아직도 그에게 남아 있는 특별한 속기(俗氣)라기보다는 그의 차림이나 장비에 남아 있는 군용품 때문이었다. 그런데 그가 뜻밖으로 인철의 답에 민감하게 반응했다.

"그걸 어떻게 알았소? 아직도 그런 걸 한눈에 알아볼 수 있던가요?"

그래 놓고는 인철이 해명할 틈도 주지 않고 무슨 한탄처럼 이어 갔다.

"맞소. 나는 5·16 이듬해 예편했소. 동기들 대령으로 진급해 한창 끗발 날리던 그해 무능 장교로 찍혀 중령으로 예편되며 이전의 사고 책임을 면제 받았지."

"아닙니다. 실은 무얼 알아서가 아니라 장비와 옷차림에 군용이 많아 그리 지레짐작한 것뿐인데...... 하지만 사고 책임이라니요? 무슨 사고 책임?"

"폭발 사고, 차량 전복 사고, 하사관 탈영 월북 기도....... 그런데 지금도 돌이켜 보면 등골이 서늘해지는 것은 그 여섯 달 모든 걸 뻔히 알면서도 그 사고에 끌려다녀야 했던 일이오. 이 오늘까지를 한꺼번에 미리 듣고도......."

그러고는 더 캐물을 틈도 없이 그가 다른 때도 아닌 5·16 이듬해 고급장교에서 점쟁이로 거리에 나앉게 된 이력을 들려주었다.

"그해 서른아홉 나던 나는 그때만 해도 고참 중령으로 강원도 남부와 경북 산간을 잇는 도로 개설을 맡고 있는 공병 부대 대대장으로 있었소. 하루는 스물세 살로 좀 늦어 입대한 사병 하나가 우리 부대에 전입해 왔는데, 곧 이상한 일이 벌어지더라고. 며칠 안 돼 사단 참모가 그를 불러 가더니 이틀 뒤 다시 사단장이 따로 불러 가고, 그다음으로는 우리 사단 연대장들이 한 번씩 그를 불러 가더니 몇 달 지나서는 인근 부대 대대장들까지 그 사병을 불러 가는 눈치라. 아무리 수백 명 가운데 하나인 사병이라 하지만 전입신고 받고 몇 달이 되도록 작업장에서도 연병장에서도 두 번 다시 그를 볼 수 없는 게 이상해서 어느 날 부관에게 찾아보게 하였더니 그 대답이 기막혔소. 이웃 보병 대대에서 하도 목을 매고 졸라 그날은 그리로 보냈다는 거요. 까닭을 물으니 그 사병이 사회에 있을 때 용하기로 이름난 점쟁이라 이웃 사단 대대장들까지 모두 그를 불러 신수(身數)를 보고 있다는 내용이었소. 점 같은 걸 시답잖게 보던 나는 그 자리에서 부관의 정강이뼈를 걷어차 주저앉히고, 사람을 보내 그 사병을 데려오게 한 뒤 대뜸 근무 이탈로 사단 헌병대에 일주일 입창(入倉)을 의뢰하게 했소.

그런데 알 수 없는 게 사람의 마음이더구먼. 그 사병이 사단 영창에서 나오던 날 나는 까닭 없이 마음 설레어하다 그를 내 방으로 불러 사과도 없이 내 사주를 보게 했소. 그런데 그 사병이 내 사주로 점괘를 다 뽑은 것 같은데도 웬일인지 말을 않는 거요. 나는 이번에도 까닭을 묻는 대신 그저 계급으로만 윽박질러 그 입을 열게 했지. 그런데 그렇게 뽑아 낸 내 신수가 정말 엉뚱했소. 그가 머뭇거리다 하는 말이 내 신수는 앞으로 남은 부분이 자신과 같다는 것이었소. 하도 어이가 없어 왜 그러냐고 물었더니 머지않아 내가 부근 산신(山神)의 세 아들을 죽여 신수가 그리 바뀔 것이라 합디다. 나는 그 사병이 허황된 점괘로 나 때문에 영창 갔다 온 앙갚음을 한다고 여겨 이번에도 정강이뼈를 걷어차 내쫓고 며칠 뒤 다른 부대에서 차출이 있을 때 맨 먼저 그 사병을 내줘 버렸지. 나는 그때 대령 진급 1순위의 고참 중령이었을 뿐만 아니라 내부 고과에서도 우수한 점수를 받고 있는 공병 대대장이었으니까…….”

거기까지 신들린 듯 얘기를 이어 가던 그가 그 어떤 감회에선가 잠시 말을 멈추었다. 이야기에 홀린 인철이 오히려 서둘러 다음 이야기로 넘어가도록 질문으로 그를 재촉했다.

“지금 그 점쟁이 사병의 말대로 되었으니 결국 산신령의 세 아들을 죽였다는 뜻인데, 그건 어떻게 된 겁니까?”

“그때 우리 부대는 울진에서 태백으로 넘어가는 가막령이란 험한 재에 군사 도로를 닦고 있었소. 일제 때 산판 길을 포차(砲車)가 교행(交行) 가능한 군사 도로로 넓히고 다듬는 일인데, 그때 한 70프로 진척이 돼 있었지요. 그리고 두 달 뒤에 우리 공병대는 마지막 개통을 위해 그 가막령 고갯마루에 자리 잡은 큰 바위 하나를 제거해야 했소. 집채보다는 작지만 당시의 우리 공병 장비로는 움직일 수가 없어 폭파 제거를 결정하고, 착암기로 바위에 구멍을 뚫으려는데 동네 늙은이 몇이 와서 무슨 할멈 전설을 우물거리며 말리더랍디다. 그러나 하도 내용이 황당해 현장 지휘자와 장병들은 흘려듣고 말았다는 거요. 별 머뭇거림 없이 착암기로 그 바위에 예닐곱 개 구멍을 뚫고 다이너마이트를 넣어 폭파시켜 버렸다는 거요.

그런데 그 바위가 예닐곱 조각으로 쪼개지고 불도저가 그것들을 하나씩 길 아래로 밀어내는 과정에서 현장 작업 지휘자는 놀랍고 끔찍한 광경을 보게 되었소. 바위틈 공간에서 처참하게 찢겨 죽은 큰 뱀 세 마리가 나온 게 그거요. 직접 보지는 못했는데, 세

마리 모두 팔뚝만 한 굵기에 한 발은 넘는 길이였다 그러더군. 그 일을 처음 보고 받을 때 '큰 뱀 세 마리'란 말이 왜 그리 섬뜩하게 들리던지. 나는 왠지 불길한 느낌에 그길로 마을에 내려가 그 바위에 대해 다시 알아보았소. 그런데 어떤 늙은이 하나가 알려 줍디다. 폭파 때 현장 장병들이 흘려들은 무슨 할멈은 가막할멈이고, 가막할멈은 바로 그 가막령 산신이라는 것이오. 가막할멈은 부근 지신(地神)과 정을 맺어 세 아들을 두고 그 바위 곁에 살게 하면서, 그녀가 고개를 넘을 때마다 거기서 쉬어 간다는 것이오.

속으로는 이게 어느 고릿적 말도 말 같잖은 전설인지 싶으면서도 그 말을 듣자 문득 그 점쟁이 사병이 말한 '산신령의 세 아들'이 떠오르며 온몸이 으스스해 왔소. 갑자기 뼛속까지 스며드는 듯한 묘한 한기에 급히 쫓기듯 지프를 돌려 부대로 돌아가는데 정문 초소에 들어가기도 전에 끔찍한 사고 소식이 무전으로 날아들더구먼. 부대 부식차가 12령(열두마루) 고개를 넘다 뒤집혀 운전병과 선임 탑승했던 하사관이 크게 다치고 홀 씌운 적재함에 탔던 사병 둘이 죽은 인명 사고였소. 그리고 그날부터 공병대에서 일어날 수 있는 온갖 사고가 지휘관에게 가장 무거운 책임을 물을 수 있는 형태로 몇 건 더 반복되더니 나는 대령으로 승진해 연대장이 되기는커녕 기소를 면하는 조건으로 당시 한창 무정하게 솎아 내던 무능 장교 명단에 끼어 예편되고 말았소."

거기서 다시 감회에 젖어 잠시 멈춘 그의 회상을 인철의 궁금함이 다시 재촉했다.

"하지만 그 사병의 말처럼 역술인의 사주가 들었다 해도 아무나 쉽게 역술인이 되지는 않을 것 아닙니까? 선생님은 그 뒤 어떻게 역술인이 되셨습니까? 시골에서는 흔히 점이 든다 하여 신병(神病)처럼 점복 능력을 내리받는 수도 있고, 상서(相書)나 점복서(占卜書)를 구해 공부하는 수도 있다고 들었습니다만……."

"물론이지요. 하겠다고 모두 점쟁이가 될 수 있는 건 아니고, 더욱이 나는 그 사병의 앙갚음 섞인 점괘를 맞게 해 주기 싫어서라도 그와 같은 점쟁이는 되고 싶지 않았소. 그래서 제대하고 몇 해 점복(占卜) 근처에 얼씬하지 않은 채 나름 치열하게 재기를 모색했소. 그동안 아내가 알뜰살뜰 불린 살림과 일시불로 받은 적잖은 제대비(除隊費)에 친구들로부터 빌린 돈을 합쳐 꽤 많은 자본으로 사업을 벌이기도 했고, 그 모두가 거덜 난 뒤에는 장관이나 국회의원이 된 옛 상관들이며 군복 벗고 용케 한자리 차지한 동기들에게 떼를 써 관공서의 벌이 좋은 자리를 얻어 내기도 했소. 하지만 안 됩디다. 정말로 안 되더군요. 내 딴에는 병과를 잘 살린답시고 먼저 건설 쪽으로 손을 댄 사업은 1년도 안 돼 터도 망도 없어지고, 애써 얻은 관공서 낙하산 자리도 사고 아니면 구조 개편으로 곧 날아가 버리더구먼. 그렇게 3년을 지내고 나니 길거리에 나앉게 된 집안 살림 못지않게 인성까지 황폐해집디다……."

거기서 다시 말을 잠시 끊은 그는 자리끼로 떠다 둔 물을 지니고 있던 군용 컵에다 한 잔 비우더니 다시 말을 이었다. 인철은 감탄과 의심을 한꺼번에 자아내는 그의 기이한 삶의 변전에 취해 그대로 듣고만 있었다. 그는 한때 창작의 열정에 취해 본 적이 있는 문청(文靑)이었고, 무엇보다도 소설의 스토리와 구성에 대해 구체적으로 고심해 본 적이 있는 작가 지망생이었다.

그다음은 이따금 시정에서도 들을 수 있는, 저마다 다르지만 여럿을 모아 놓고 보면 어떤 유형을 느끼게 되는 점술가의 입신담(立身談)으로 이어졌다. 신병(神病)과 접신(接神), 그리고 점복(占卜)으로 거리에 나앉기 전에 가까운 친지에게 먼저 드러내 보이는 놀라운 예견력에다 그 뒤 거리에 나앉으면서 누리게 마련인 초기 몇 년의 성업(盛業)이었다.

"어쩌다 나를 찾아와 점을 들어 본 친지들은 놀랍고 신통하게 여겼지만, 그걸로는 당장 거리에 나앉은 처자를 돌볼 길이 없었소. 생각다 못해 아내와 아이 다섯을 싸 말아 처가로 보내고, 나는 부산으로 내려가 여관방을 빌려 점집을 열었지요. 산가지를 뽑거나 역술서는 뒤적이는 법도 없고, 달리 방울을 흔들거나 상을 펴 동전을 던지고 쌀알 같은 것을 흩뿌려 영험을 빌지도 않는 막점이었소. 그저 내 눈앞에 언뜻언뜻 나타났다 사라지는 환영과 귓속을 맴도는 무정한 듯 무심한 듯한 그 목소리에만 의지해 손님들이 묻는 것에 대답하고 알고 싶어 하는 것을 일러 주는 거요. 그런데 3년 후 어떻게 된지 아시오? 처음에는 방세 걱정하며 얻은 동래온천 부근 서른 칸 한옥 여관을 3년 만에 통째로 사서 처가에 맡겨 둔 아내와 아이들을 그리로 불러올 수 있었소."

얘기가 그쯤에 이르렀을 때는 인철의 술병이 다 비워진 뒤였다.

벽장에서 다시 술병을 꺼낸 인철이 이번에는 한 번 권하는 법도 없이 자기 잔만 채우며 성의 없이 물었다.

"그런데 왜 이 겨울에 백일 기도를 나오셨습니까?"

"재물이 일자 사(邪)가 끼는 것인지 제법 무슨 선생 소리까지 듣게 된 어느 날부터인가 갑자기 점괘가 필요할 때 눈앞에 어른거리던 그림자 같은 것이나 바람 소리처럼 쉴 새 없이 귓전을 스쳐 가던 중얼거림 같은 것들이 자꾸 희미하고 낮아지기 시작했소. 그러다가 마침내는 아무것도 보이지 않고 들리지 않게 되면서 나 역시 틀려도 좋고 맞아도 좋은 애매한 점괘를 끼워 맞추느라 진땀을 빼는 길바닥 점쟁이 신세가 되고 말았소.

그제야 놀란 나는 잠시 점집을 닫고 뒤늦은 공부와 기도에 들어갔소. 나는 『마의상서(麻衣相書)』와 『상리형진(相理衡眞)』 따위 중국 상법(相法) 책이며 주역에서 출발하는 여러 점술서를 모아 공부를 시작했소. 그러나 그 공부가 그런 책들을 싸 짊어지고 몇 달 몇 년 절간에 틀어박히는 것으로 이치가 터지는 것은 아니잖소?

그러자 다시 신기(神氣)니 신내림[降神]이니 하는 토속의 점무(占巫)며 개화 뒤 버림 받은 우리 산천의 신들에게 영험을 비는 산천 기도와 치성 쪽으로 눈길을 돌렸소. 명산대천의 기도처를 찾아 하늘과의 소통을 빌고 고승대덕의 토굴을 빌려 막힌 눈과 귀가 다시 열리기를 기다렸소. 이번에는 희미한 대로 응답이 있었소. 거기에 기연이 더해져 『청구금낭비결(青丘錦囊秘訣)』 필사본 한 권을 얻은 나는 3년 뒤에 집으로 돌아가 나만의 신당(神堂)을 다시 열 수 있었소. 청구비결은 토정(土亭)이나 남사고(南師古) 이청계(李淸溪) 정감(鄭鑑) 등의 비결(秘訣) 비록(秘錄)이 쏟아지던 시절에 당사주(唐四柱)의 영향을 받아 쓰인 듯한 점술서로서, 점을 묻는 이의 사주팔자와 그가 명운을 알고 싶은 해의 시기의 연월일 조합으로 괘를 지어 운세를 보는데……."

그 무슨 열정에선지 그가 그렇게 끝없이 이야기를 이어 갈 즈음 인철은 얼큰히 취해 가고 있었다. 그 사내의 특이한 출현에서 기구하다고 해도 좋을 삶의 유전으로 옮아 갔던 인철의 흥미는 이어 점복(占卜)에 대한 호기심으로 한참을 더 이어 가다가 그쯤 와서야 드디어 시들해지기 시작했다.

얼마나 지났을까, 그 뒤로도 제법 10여 분은 더 자기 연민에 빠져 『청구비결』의 신비와 자신의 구도적(求道的) 접근을 과장하던 그가 갑자기 무엇에서 깨난 사람처럼 서둘러 하던 말을 맺었다.

"그 뒤로도 신기가 막히고 기력이 떨어지면 산천기도를 올리러 나서지요. 그 덕분에 예전 처음 신당을 열 때만은 못하지만, 그래도 지역 역술인 협회에서 괄시 당하지 않을 만큼은 성세를 이어가고 있습니다……."

그리고 멀거니 취해 가는 인철을 보더니 그게 자신을 불신해서 그런 것으로 느껴졌던지 다급하게 제안을 했다.

"이거 공연히 지난날의 한에 겨워 젊은 선생에게 긴치도 않을 얘기를 오래 끌었구려. 지루하게 만든 죄로 운세 한번 봐 드리지.

이래 봬도 내 기도 뒤의 첫 점은 신통하기로 꽤나 알려져 있소. 사주(四柱) 여덟 자만 대시오. 내 『청구비결』을 빌려 젊은 선생이 궁금하게 여기는 식년(式年) 운세 두 번을 보아 주겠소."

그러고는 심드렁해하는 인철을 재촉해 사주팔자를 묻더니 다시 궁금한 식년 두 번을 물었다. 인철이 머뭇거리다가 그해와 가장 가까운 식년과 10년 뒤가 되는 식년 둘을 골랐다.

그가 산판까지 꺼내 몇 번이나 복잡한 변화를 거쳐 가며 괘 둘을 얻어 냈다.

"왕우백사(王遇百師) 유적천애(流謫天涯). 이게 이번 신해년(1972년)이 마지막 해가 되는 유(酉)자해 식년 대상(大象)이오."

"어떤 괘입니까?"

그러자 그가 『청구비결』을 한글 풀이를 들여다보며 대답했다.

"왕과 백 스승이 만나 하늘 가로 쫓겨나네. 좀체 나오지 않는 괘인데 『청구비결』에서는 난괘(難卦) 중에 하나요. 어떤 고귀한 운세도 어쩔 수 없이 막히고 답답한 형상임을 이르는 거요."

그리고 『주역』처럼 초구(初九)부터 상효(上爻)까지 종이에 써 가며 풀이를 하는데 얼큰해진 인철로서는 별로 좋지 않다는 것 외에는 알아듣기 어려웠다.

다음 세 번째 오(午)자 식년은 1979년부터 3년간인데 괘상이 애매하기는 마찬가지였다.

"대상은 기우문곡(祈于文曲) 지재불후(志在不朽), 문곡성에 기도하니 뜻은 썩지 않음에 있도다, 인데 여기서 문곡성은 글을 관장하는 별이지만 뜻은 썩지 않음에 있다는 건 어째 좀…….”

그러면서 괘상을 풀어 나가는데 인철의 머리에는 별로 들어오지 않았다.

다음 날 인철이 늦잠에서 깨어나 보니 그 사내는 이미 떠나고 없었다. 혼자 소주를 두 병이나 비워 지끈거리는 머리로 간밤의 나머지 기억을 더듬어 보았으나 마지막으로 남는 것은 왕우백사유적천애라는 구절뿐이었다. 왕은 백 스승과 더불어 하늘가로 쫓겨나 있다.

냉수라도 한 잔 마시려고 방을 나서니 어제처럼 햇살이 눈부신 봄날 같은 아침이었다. 인철은 그 햇볕에 눈부셔하며 하늘가에 홀로 선 듯 걸었다. 이 몸은 백 스승과 더불어 법학의 하늘가에 유적(流謫)되었네……. 그리고 아직 독한 술에서 덜 깨어난 의식으로 흥얼거렸다.

시작이면서 끝인 노래

저는 오늘 광주 대단지 사건(세칭 성남 폭동)의 주동자이자 배후의 좌경 이념 제공자란 혐의를 가지고 추적하던 이명훈에 대한 수사를 종결지으면서 착잡한 심경으로 이 보고서를 올립니다.

지난 8월 12일 처음으로 이명훈의 추적을 전담하게 되었을 때 저는 치안 유지와 국가 보위의 신성한 책무까지 느끼며 그의 신상 기록을 검토했습니다. 여러 목격자의 진술에 의하면 그는 앞장서 난동 청년들을 이끌었고, 긴급 출동한 광주 경찰서 기동대에게도 격렬한 저항을 시도한 주동자급이었습니다. 또 신원 조회로 드러난 것은 남로당 간부로 적치하(赤治下) 서울시 인민위원회에서 일하다가 나중에 수원 소재 서울대 농대 학장으로 재직하던 중 9·28 수복을 만나자 교수 5인 학생 19인을 대동하고 월북한 이동영의 장남으로 요시찰 대상이었으며, 이번 소요의 사상적 배후였을 가능성이 농후했습니다.

그를 본 수사관에게 전담시킬 때, 대북 접촉 여부를 특히 엄밀히 수사하라고 하신 별도 지시도 결코 무리가 아니라고 생각합니다. 같은 날 오후 1차 수색한 이명훈의 집에서 받은 인상도 다른 난동 청년들의 그것과는 달랐습니다. 그의 처는 국민학교 교원이었고, 어머니는 일제 때 여학교까지 다닌 인텔리였으며, 그의 아우는 이 나라 수재들이 모인다는 국립 대학교를 자퇴하고 사법고시를 준비하고 있었습니다. 이번 난동의 주류인 광주 대단지 안의 주민들과는 처음부터 질을 달리하는 가족 구성이었습니다. 거기다가 이명훈 자신도 겨우 한 학기로 끝나고 말았지만 대학 중퇴의 학력이었고, 또 정신적인 영향을 받을 수 있는 나이에 아버지 이동영과 헤어져서 우리가 걸고 있는 사상적인 혐의는 지극히 온당해 보였습니다.

그런데 뒤이어 입수한 상세한 이명훈의 신상 정보는 본 수사관에게 혼란을 일으키게 하였습니다. 그에 관한 우리 측의 기록으로 처음인 것은 기묘하게도 소매치기 방조 혐의로서였습니다. 열여덟 살 때 그의 연고지인 안동경찰서 기록으로, 아직 미성년인데다 무혐의로 처리되었으면서도 어찌 된 셈인지 기록은 그대로 보존되어 있었습니다.

그 뒤 서울로 옮겨 온 그는 누군가의 배려와 지도로 미 8군 영내의 보일러맨으로 취직해 뒤늦게 고등학교를 다니게 됩니다. 이

때 중학교를 1년 과정 고등공민학교로 그냥 건너뛴 그의 전학증이 매우 흥미롭습니다. 휴전선 이북에 있는 옹진고등학교 2학년까지 다닌 것으로 되어 있는데, 아마는 당시의 정비되지 못한 교육행정이 그런 전학증을 유효할 수 있게 해 준 듯합니다.

그가 두 번째로 우리 기록에 나타나는 것은 서울로 올라온 이듬해 가을입니다. 시경(市警) 대공 부서에 남아 있는 임의동행 기록이 그것입니다. 이동영의 남파가 의심되는 첩보가 있어 접선 여부를 수사하기 위한 것이었으나, 그 건은 이동영의 남파 자체가 무근한 첩보였음이 드러나 귀가 조치한 것으로 나와 있습니다.

다음 정식 기록은 아니지만 그가 우리 측 문건에 남아 있는 것은 자유당 말기의 정치 깡패 계보 속입니다. 미군 부대를 그만둔 그는 어떤 연고가 있었는지 동대문파의 중간 보스인 배석구의 조직에 소속되어 있는 것으로 파악되어 있습니다. 하지만 전과는 전혀 없고, 오히려 그 시기에 삼류대지만 어쨌든 대학에 진학합니다. 그러다가 4·19가 나던 날 다시 흥미 있는 반전이 보입니다.

그는 정치 깡패 계보상 그날 고대생 습격에 가담했을 것으로 강하게 추정되는데, 그 날짜로 의거 부상자 명단에 올라 있는 것입니다. 서대문 이기붕 자택 근처에서 경미하지만 왼팔에 관통상을 입고 통원 치료를 받은 기록도 남아 있습니다. 그리고 그해 여름 민의원(民議員) 선거 때는 공명 선거 대학생 계몽반으로 경남 어디로 내려가 활약하기도 했습니다.

그의 군대 기록도 극적인 데가 있었습니다. 그는 서울 근교 사단에 배치되어 5·16을 맞았습니다. 그런데 그가 속한 부대는 혁명 진압을 위해 출동했다가 목적지로 가는 도중에 혁명군으로 바뀐 바로 그 부대였습니다.

그가 병역 의무를 마친 뒤 고향으로 내려가 보낸 몇 년은 거의 감동스럽기까지 합니다. 그는 흩어져 있던 어머니와 어린 동생들을 그곳으로 모아 거의 맨손으로 황무지 3만 평을 개간합니다. 그 기간의 그는 성실하고도 억척스러운 개척자의 모습을 보여 줍니다. 그리고 실제로도 그해 경상북도 지정 '상록수상'을 수상했으며, 그곳 지서의 정기적인 동향 보고도 아주 호의적입니다.

하지만 그 기간에도 그는 다시 한 번 우리 기록에 오릅니다. 바로 1964년도의 '안동, 의성 거점 간첩단 사건'에서 주요 포섭자 대상으로 올랐다가 경북 도경의 조사를 받은 일입니다. 그때 그는 무슨 낌새를 느꼈던지 포섭하러 간 인척 유말동을 말조차 꺼내 보지 못하게 하고 돌려보내 다시 무혐의로 풀려났습니다.

그 뒤 그는 한동안 우리 기록에서는 보이지 않습니다. 하지만 그의 전전은 여전히 흥미롭습니다. 개간지를 팔아 서울로 올라온 그는 그 돈을 어떤 기업체에 사채로 넣고 그곳에 일자리를 얻어 제법 안정되게 자리를 잡았습니다. 그러다가 사채로 넣은 돈을 태반이나 떼이고 일자리까지 잃자 스스로 생업을 가져 보려고 몇 가지 시도해 본 모양입니다. 하지만 결국 경험 부족이나 현실성 결여 따위로 추정되는 이유 때문에 그 나머지 돈마저 날리고 다시 우리 기록에 나타나게 됩니다.

그는 안동에서 여론조사소란 사설 단체의 조사원으로 있으면서 공갈 협박 등의 혐의로 수배된 적이 있고, 다음에는 사찰 폭력에 개입해 다시 기소중지되어 있는 상태였습니다. 그러다가 1년가량의 공백이 있고, 결혼해 성남에 자리 잡게 되었는데, 그 과정에는 다소 연결되지 않는 부분이 있습니다. 하지만 어떤 지시나 치밀한 사전 계획에 따른 것 같지는 않습니다.

본 수사관을 혼란시킨 것은 도무지 그의 정체를 가늠할 수 없게 하는 이와 같이 복잡하고 모순된 이력이었습니다. 얼른 보면 변화 많고 역동적인 삶을 산 것 같지만, 자세히 살펴보면 그것은 선택의 의지도 없어 보이는 그저 내몰리고 팽개쳐진 삶이었습니다. 뿌리뽑혀 떠도는 삶이며 밀려나고 내쳐진 삶이었습니다. 적어도 본 수사관에게 그는 어디에도 속해 있지 않고, 어떤 믿음도 가지지 못한 사람처럼 보였습니다.

여러 정황으로 보아 그가 과격한 난동을 부린 패거리에 끼어 있었던 것만은 부인할 수 없을 듯합니다. 틀림없이 그는 그들과 이해 관계를 같이하는 데가 있었습니다. 그러나 그가 바로 그 난동의 주동자였다고는 아무래도 믿기 어렵습니다. 왜냐하면 그의 의식이 결코 그들에게 속해 있지 않은 것 같기 때문입니다. 그가 이동영의 아들이라는 것만 보면 사상적인 감염이나 그 이상 북측과의 직접적인 연계를 추정하는 것도 크게 무리는 아닙니다. 북측도 그가 빠져 있는 상황을 알고 있다면 틀림없이 그를 이용하고 싶은 유혹을 느꼈을 것입니다. 하지만 그가 이 난동의 배후에서 불온한 이념을 제공했다고는 결코 믿어지지 않습니다. 왜냐하면 그에게는 어떤 이념을 지속적으로 품고 갈 정신의 바탕이 없어 보이기 때문입니다.

본 수사관의 이 같은 추정이 그리 틀린 것이 아님은 그를 추적하는 과정에서 더욱 뚜렷해졌습니다. 모든 연고지에서 그를 알고 있는 사람을 통해 확인한 그의 의식은 추상적이면서도 맹목적인 상승 의지와 삶의 순간순간에 대한 열중뿐이었습니다. 적어도 제게는, 그를 체포함으로써 이번 사태가 우리 내부의 모순에서 야기된 것이 아니라 북측의 책동과 사주에 의한 것임을 밝혀 국면을 전환시키려는 상부의 의도가 거의 무망해 보였습니다. 그런데 그가 거기에 은신함으로써 마지막 연고지가 된 사북에서 이명훈의 삶은 전혀 낯선 전개를 보여 주었습니다. 다섯 달이나 끈질기고 세밀하게 추적했는데도 자취를 알 수 없던 그의 소재를 신고의 형태로 알려 준 것은 그 지역 사항(개인 탄광)의 관리자였습니다. 그는 모든 연고지를 외면하고 처음부터 탄광촌으로 숨어들었던 것입니다.

이명훈이 탄광촌으로 숨어든 까닭을 본 수사관은 떠돌이 외지인의 출입이 잦고 신원을 까다롭게 따지지 않는 그 지역의 특성 때문이라고 추정했습니다. 조사한 바로는 여론조사소 시절에 그는 여론조사, 혹은 실태 조사란 명목으로 탄광촌을 돌며 금품을 갈취한 경력이 있습니다. 그랬다면 분명 그 지역의 그 같은 특성에도 밝았을 것입니다.

하지만 두 명의 보도 요원과 함께 이명훈이 일하고 있는 개인 탄광을 덮친 본 수사관은 뜻밖의 사태에 놀라지 않을 수 없었습니다. 이미 죽어 있는 그를 인근 석공병원 영안실에서 인수하게 되었기 때문입니다. 그 탄광 광부들의 패싸움에 말려들었다가 누군가에게 둔기로 후두부를 강타당해 현장에서 숨졌다는 게 관할서 수사과장의 말이었습니다.

이명훈의 복잡한 이력으로 보아 충분히 있을 수 있는 일이었지만 본 수사관은 그의 죽음에 인간적인 연민을 금할 길이 없었습니다. 지향이 애매하고 그 도달을 향한 시도들이 혼란스러울 만큼 다양하기는 해도 그 삶의 치열성은 사람을 감동시키는 데가 있었습니다. 그런데 그런 삶이 이렇게 허망히 끝날 수도 있는 것입니까.

거기다가 이명훈의 죽음은 단순한 폭행 치사로 처리되기에는 처음부터 석연치 않은 점이 있었습니다. 본 수사관은 무엇보다도 먼저 우리에게 그를 거동 수상자로 신고한 게 그 개인 탄광의 사용자측이라는 점에 유의했습니다. 아직까지는 사용자 측이 노동자를 노사 관계와 관련 없는 혐의로 고발하거나 신고하는 일이 흔치 않기 때문입니다.

조사를 진행한 결과, 이명훈의 죽음은 모살의 혐의가 점점 짙어지고 있습니다. 그 개인 탄광은 상당한 규모에도 불구하고 아직 노조가 없었다고 합니다. 광부들의 패싸움이라고 하는 것도 노조 설립을 주장하는 측과 사용자 측에 매수된 일부 광부들의 충돌이었으며, 이명훈은 바로 그 노조 설립을 주장하는 쪽에 서 있었습니다. 사용자 측이 그를 우리 쪽에 거동 수상자로 신고한 것도 바로 그가 주동자 중에 하나였음을 간접적으로 말해 주고 있습니다.

그의 죽음도 사용자 측에 매수된 광부들의 의도적이고 집중된 공격에 의한 것이란 심증이 강하게 듭니다. 왜냐하면 그날의 패싸움에서 다른 광부들은 경미한 부상에 그친 데 비해, 그만 치명적인 공격을 받았기 때문입니다. 게다가 그를 공격한 광부들 중에 일부는 그 며칠 사이 사용자 측이 급하게 채용한 폭력 전과자들이었습니다. 구사대(救社隊)를 자칭할 만큼 사용자 측에 서 있던 선산부(先產夫) 김갑식과 그를 따르던 토박이 건달 출신 광부들도 이명훈의 사인과 관련해 주목해 볼 만한 자들일 것입니다.

하지만 그 부분에 대한 더 이상의 조사는 제가 아니라 관할서 수사과의 몫입니다. 제가 다섯 달 이상 전담해 이명훈을 추적해 온 그 혐의는 이제 그에게 물을 수도 없거니와 다른 방법으로 입증된다 해도 무의미해졌습니다. 죽은 양은 희생양으로 쓰일 수 없을 것이기 때문입니다. 따라서 임의로 수사를 종결하면서 감히 아래와 같은 소견을 덧붙이는 바입니다.

첫째로 우리가 그에게 걸었던 혐의는 거의 무근한 것으로 보입니다. 이번 성남 소요는 우리 내부의 모순에 의해 자연 발생적으로 터진 도시 빈민의 어쩔 수 없는 자기표현이지 외부로부터 조종받거나 책동된 폭동이 아닙니다. 굳이 도시 빈민적이 아닌 책동이나 조종을 찾는다면, 오히려 투기로 표현된 천민자본주의 쪽을 의심해야 할 것입니다.

둘째로 이명훈의 의식에 우리가 수상쩍게 여길 것이 있다면 그것을 기른 것은 북쪽의 공작과 지령이 아니라 그가 처해 있던 그 철거민 단지의 현실, 그가 휩쓸려 들었던 그날의 상황이었을 것입니다. 봉건지주의 한국적 변형 중에 하나인 재지사족(在地士族)의 몰락한 후예답게 새롭게 형성된 어떤 계층에도 쉽게 편입될 수 없어 주변을 떠돌기만 하던 그는, 거기서 드디어 자신의 참다운 모습을 보았고 소속을 확정 지은 듯합니다.

셋째로 그가 마지막으로 도달한 의식은 우리 자유민주주의, 혹은 자본주의 체제의 수호 조직으로 봐서는 충분히 의심하고 위험하게 여길 종류인 것 같습니다. 하지만 이미 보고 드린 바처럼 어이없게도 그것은 시작하자마자 끝난 노래가 되어 버렸습니다. 우리가 유의해 경계해야 할 것은 앞으로 수없이 태어날 또 다른 이명훈이지 지금 시체로 누워 있는 그는 아닙니다.

1972년 3월 13일

한 대한민국 경위의 진술

(형의 사체를 인수하러 갔다가 우연히 만나 듣게 된

그의 제출하지 못한 보고서를 아우 인철이 정리 기록.)

천민들의 거리

살림채에서 여섯 평 남짓을 잘라 내 만든 방이었으나 내부는 억만의 허영에 맞게 제법 고급스러운 사무실 분위기를 풍겼다. 출입구 정면으로 관공서에서도 주무(主務)간부쯤이 쓰는 크고 번질거리는 나무 책상이 놓여 있고, 그 위에는 역시 관공서에서 잘 쓰는 길쭉한 세모기둥 옻칠 명패와 전화기 한 대, 그리고 아직은 비어 있는 결재 서류함 같은 것들이 비치되어 있었다. 명패의 검은 옻칠 바탕에 자개로 새겨진 것은 '상무 강억만'이란 직함과 이름이었다. 이사도 전무도 감사도 없는, 아니 법인 자체가 없는 이상한 회사의 상무였지만 우선은 그럴듯해 보였다.

"당분간은 더도 덜도 말고 이 건물 관리소장이라고 생각하세요. 여유가 생기면 사채 쪽은 당신에게 맡길게요. 말죽거리 배 밭이 처분되거나 여기서 뭉쳐지는 돈이 있으면요. 그때는 진짜 상무가 되는 거예요. 아니, 언젠가는 영동금고 사장 강억만이 되는 거라고요."

전날 방을 보여 주며 억만에게 그렇게 말할 때만 해도 영희는 그가 반발하고 나설까 봐 은근히 걱정했다. 재작년 배 밭 매매를 둘러싼 소동 이후 벌써 2년 가까이나 군소리 없이 지내 온 그였다. 갖은 수단으로 억눌러 오기는 해도 영희는 그를 언제 터질지 모르는 휴화산처럼 불안하게 지켜봐 오고 있었다. 그런데 억만의 반응이 뜻밖이었다. 갑자기 영희의 손을 움켜잡은 그가 결혼 뒤 처음 보는 진지함으로 말했다.

"고마워. 정말 잘해 볼게. 그동안 미안했어."

그에게도 믿지 못할 광대 기질이 없는 것은 아니었으나 적어도 그 순간만은 진심으로 보였다. 아마도 그 방이 드러내 보이고 있는 품위만큼 영희가 자신을 생각해 주었다고 믿는 데서 온 감격 때문인 듯했다. 영희는 억만의 책상 뒤를 돌아 창밖을 내다보았다. 아직은 휑하게만 느껴지는 8차선 도로 건너 띄엄띄엄 새 건물들이 들어서고 있었다. 그 사이사이로 한강 강둑이 보이고 왼편으로는 들어선 지 몇 해 안 되는 제3한강교가 눈에 들어왔다. 번화한 대로변 건물에서 밖을 내다보고 있다기보다는 교외의 한갓진 별장에서 주위 풍경을 감상하는 기분이 들어 영희는 공연히 가슴이 무거워졌다. 정말 이곳이 종로나 명동처럼 커 갈 수 있을까 — 그때 정 사장의 자신 있는 목소리가 머릿속에서 되살아났다.

"정말 잘한 거야. 힘들어도 내가 인수해 보려고 했는데 이 여사한테 양보한 거라고. 두고 봐. 지금은 썰렁해 봬도 앞으로 이 대로변 땅값 금싸라기가 될 거야. 장담하지만 10년 안 가. 그런데 평당 10만 원이면 건물은 공짜나 다름없어. 잘해 봐. 잘만 하면 이것만으로도 한평생 먹고사는 건 걱정하지 않아도 될걸."

영희는 다시 한 번 창밖을 내다보았다. 상상 속에서 공터마다 큰 빌딩들을 세우고 먼지만 펄펄 나는 8차선 도로 위로 물결 같은 자동차의 행렬을 끌어들이자 조금 마음이 놓였다.

'그래, 강남은 앞으로도 계속 개발될 것이고 이곳은 그 입구다. 기죽지 말자. 믿음을 가지고 기다리자.'

정 사장이 그 건물을 영희에게 들고 온 것은 7·4 남북 공동성명으로 세상이 한창 들끓던 그 여름이었다. 집 가까운 다방으로 영희를 불러낸 정 사장이 두툼한 봉투 하나를 내밀며 말했다.

"이 여사, 전에 말하기를 이제는 치고 빠지는 식의 불안한 들락거림이 싫다고 그랬지? 물건 될 만한 듬직한 놈으로 골라 지그시 기다려 보는 것도 좋을 것 같다고……."

지난여름 성남에서 한바탕 곤욕을 치른 뒤에 영희는 그렇게 말한 적이 있었다. 그 뒤 반포 쪽에 한 번 더 들어갔다 나왔으나 재미는 전 같지 않으면서 마음만 졸여야 하는 게 싫어 그랬는데, 그렇다고 무슨 확고한 결의나 계획이 서 있었던 것은 아니었다.

"그게 뭔데요?"

"바로 이 여사가 말한 그런 거야. 덩치가 커서 좀 버겁겠지만 거

둬만 두면 틀림없이 물건이 될…….”

영희가 봉투를 열어 보니 등기부등본과 지적도, 건축 허가서 따위의 서류였다. 땅의 소재지는 신사동 사거리에서 멀지 않은 영동대로변이었고, 대지 평수는 2백 3십 평에 건평은 주차장 명목으로 대지 백평을 따로 젖혀놓고도 지하 합쳐 3백 평이 넘었다. 한눈에 보아도 자신의 힘으로는 휘어 내기 힘들어 뵈는 물건이었다. 그러나 한 3년 부동산을 쫓아다니며 익힌 대로 영희는 되도록이면 자신의 내심을 드러내지 않고 물었다.

“얼마에 나왔는데요?”

“준공 허가 얻어 주는 조건으로 2천 5백이야. 어때, 한번 해 보겠어?”

“그럼 아직 준공도 안 된 건물인데 왜 그리 값이 세요? 혹시 무슨 문제 있는 물건 아녜요?”

영희는 여전히 그렇게 묻고 있었으나 속으로는 이미 틀렸다 싶었다. 지난 3년 그렇게 아등바등 키웠지만 자신이 동원할 수 있는 자금은 시아버지의 금고까지 털어도 천만 원을 크게 넘지 못했다.

“문제 있는 거면 이 여사한테 권하지 않지. 실은 내 친구 거야. 나하고 같은 복덕방 출신인데, 빨리 놀고먹고 싶은 바람에 과욕을 부렸어. 있는 돈 없는 돈 모두 털어 대로변 땅 두 필지 어우른 것까지는 좋았는데, 건축이 너무 성급했어. 제 딴은 빌린 은행 돈으로 시작만 해 놓으면 그 건물 전셋돈으로 나머지는 메워 나갈 줄 알았지만 그게 잘못되어 버린 거야. 대로변이라지만 보다시피 압

구정동 넘어가는 언덕 쪽이라 아직 제대로 상권이 형성되지 않은 곳이잖아? 전세 들 사람은 없는데 건축비는 자꾸 나가지, 먼저 빌린 돈 은행 이자 있지…… 사채를 빌려 막고는 있지만, 하마 틀렸어, 이미 건물 전세가 다 나가도 빚을 안고 가야 한다는 계산이야. 그나마 이대로 간다면 건물 준공될 때는 껍데기만 남을 판이고. 그래서 땅값이라도 좀 건지고 내던지려고 하는 거야."

정 사장이 길게 설명했다. 언제부터인가 그에게서 똑똑한 제자를 보는 스승의 흐뭇한 눈길 같은 것을 느끼고 있었다. 일흔에 가까워진 나이 때문일까, 예전의 치정이 남긴 마뜩지 못한 흔적은 벌써 오래전에 가시고 없었다. 그런 그가 그토록 열 올려 말하는 것이라면 믿을 만한다는 생각이 든 영희가 비로소 속내를 드러냈다.

"실은 제게 그만한 자금이 없어요. 너무 어림없는 것이라 못 먹는 감 찔러나 본다는 심경으로…… 하지만 저 정 사장님 말씀은 다 믿어요."

영희가 진지하게 받자 정 사장도 열기를 가라앉혔다. 조금 있다 새로 한 수 가르쳐 준다는 듯한 표정으로 차분히 말했다.

"치고 빠지는 조무래기 판은 현찰 박치기가 원칙이지. 그러나 부동산도 판이 커지면 현찰 박치기만으로는 안 돼. 지금 재벌들 대로변마다 지어 올리는 빌딩, 그거 다 땅값, 건축비 현찰로 거머쥐고 하는 줄 알아? 아냐. 잘해야 1할이나 현찰로 지를까, 나머지는 다 남의 돈이야."

"남의 돈이라니? 누가 재벌들에게는 돈을 거저 줘요?"

"거저 주는 게 아니라 은행 돈이지. 땅값 치솟는 데 비해 까짓 은행 이자 몇 푼 돼? 서민들처럼 재깍재깍 받아들이지 않고 이래저래 한없이 대부 연장해 주면 손해 볼 부동산 장사 없어. 적어도 이눔의 나라에서는."

"하지만 전 재벌이 아니잖아요? 지금 동원할 수 있는 자금은 천만 원 남짓이에요. 가진 것보다 훨씬 많은 돈을 은행에서 끌어내야 하는데, 그게 되겠어요?"

"이미 이쪽에서 5백 내 쓴 거 있으니까 그거 인수받으면 천만 더 끌어내면 돼. 그런데 남의 재산 말하는 거 아니지만, 이 여사네는 담보도 충분하잖아? 말죽거리 배 밭만 해도 이젠 그만한 값은 충분히 나갈 텐데. 시아버님 아직도 이 여사 말이라면 팥으로 메주를 쑨다고 해도 믿어 주는 눈치고……."

사실 그 새로운 부동산 투기 방식은 영희에게는 아직 전혀 낯선 것이었다. 근년 들어 조금씩 이용하게는 되었어도 영희에게는 아직 은행이란 문턱 높은 관공서의 하나일 뿐이었다.

"그렇지만 은행이 담보 있다고 아무에게나……."

"다 사람이 하는 일이야. 우리도 재벌들 하듯 몇 푼씩 떼어 주면 돼."

하지만 그날만 해도 영희는 전혀 자신이 없었다. 그래서 집에 돌아와서도 시아버지나 남편에게 말조차 꺼내 보지 않고 있었는데 다음 날 듣게 된 뜻밖의 소식이 영희에게 용기를 주었다.

"흠흠, 어멈 좀 보자."

그날따라 들에서 일찍 돌아온 시아버지가 부엌에서 저녁밥을 짓고 있는 영희를 들여다보며 말했다. 함께 부엌에 있다가 시아버지에게 무시당해 실쭉해진 시어머니의 눈치를 살피며 영희가 거실로 들어서자 시아버지가 걱정스러운 표정으로 물었다.

"이 동네에 아파트 단지가 들어선다면 어떻게 되는 거냐? 우리는 집, 땅 다 내놓고 쫓겨나게 되는 거냐?"

"아녜요. 그럴 리 있어요? 어디서 세우는 아파튼지 모르지만 주공(住公)이라도 우릴 함부로 내쫓지는 못해요. 정당한 보상을 하고 동의를 받아야죠."

영희가 아는 대로 대답했다. 그러나 시아버지는 별로 걱정이 풀리지 않은 표정이었다.

"보상이라고? 그거라면 또 그냥 땅 뺏기는 거나 마찬가지 아니냐? 말만 요란했지, 보상치고 제대로 된 거 내 평생 한 번도 보지 못했다. 토지개혁 때부터 말죽거리 배 밭 큰길로 잘려 나간 것까지."

"그렇지만 아파트 단지는 달라요. 잘하면 시가보다 훨씬 낫게 받는다고요. 잠실, 반포 가 보시면 알 거예요. 그런데 우리 잠원동에도 아파트 단지가 들어선대요?"

"그런 말이 있어. 오다가 반장을 만났는데 오늘 저녁에 그 일로 반상회를 연다는구나. 네가 한번 나가 봐라."

그런데 그날 저녁 반상회에서 아파트 업자 측의 제의가 평당 2

만 원에서 시작한다는 얘기를 듣고 영희는 다시 정 사장의 권유를 떠올렸다. 집터 백 20평과 비닐하우스가 들어서 있는 농지 3백여 평을 합치면 5백 평에 가까워 업자들 제의대로만 해도 천만 원은 절로 확보되기 때문이었다.

다음 날 영희는 다시 정 사장을 만나 직접 건물을 찾아가 보았다. 건물은 마감을 앞두고 공사가 중단된 채였다. 그때로는 드물게 지하 1층에 지상 3층 건물이었는데, 정 사장의 말대로 위치는 영희가 보기에도 애매했다. 신사동 사거리를 중심으로 형성되고 있는 상권에도 못 미치고, 그렇다고 다음 사거리의 덕을 볼 것 같지도 않은 위치였다. 건물도 마감을 앞두고 공사가 중단되어 겉보기에도 어설프기 짝이 없었다. 다만 건물의 구조가 여러 가지 용도로 활용 가능하게 되어 있는 점은 마음에 들었다.

"지하층하고 1, 2층은 업소에 세를 주고, 3층은 절반만 갈라 조용한 사무실 같은 걸로 빌려 주면 될 거야. 나머지 반은 살림집으로 쓰고……."

영희의 마음을 읽은 듯 정 사장이 그렇게 용도까지 자세하게 일러 주었다.

"세가 나가겠어요? 지나다니는 사람도 별로 없는데."

"그건 걱정 마. 이 친구처럼 급하게 세 들 사람을 구하니깐 그렇지 기다리면 다 오게 돼 있어. 지금은 이렇게 한심해 봬도 여기가 바로 강남 입구야. 두고 봐. 10년 안에 사대문 안보다 더 번화해질 걸. 사거리에서 떨어져 있다 해도 그때는 거기가 거기야. 더군다나

저기 빈 땅 있지? 거기 바로 일류 호텔이 들어설 거라고."

정 사장이 자신 있게 말했다. 정 사장을 믿고 있는 영희는 그제야 간밤에 있었던 일을 말해 주었다. 듣고 난 정 사장이 제 일처럼 기뻐했다.

"봐. 이게 인연이라는 거야. 그 말 들으니 이 건물은 바로 이 여사네 거네, 뭐. 그럼 바로 계약하도록 해. 워낙 물건이 좋아. 괜히 질질 끌다 보면 눈 밝은 친구들이 채 가는 수가 있어. 우선 천만 원만 주고 이전받은 뒤, 그 돈으로 건물 다 지어 준공 허가 얻어 내면 잔금 천 5백을 치르고 건물까지 등기 이전받는 거야. 그때까지 아파트 단지 보상 나오지 않으면 은행은 내가 책임지고 알아보지."

정 사장의 그 같은 말에 비로소 영희도 마음을 정했다. 하지만 워낙 일이 커서인지 시집 식구들을 설득하는 게 전 같지 않았다. 시아버지는 말죽거리 배 밭 빼고 마지막 농토를 없앤다는 것과 전혀 경험이 없는 임대업에 온전히 생계를 맡겨야 한다는 데 불안과 주저를 나타냈고, 억만은 당장은 별 전망이 없어 보이는 건물의 위치를 불평했다. 시어머니와 시누이는 배 밭을 뺀 전 재산을 건다는 데 본능적으로 겁을 먹었다. 그들을 설득하는 데 영희는 꼬박 일주일이 걸렸다.

"아버님, 농토는 아직 말죽거리 배 밭이 있잖아요? 그리고 이 집 내놓게 되면 어차피 살 집은 따로 마련해야 하는 거고요. 정히 마음 내키지 않으시면 좀 큰 집 마련한다고 생각하세요. 3층을 우리 살림집으로 쓰면 되니까요. 그리고 그 건물 집세가 여기 하우스

벌이 보다 못하면 그건 제가 물어 드릴게요. 우리 집안을 위해 흔치 않은 기회예요. 더도 말고 제게 5년만 시간을 주세요. 정히 안 되면 그때 다시 팔아 시골 가서 살아요. 지금보다 곱은 받을 자신 있어요. 한 번만 더 믿어 주세요."

시아버지에게는 그렇게 빌었고, 억만은 달콤한 말로 달랬다.

"여보, 내가 전에 약속한 거 있죠? 이게 시작이에요. 일단 이렇게 농사에서 벗어나고 다시 다음 기회를 기다려요. 나도 당신이 머슴처럼 추레한 꼴로 아버님 따라 농사에 매달려 있는 게 마음 아파요. 그 건물, 겉보기는 그래도 쉽지 않은 거예요. 어쩌면 땅값 오르는 것만 해도 지난 3년 내가 미친년처럼 이리 뛰고 저리 뛴 것보다 나을지 몰라요. 날 믿어요. 거길 거쳐야만 우리에게 보다 나은 내일이 있을 거라고요."

그리고 시누이에게는 그녀의 소박한 물욕에 호소했다.

"아가씨, 이 기회에 아가씨 양장점 하나 가지세요. 그 건물 1층에 번듯한 점포 넷은 나올 거예요. 거기다 아가씨 양장점을 여는 거예요. 지금은 좀 사람이 뜸한 거리지만 집세도 안 내는데 아무렴 남의집살이만이야 못하겠어요?"

그래도 얼른 마음들을 정하지 못해 계약이 미뤄지고 있는데 마지막 휴가를 나온 시동생이 팔을 걷어붙이고 영희를 지지해 주었다.

"아버지 어머니, 뭘 망설이십니까? 어차피 이 집하고 땅은 아파트 단지에 들어가는 거고…… 그렇다고 다시 땅 사고 초가삼

간 지어 농사지으러 들어가실 겁니까? 그러지 말고 형수님 말대로 해 봅시다. 솔직히 말해 지금까지 형수님 하자는 대로 해서 우리 집 안 된 게 뭐 있어요? 더구나 조카까지 낳았는데. 우렁이 각시가 따로 없다고요. 휴가 나올 때마다 달라지는 우리 집 다 형수님 덕 아닙니까? 형수님 같은 사람만 있으면 저요, 내일이라도 당장 장가갑니다."

그렇게 어렵게 결정이 나자 그다음은 영희가 생각하기에도 신통하리만치 일이 잘 풀려 갔다. 무엇보다도 영희를 마음 편하게 해준 것은 대금 지급 과정이었다. 원래 민간 아파트 단지 부지 조성은 공공 수용과는 달리 지가 산정을 둘러싸고 말썽이 많게 마련이었다. 그런데 영희네 동네는 오래 밀고 당기고 할 것도 없이 평당 2만 5천 원으로 매듭이 지어져 석 달 뒤 잔금을 지불할 때 따로 은행 신세를 질 필요가 없었다. 그다음 영희를 마음 편하게 해준 것은 임대 문제였다. 영희에게서 받은 중도금으로 다시 공사가 시작되어 외장이 마감되자 정 사장의 힘을 빌릴 것도 없이 인근 복덕방을 앞세운 업자들이 찾아와 지하와 2층에 세 들었다. 지하는 생맥주 홀을 열고, 2층에는 당구장을 하겠다는 것이었다. 거기서 이사에 집치장에 필요한 경비를 쓰고도, 급하면 작은 것은 손대 볼 수 있는 자금이 남았다. 원래는 인수받은 은행 빚을 줄일 생각이었으나 남은 점포들이 모두 세가 나간다면 그때부터 조금씩 꺼 나가도 늦지 않을 듯했다.

'그런데 왜 이렇게 피로하지. 이미 세상에서 할 일을 다해 버린

사람처럼. 이제 겨우 시작인데…… 혜라 그 기집애가 느낀 피로도 이런 것이었을까.'

영희는 자신도 모르게 억만의 빈 의자에 앉아 하품을 하며 그렇게 중얼거렸다. 실로 알 수 없는 일이었다. 어떻게 보면 스스로 보기에도 엄청난 일을 해낸 셈이지만, 달리 보면 이제부터는 그전의 경험에 없는 새로운 날들의 시작이었다. 그런데도 알지 못할 자족감과 함께 나른해져 그 며칠은 그저 한없이 쉬고 싶기만 했다.

'고사 준비는 잘 되어 가는지 몰라. 다섯 시에 입주식을 시작하기로 했지. 이제 내려가 봐야 하는데.'

영희는 그러면서도 푹신한 의자에 파묻혀 일어날 줄 몰랐다. 알지 못할 자족감과 나른함이 이상하게 사람을 회고적으로 만들었다.

'옛날에도 언젠가 이 비슷한 느낌에 젖어 보낸 날들이 있었지. 이제 더 할 일이 남아 있지 않을 것 같은 느낌으로 그저 피곤하게 늘어져 있었던 날들이…… 그게 언제였더라.'

영희는 멍하니 그렇게 중얼거리며 옛날을 더듬었다. 그러다가 화들짝 놀라 몸을 일으키며 머리를 저었다.

'그래, 바로 그 무렵이었어. 박 원장과 갈라선 뒤 창현과 보낸 첫달. 사랑도 넉넉하고 돈도 넉넉하고 그래서 아무것도 바랄 것 없다는 기분이었지. 마냥 창현의 품에 안겨 자고만 싶었지. 그런데 그래서 어찌 됐지…….'

그러다 갑자기 온몸이 긴장으로 굳어지며 한가롭게 앉아 있을 기분이 싹 가셔 버렸다. 그때 때맞추어 방문이 열리며 시누이가 고개를 내밀었다.

"언니, 여기서 뭐 해? 벌써 다섯 시가 다 돼 가. 오신 손님들도 있어."

"손님?"

"응, 관할 소방서에서 오셨대. 또 뭐라더라? 무슨 용역 회사에서 오신 분도 있던데."

"그래? 알았어요. 곧 내려갈게."

시누이를 뒤따르듯 방을 나서면서 영희는 걸치고 있던 웃옷 속 주머니를 새삼스럽게 더듬었다. 진작에 준비한 두 종류의 봉투가 만져졌다. 하나는 고액권으로 채운 2만 원짜리 얇은 봉투였고, 다른 하나는 천 원짜리로 불룩하게 만든 만 원짜리 봉투였다.

'소방서라, 그럼 만 원짜리면 되겠지. 그런데 용역 회사는 또 뭐야.'

영희가 1층으로 내려가니 시누이가 양장점으로 쓸 스무 평 외에는 칸막이가 되지 않은 넓은 홀에서 고사 준비가 한창이었다. 커다란 포마이카 상에는 돼지머리를 중심으로 고사상이 모양을 갖추어 차려져 있었고, 시아버지와 억만이도 한복 차림으로 나와서 있었다. 개업식을 겸하려고 지하 1층에 세 든 업소 사람들도 떡 시루와 함께 고사가 끝나기를 기다리고 있는 중이었다. 영희가 1층에 들어서는 걸 보고 억만이 불콰하게 술기운이 있는 중년 사내를 데리고 왔다.

"소방서에서 나오신 분이래."

"이 지역 담당입니다. 입주 축하드립니다."

사내가 넉살좋은 웃음을 지으며 그렇게 자신을 소개했다. 소방법이 공연히 까다로워 일정 규모 이상의 건축주는 소방 공무원에게 함부로 대해서는 안 된다는 충고를 들었지만 영희는 공연히 심사가 틀려 짐짓 그가 찾아온 목적을 모르는 척했다.

"고맙습니다. 여기 계시다가 고사떡이나 좀 드시고 가세요."

그러자 그가 웃음기를 거두면서 목소리를 가다듬었다.

"아직 근무 중입니다. 오늘은 늦었고 일단 서로 들어갔다가 점검은 다음에 나오죠."

그러면서 위협적으로 돌아섰다. 그제야 영희가 마음에도 없는 웃음을 지으며 따라가 봉투를 내밀었다.

"이거 멀리 오셨는데 약소하지만 대포라도 한잔하세요."

사람들이 보이지 않는 곳에서 내밀어서인지 그가 한 번 사양하는 법도 없이 봉투를 받았다. 건들거리며 건물을 나서는 그를 배웅하는데 다시 누군가 영희에게 다가와 자기소개를 했다.

"사장님, 인사드리겠습니다. 강남용역에서 나온 박 부장입니다."

이번에는 20대 후반의 젊은이였다. 정확하게 그가 어디서 온 줄 몰라 영희가 조심스럽게 물었다.

"용역이라면…… 무얼 하시는데요?"

"여러 가지 합니다만 저희들은 특히 청소 대행업체로 이 일대에 알려져 있습니다. 작지 않은 건물인데, 혹시 청소 대행 필요하시지 않습니까? 전체 건물 관리도 해 드립니다."

그제야 그가 왜 왔는지 알아차린 영희가 냉정하게 잘라 말했다.

"저희들은 그런 거 필요 없어요. 3층에 식구들이 입주할 거고, 나머지 건물은 또 층마다 나누어 세를 줄 거니까. 관리고 청소고 세 든 사람들 각자가 알아서 할 거예요."

그런데도 그 청년은 꽤나 끈질긴 데가 있었다. 성심성의와 실비할인을 따발총처럼 쏘아 대며 눌어붙다가 영희의 짜증스러운 면박을 듣고서야 물러났다. 그게 시작이었다. 그날 영희네 입주식에 찾아오는 사람은 바로 그런 두 종류의 사람들이었다. 하나는 쥐꼬리만한 권력이라도 있어 그걸 휘두르며 뜯어먹으러 왔고, 다른 하나는 무언가 아쉬운 것이 있어 영희에게 빌러 왔다. 다섯 시에 고사가 시작되면서 더 많은 그런 이들이 찾아왔는데, 그중에서도 대표적인 것은 경찰과 이웃 공사장의 인부들이었다. 영희네가 초청한 파출소장은 오지 않았으나 그를 대신해 온 차석은 영희가 내민 봉투뿐만 아니라 적지 않은 고기와 술을 파출소로 보내지 않을 수 없게 했다. 이웃 공사장의 인부들도 두 번 세 번 찾아와 행패에 가까운 구걸로 끝내는 봉투 하나에다 남은 돼지머리와 고사떡을 쓸어 가다시피 했다.

오래 그래 온 대로 영희는 한동안 그런 그들을 오직 혐오와 경멸로만 대했다. 종류와 내용은 조금씩 달리하지만 그 천박, 비굴,

무례, 탐욕, 나약 — 그런 그들의 악덕과 약점을 마음속으로 헤아리며 그들과 결별하게 되는 삶이 빨리 펼쳐지기를 기원했다. 나는 너희들이 아니다. 언젠가 때만 오면 나는 너희들이 닿지 못하는 곳으로 높이 솟아오르리라. 그런데 그런 영희의 심경에 갑작스러운 변화를 일으키는 일이 생겼다. 고사가 끝나고 영희가 한창 각다귀 같이 몰려드는 그들에게 시달리고 있을 때였다. 갑자기 입구 쪽이 수런거리더니 두 명의 꽃집 배달원이 큰 화환 하나를 옮겨 왔다. 여러 가지 꽃으로 잘 꾸민 화환이었는데, 보낸 사람의 이름을 보니 뜻밖에도 윤혜라였다.

'기집애, 그래도 나를 아예 잊은 건 아니었구나…….'

처음 영희는 그런 감동으로 그 꽃다발을 받았다. 이어 그것이 보내져 온 우아하고 예절 바른 세계가 영희에게 새삼스러운 조급을 불러일으켰다. 나도 빨리 저리로, 저 사람들이 있는 곳으로 가야겠다. 그러다가 — 진저리라도 치듯 눈앞의 반갑잖은 그들 쪽으로 눈길을 돌렸을 때였다. 시집 식구들의 곱지 않은 눈초리를 받으면서도 먹고 마시기에 여념이 없던 그들 중에 몇이 그런 영희의 눈길에서 무엇을 느꼈던지 움찔하며 동작을 멈추었다. 그리고 흘금흘금 눈치를 보더니 무슨 죄라도 지은 사람처럼 일어나 자리를 뜨려 했다. 그런 그들의 어떤 점이 영희에게 그토록 세찬 충격을 주었을까. 영희는 갑자기 콧마루가 시큰해 올 정도의 연민과 아울러 핏줄과도 같은 애정을 그들에게 느꼈다.

"아니, 왜 벌써 일어나세요? 거기 앉아 더 드시고 가세요."

영희는 자신도 모르게 소리쳐 그들을 잡아 놓고 다시 시누이를 향했다.

"아가씨, 위에 고기하고 떡하고 더 남은 거 없어요? 남은 거 있으면 모두 가져오세요. 술도 더 시키고."

어떤 사람은 영희의 그 같은 심경 변화를 얼치기 부르주아의 값싼 자선심으로 이해하려 들지 모른다. 하지만 영희가 그때 내심으로 중얼거린 말을 음미해 보면 꼭 그렇게 해석할 수만은 없을 듯하다.

'천민자본주의라고 했던가, 내가 부를 움키는 방식을. 그건 아마 내 방식이 저들의 생떼 같은 구걸 비슷하다는 뜻이겠지. 어쨌든 좋아. 하지만 그래서 뜻대로 부를 움켜쥐게 된다 해도 나는 저들을 떠나지는 않겠어. 가진 쪽에 들든 못 가진 쪽에 남든 나는 바로 저들이야. 저들의 방식으로, 어쩌면 저들의 몫을 속여 빼앗거나 훔쳐 홀로 고귀하고 우아한 세계로 달아나지는 않겠어. 저들의 거리에 남겠고, 앞으로도 내게 그럴 힘이 주어진다면 언제든 기꺼이 저들을 먹이겠어.'

그 뒤 남은 생애 갈급과도 같은 물욕에 휘몰려 살면서도 영희가 따뜻한 인성(人性)의 벼리 한끝을 놓지 않을 수 있었던 것은 느닷없지만 세찬 충격처럼 의식에 새겨졌던 그날의 그 다짐 때문이었을 것이다.

그날 정 사장이 그곳에 나타난 것은 그나마의 잔치도 거의 끝나 갈 무렵이었다. 무엇 때문인지 급한 걸음으로 뛰어 들어온 정 사장은 늦은 변명을 하기 바쁘게 영희를 보고 소리쳤다.

"이 여사, 이 집에는 라디오 같은 거 없어? 있으면 빨리 가져와 봐."

"왜 그러세요?"

"오다가 들으니 일곱 시에 무슨 중대 발표가 있대. 무슨 심상찮은 일이 벌어졌나 봐."

예사롭지 않은 정 사장의 표정에 덩달아 놀란 억만이 시누이를 재촉해 라디오를 가져왔을 때는 이미 정부 대변인의 긴장한 목소리가 흘러나오고 있었다.

1. 1972년 10월 17일 19시를 기하여 국회를 해산하고 정당 등의 정치 활동을 중단시키는 등 헌법 일부 조항의 효력을 정지시킨다.

2. 효력이 정지된 헌법의 일부 조항의 기능은 비상국무회의가 수행하며, 비상국무회의 기능은 현행 헌법의 국무회의가 수행한다.

3. 비상국무회의는 1972년 10월 27일까지 헌법 개정안을 공고하며 이 개정안은 공고한 날로부터 1개월 이내 국민투표로 확정한다…….

"이게 무슨 소리죠?"

다 듣고 난 억만이 고개를 갸우뚱거리며 정 사장에게 물었다.

"글쎄, 공화당하고 박정희가 뭔가를 꾸민다더니 바로 그건 모양인데…… 도대체 저 소리만 듣고는 뭘 어쩌겠다는 건지 통 알

수가 없네."

그때 좀체 그런 일에 끼어들지 않는 시아버지가 한마디했다.

"그래도 전쟁 나지 않았다니 다행이네. 나는 여름부터 요란스러운 그놈의 남북 회담이란 게 당최 불안해서. 한쪽으로는 총력안보, 비상사태 소동에 난데없는 민방공 훈련까지 끌어내 왜정 시대 못지않게 사람을 몰아치면서, 다른 한쪽으로는 또 뭐라더라? 그래, 남북 공존, 평화통일을 남북이 합창으로 외쳐 대니 우리 같은 백성들이야 정신 사나워서 원."

하지만 영희는 그런 그들에는 아랑곳 없이 마지막으로 남은 사람들을 먹이는 데만 정신을 쏟았다. 그게 무어든 우리와는 상관없어요. 그건 잘나고 똑똑한 사람들끼리 따져 보라고 하세요 — 얼핏 보면 속으로는 그렇게 소리치고 있는 듯도 했다.

변경의 한낮

- 인철의 편지

부주전(父主前) 상서

열흘 전 이 아메리카 제국의 변경에서는 엄청난 일이 벌어졌습니다. 변경의 정권 담당자가 제국의 정치 이념에 '한국적' '토착화'란 수식어를 붙여 오래전부터 그 이념을 갈고닦아 온 제국의 이상주의자들에게는 상상도 못 할 제한과 변조를 감행한 것입니다. 이름 하여 시월유신입니다.

오늘 제가 헤어진 지 22년이 넘는, 얼굴도 기억 못 하고 생사도 알 수 없는 아버님께 이 글을 올리는 것은 바로 그 일 때문입니다. 아니, 어쩌면 이미 이 세상의 시비와 당부(當否)에서 떠나 고요히 우리를 굽어보고 계신다는 가정 아래 제가 이 글을 쓰고 있다고 보시는 편이 옳을지도 모르겠습니다. 그래서 분유(分有)하시게 된 아버님의 전지(全知)에 제가 몇 밤을 고심하여 해독한 그 일의 의미를 검증 받음과 아울러 몇 가지 문의를 드리고자 합니다.

원래 이번 사태는 이미 두어 해 전부터 남쪽의 예민한 지식인 사이에서 번져 가던 우려이기도 했습니다. 그러나 제게 그 일이 처음으로 실감 있게 다가온 것은 이번 여름의 그 요란스러운 남북 공동성명 때였습니다. 두 변경의 통치자들이 두 제국의 사전 승인이나 양해를 구함도 없이 민족의 자주와 평화 통일 원칙에 합의한 것, 오늘날의 동로마 제국 변경 정권의 제2 부수상과 서로마 제국 변경 정권의 정보 책임자가 서울과 평양을 오락가락하며 협력과 우의를 다짐했다는 그 소식은, 도식적인 변경 논의에 갇혀 있던 저에게는 커다란 충격이었습니다.

어떻게 보면 그날 발표된 남북의 합의문은 이상적인 민족 통일의 밑그림을 보여 주는 것이었는지도 모르겠습니다. 거기다가 우리 통치자들에게 그러한 자주적이고 창조적인 역량이 있다는 것은 놀랍고도 감격스럽기까지 한 일일 수도 있습니다. 그런데 저는 흔쾌하게 놀라고 감격하지 못했을 뿐더러, 갑자기 시대의 짙고 불길한 안개에 휩싸인 듯한 느낌마저 들었습니다.

그때 제가 먼저 궁금했던 것은 그러한 합의를 가능하게 한 남북의 이익이었습니다. 어떤 전능한 신이 있어 남북의 통치자들을 하루아침에 이상적인 민족주의자로 바꾸어 놓지 않았다면 이러한 정책 결정의 동기는 남북 두 정권의 정치적 실익에 문의하지 않을 수 없기 때문입니다. 외부적으로는 제국의 권위에 대한 중대한 도전 행위로 간주될 위험이 있고, 남북 모두 내부적으로는 군부 기타 강경파 혹은 분단 체제의 기득권 세력들로부터 심각한 반발을 불러일으킬 수도 있는 이 합의로 남북의 변경 정권이 얻게 될 것은 무엇일까 — 그게 그때의 제 솔직한 의문이었습니다. 그 의문은 문득 지난여름 저를 찾아왔던 옛 친구의 단정을 섬뜩하게 떠올리게 했습니다.

그때 그 친구는 겨우겨우 시작된 남북 적십자 회담을 제국에 대한 변경 정권 쪽의 공갈로 해석하고 있었습니다. 수틀리면 우리끼리 하나가 되어 너희들에게 저항할 수도 있다. 섣불리 나서면 너희들 중 하나는 우리 둘 모두를 잃게 된다 — 그런 위협이 될 수도 있다는 것이었습니다. 그때는 턱없이 앞서 가는 지식인의 어림없는 기우로 들었으나 결국 그 둘의 합의 아래 남북 공동성명이 나오자 저는 그것을 날카로운 예측으로 받아들이지 않을 수 없습니다. 그리고 한번 그걸 받아들이자 제 사고는 비약하기 시작했습니다.

만약 이 사태를 그렇게 해석할 수 있다면 남쪽 정권의 월남전 참전은 변경에서 제국에 가해지는 또 다른 종류의 압력일 수도 있다. 감히 당근과 채찍으로 비유할 수 있다면 남북 공동성명은 채찍이고 월남전 참전은 당근이다. 보아라. 그래도 나만큼 충성스러운 제국의 분봉왕(分封王)이 어디 있는가. 나 말고 어떤 분봉왕이 제국의 그 곤혹스러운 전장에 전투 병력을 파견해 주던가 — 대개 그런 전개였습니다.

만약 이 정권이 꿈꾸는 것이 아메리카 제국 변경의 헤롯 대왕이라면 7·4 남북 공동성명은 내부적인 설득 장치로도 유효할 것처럼 보였습니다. 이 정권은 정통성과 정당성의 결여를 경제적 보상으로 메워 왔습니다. 듣기로 작년의 8·15 선언은 북한에 대한 경제적 자신감의 표현이었다고 합니다.

하지만 사람은 빵만으로 사는 것은 아닙니다. 이 정권은 자랑스레 경제적 보상을 내세우지만 아직은 겨우 보릿고개를 없앴다는 정도일 뿐, 보다 호소력 있는 이념적 설득, 혹은 위압이 필요했을 것입니다. 그런데 이번 여름의 그 공동성명은 그 두 기능을 한꺼번에 수행할 수 있는 것이라고 보았습니다. 이 정권이 내세우는 민족주의의 이상을 믿는 사람들에게 그 세부적인 조항은 단순한 감동을 넘어 이념적인 지지까지 얻어 낼 수 있을 것이고, 한편 그걸 믿지 않는 사람들에게는 분명 실현 불가능한 그 공동성명의 그림 같은 이상들이 오히려 무시무시한 위하(威嚇)의 기능을 수행할 것이기 때문입니다.

그런데 이 가을, 마침내 시월유신이 왔습니다. 어제 발표된 비상 국무 회의 초안을 보면 오래전부터 남쪽의 아메리카 변경 지식인들이 우려해 온 것들이 그대로 성문화되어 있습니다. 이것이 국민투표를 통해 확정되면 한반도 남쪽에는 아메리카 제국의 판도 내에서는 일찍이 유례가 없는 특이하고도 끔찍한 권력의 치욕이 제도화될 것입니다. 만약 이러한 제 해석이 맞다면 이 정권의 구상이나 그 추구 방식은 자못 치밀하고 비상한 데마저 있어 보입니다. 하지만 완벽해 보이지는 않습니다. 그것은 근년 들어 현저해진 지식인의 탈주(脫走) 현상과 도시 빈민의 양산 때문입니다.

경제적 보상의 방책으로 추진해 온 급속한 산업화는 다수의 도시 빈민을 만들어 냈고, 그들이 전통적인 빈농층과는 성질을 달리함은 이미 지난 광주 대단지 사태가 보여 주었습니다. 그런데 앞으로 이들은 더욱 늘어날 것이고, 그 어떤 물리력으로도 통제하기 어려운 세력으로 자라 갈 것입니다. 거기다가 지난 몇 년 사이에 한 사회현상을 이룰 만큼 두드러진 지식인의 탈주는 그들이 바로 남쪽 체제가 길러 낸 지식인들이어서 이 정권에 더욱 부담을 줄 것입니다.

왜냐하면 그들은 이 정권이 자신들을 잡기 위해 쓸 바로 그 이념의 칼로 자신들을 방어할 것이기 때문입니다. 그리하여 그들 두 대항 세력이 결합되는 날, 다시 말해 그들 탈주한 지식인들이 다수의 도시 빈민들을 의식화시키면 이 남쪽 변경은 지금껏 경험에 없는 새로운 진통과 비극적인 소모에 빠져들게 될 것입니다. 무엇이든 제국의 논리로 왜곡되어 버리는 변경의 특성 때문에 상대 제국의 이데올로기를 원용하지 못해 의식의 이중 구조와 말의 혼란이 일어날 것이며, 그럼에도 불구하고 더욱 첨예하게 충돌할 이익 때문에 그 싸움은 한층 가열되고 잔혹해지겠지요.

이미 책과 지식을 떠나 살 수 없게 결정돼 버린 듯한 제 삶은 그날에 치러야 할 진통과 소모의 예감에 떨고 있습니다. 혹시 제가 너무 비관적이고 닫혀 있는 구조로 이 사회를 해석하고 있는 것은 아닌지요. 빛나는 진보의 여명을 소심과 나약으로 그릇 해석해 떨고 있는 것은 아닌지요. 그리고 — 이번에는 아버님께 묻습니다. 이러한 남쪽에 대응해서 북쪽 소비에트 변경에서 꾸며지고 있는 일은 무엇인지요. 제가 읽기로는 그곳의 구조가 이곳보다 훨씬 쉽게 권력의 치욕으로 떨어지게 되어 있는 걸로 보았는데, 그 역시 제가 잘못 읽은 것입니까. 이미 20년이 넘는 장기 집권을 실현하였고, 앞으로도 좀체 그 권력 기반이 흔들리지 않을 것 같은 그곳의 집권자도 7·4 남북 공동성명 같은 남한과의 적대적 의존 관계로 확보해야 할 어떤 정치적 실익이 남은 것입니까.

2년 전 제가 대학을 떠나기 전 어떤 식자는 남이든 북이든 그 권력 담당자들이 자주나 주체, 자기 정체성 같은 말을 민족주의와 얼버무려 정치 전면으로 들고 나오는 날이 그 원주민에게는 정치적 재앙의 날이 될 것이라는 예언을 한 적이 있습니다. 이제 남쪽은 '한국적' 혹은 '토착적'이란 표현으로 자주와 주체성을 전면에 내세웠고, 거기에 바탕해 출범할 이 유신 체제는 아메리카 제국의 변경에 사는 이곳 사람들에게는 정치적 재앙으로 기능하게 될 공산이 큽니다.

그렇다면 북쪽 소비에트 변경의 주체와 자주는 어떻게 민족과 융화되고 있습니까. 그리고 그것은 어떤 체제로 구축되고 어떤 무게로 부하될 것이며, 그곳 원주민들에게 가져다줄 정치적 재앙은 또 무엇이 되겠습니까. 곧 남쪽에서도 알게 될 것이겠지만 1972년 10월 남한에 선포된 유신 체제 또는 의존적 적대 관계의 남측

몫에 대비되는 북측의 몫은 실로 무엇일는지요.

1972년 10월, 변경의 한낮에

불초 인철 올림

형주전 상서

형님. 중부의 산사(山寺)는 벌써 가을이 깊습니다. 단풍 종류는 잎이 모두 지고 참나무붙이의 일부만이 메마른 잎을 달고 있을 정도입니다. 그러고 보니 형님의 유체를 선산 발치에 모시고 돌아선 게 며칠 전 같은데 벌써 일곱 달이 지났습니다. 그동안 자주 문안드리지 못해 죄송스럽습니다. 무언가 말씀드리려 하다가도 그 허망한 떠나가심을 떠올리면 가슴부터 먹먹해 와 하릴없이 한숨만 짓다가 끝내는 다음으로 미루게 되고 맙니다. 하지만 이제는 길게 말씀드려야 될 때가 온 것 같습니다. 그 전에 먼저 집안 근황부터 알려 드려야겠지요. 지난 추석에 집에 내려가 보니 재준이는 벌써 걸음마를 배우고 있었습니다. 건강하고 영리하게 생긴 아이라 작은 위안으로 삼으셔도 되겠습니다. 형수님도 뜻밖으로 꿋꿋하게 출근하고 계셨습니다. 머리칼이 더 희어지시고 돋보기의 도수가 높아졌지만 어머님도 건강해 보였습니다. 요즘은 바느질도 그만두시고 재준이나 돌보며 조용히 지내고 계십니다. 부디 편히 쉬십시오.

형님께서 상심하실 일이 있다면 그것은 아마도 오늘 이렇게 길게 서두를 풀어 나가는 저의 글일 것입니다. 저는 오늘로 사법시험 공부를 그만두고 산을 내려갈까 합니다. 물론 형님과 어머님의 염려에도 불구하고 시작한 지 겨우 2년 만에 이렇게 그만두는 저도 마음 편치는 못합니다. 하지만 더 이상 여기서 미련을 떠는 것은 실효성이 없을 뿐더러 제 주관적인 만족조차 기대할 수 없게 되었습니다. 실효성이 없다는 것은 옛날처럼 합격해도 판사나 검사로 임용되지는 못할 것이라는 그런 멋진 구실이 아니라, 실제 이 시험에 합격할 가망이 별로 없다는 뜻입니다. 어쩌면 형님께서도 알아보고 계실 줄 모르지만 이미 저는 두 번이나 1차에 실패했습니다. 그런데 더 큰 문제는 그게 제가 시험 운이 없다거나 노력을 게을리했다는 정도로 설명될 성질이 아니라는 데 있습니다.

고백하자면 저는 아마도 이 시험에 끝내는 합격하지 못할 것입니다.

그 첫 번째 근거는 법학을 객관적이고 실용적인 도구로 전환시키기에는 이미 지나치게 뒤틀려 버린 제 의식구조에 있습니다. 처음 법학통론을 펼치게 된 날부터 품어 온, 법학이 제 사유에 철학의 엄밀함과 철저함을 부여할 기회와 아울러 갈수록 해체를 거듭하고 있는 철학을 대신할 통합인문학적 성과로의 지름길이 될지도 모른다는 환상. 왜 저는 언제나 다수설보다는 소수설이 더 흥미 있고, 심할 때는 부연되거나 각주(脚註) 처리된 소수 의견에 오히려 더 감동받는 것입니까. 정연한 논리 구조보다는 상상력을 자극하는 이설(異說)에 제 주관적인 감상을 보태 흠뻑 젖어들고, 전술적인 정답구성보다는 법학의 이야기 또는 그 주변적 사유에 더 많은 시간을 허비하는 것입니까.

두 번째로 말씀드려야 할 것은 갈수록 더 절실하고 뚜렷해지는 제 문학적 지향입니다.

이 시험 준비를 시작함으로써 다시 혼자 헤쳐 가는 길에 오른 뒤로 저는 마치 반드시 돌아가야 할 고향을 떠난 사람처럼 자주 뒤를 돌아보게 되었습니다. 그리고 지금은 만약 그리로 되돌아가지 못한다면 저는 영원히 그 향수를 모진 병처럼 앓게 되리라는 예감에 불안해하고 있습니다. 그 고향 같은 것은 바로 문학입니다. 그것 또한 잘못 든 길로 단정하고 훌훌히 떠날 때만 해도 제 정신이 그토록 문학에 깊이 침윤되어 있었으리라고는 짐작조차 못 했습니다. 왜냐하면 제가 그 길로 든 것은 대학에 간 뒤였고, 그나마 의식적인 선택 아래 그 길을 헤맨 것은 1년을 크게 넘지 못했기 때문입니다.

그런데 뜻밖에도 새로운 길에 접어든 지 석 달도 못 돼 저는 애틋한 그리움으로 그 시절을 떠올리게 되었습니다. 참고로 금년을 말씀드리자면 저는 지난 1월 시험에 떨어진 뒤부터 이 여름이 다 할 때까지 그저 잡학이라고 할 수밖에 없는 이런저런 책 읽기로 시간을 죽였습니다. 하지만 그런 제 의식 밑바닥에는 언젠가 그것들이 제 문학에 소용되리라는 확신이 있었음을 부인하지 못합니다. 그러다가 찬바람이 들어서야 겨우 법학 책으로 돌아왔는데, 아마 남은 시간을 밤낮 없이 시험 준비에 매달린다고 해도 이번

시험 역시 1차조차 합격하기 어려울 것 같은 예감입니다. 거기다가 더욱 나쁜 것은 이런 형태의 세월 낭비가 앞으로도 계속될 것 같다는 우려입니다. 만약 그렇다면 저는 길을 돌아도 너무 멀리 도는 것 아니겠습니까.

그렇지만 제가 문학으로 돌아가는 이유로 정작 힘주어 말씀드려야 할 것은 아무래도 이제서야 확정된 제 삶의 층위 혹은 제가 던져진 이 사회구조 속의 역할 때문입니다. 그들의 세계관에 전면적으로 찬동하지는 못한다 할지라도 마르크스주의자들이 사회계급을 기본계급과 주변 계급 또는 중간계급으로 분류한 것은 일견 온당해 보입니다. 이 시대의 기본계급으로 부르주아와 프롤레타리아를 든 것도 그 실효성을 아주 부인하기는 어렵습니다. 몰락한 봉건지주나 수공업자나 영세 농민을 주변 계급 또는 중간계급으로 분류하며 소멸할 계급으로 규정한 것도 마찬가집니다.

하지만 그들이 주변 계급, 또는 중간계급 일반에 독자의 계급성을 인정하지 않고 나아가서는 언젠가 기본계급으로 편입되어 가야 할 존재로까지 암시하고 있는 것은 다분히 전략적으로 보입니다. 그것은 결국 모든 주변 계급에게 자기들 프롤레타리아 계급과 연대 또는 편입되어 함께 부르주아 타도에 나서자고 제의하는 것과 크게 다르지 않습니다. 왜냐하면 부르주아는 수도 많지 않고 주변 계급 또는 중간계층이 그들에게로 편입하기도 용이하지 않기 때문입니다.

그런데도 다수 속에 안주하려는 경향 때문인지 사람들은 쉽게 그 암시에 말려드는 것 같습니다. 어쩌면 우리 사 남매도 일찍부터 그 암시에 말려들었고, 저를 제외하고는 이미 자신이 편입될 기본 계급을 결정한 것인지도 모르겠습니다. 형님과 옥경이는 아마도 프롤레타리아 쪽에서 자기 정체성을 확인하신 것 같고 누나는 연초 형님의 편지에서처럼, 그리고 이따금 누나 스스로 자부하는 것처럼, 부르주아의 천상을 향해 천민자본주의의 사다리를 오르고 있다고 표현해도 크게 틀리지는 않을 것입니다.

그렇지만 저는 진작부터 그 중간계급의 역할에 주목해 왔습니다. 중간계급은 두 기본계급을 중심으로 하는 마르크스적 계급론에서 흔히 오해되는 것처럼 국외자나 일탈자가 아닙니다. 몰락한 계급, 소멸해 가는 족속도 아니고 계급론 주변의 보조 개념일 수만은 더욱 없습니다. 마르크스는 그 중간계급이 점차 프롤레타리아로 흡수되어 혹은 프롤레타리아와 연대하여 부르주아를 타도하고 그래서 계급이 프로레타리아로 통일되면서 바로 계급이 폐지되는 사회를 예견하였지만, 그보다 반세기 늦은 막스 베버의 연구 결과는 다릅니다. 그의 연구는 중간계급이 몰락하거나 흡수되어 사라지기보다는 오히려 직종에서도 종사자에 있어서도 수가 늘어나고 있으며 그들의 사회적 역할 또한 증대되고 있음을 보여 주었습니다.

저는 바로 그 중간계급에서 또 다른 기본계급의 특성을 찾을 수 있을 듯합니다. 그들은 이제 더 이상 몰락하거나 소멸할 한시적인 계급이 아니라 두 기본계급의 한가운데 상주할, 가장 주도적인 기본계급으로 자라 갈 것입니다. 돌이켜 보면 얼마나 많은 역사적 비극이 근대의 그 두 기본계급 사이에서 벌어진 극단적인 불화와 투쟁에서 비롯된 것입니까. 얼마나 많은 피투성이 싸움이 계급투쟁론 또는 프롤레타리아 혁명론이란 이름의 경제적 헤게모니를 다투며 벌어졌고, 그로 인해 얼마나 끔찍한 비극적 소모들이 있었습니까.

그런데 저는 이제 오히려 이 중간계급이 자칫 극단으로 치닫기 쉬운 그 두 기본계급을 비판하고 조정하는 시대를 이상하고 있습니다. 그들 중간계급이 주도적이 되어 탐욕으로 돌기 쉬운 부르주아와 과장된 기아 심리로 자주 미치는 프롤레타리아를 휘어잡고 잉여가치 분배를 둘러싼 그들의 염치없는 싸움을, 지저분하고 비루하기까지 한 경제적 헤게모니 쟁탈전을 억제하고 제어할 수 있다고 믿습니다.

거기에 저는 진작부터 문학 또는 문학적 생산에서 프티부르주아나 지식인 예술가 계층이 포함된 중간계급적인 특성을 유의하여 관찰했습니다. 그 생산을 기술재로 보든 관리재로 보든, 또는 학술재(學術材) 창조재(創造材) 또는 연출재(演出材)란 새로운 명칭을 부여하든 그들의 생산에 투입하는 것도 단순한 자본이나 노동이 아니고, 그들이 획득하는 것도 이윤이나 임금과는 다른 소득이란 점에서도 중간계급적입니다. 그리고 그들이 함부로 다른 두 기본계급 어느 한쪽을 골라 연대하거나 편입됨으로써 계급의 통일 및 소멸을, 다른 말로 기존 사회의 권력과 소유 체계의 전복을 함부로 의도해서는 안 된다는 점에서도 중간계급적입니다.

대학의 문예 서클에서 문학을 한 지향으로 설정하고 앞뒤 없이 몰두해 있을 때도 그런 문학의 중간계급적 성격은 어떤 형태로든 제 의식에 닿아 왔을 것입니다. 그런데도 그게 제게 지속적인 열정으로 문학을 추구해도 좋을 구실로 기능하지 못했던 것은 어쩌면 처음 사랑에 빠져든 자의 맹목에서 비롯된 도저한 자부심 때문이었습니다.

형님께서도 느끼셨겠지만 우리 문학에는, 특히 현대문학에서는 개화시절 이래로 무슨 마니아와도 같은 복무(服務)에의 열정이 있습니다. 곧 개화나 근대화, 민족주의, 계급혁명, 독립 또는 문학적 태도로서의 참여와 순수 같은 것으로라도 상위 가치를 설정하고 거기 복무하는 형태로 문학하는 것을 말합니다. 제가 나갔던 작은 단체의 문학 지망생들에게도 벌써 그 열정은 만연해 있었고, 문학 자체를 한 구원으로 삼으려던 저에게는 그것이 나약이나 비루함으로만 비쳤습니다. 그런데 문학의 중간계급성을 인정하는 것은 그게 비록 자기정체성의 확보라는 의미를 가진다 하더라도 어떤 방향으로든 소속과 복무를 확정 짓는 듯해 선뜻 받아들이지 못했을 것입니다.

하지만 이제는 문학이 계급적으로 분류되는 것을 승인합니다. 그것이 우리 사회의 공동선에 기여할 수 있다면 그것을 위한 복무도 수용합니다. 하지만 그것이 사회의 일부분, 특히 계급의 이익에 복무해서는 안 됩니다. 다만 자신을 위해 복무하며, 오히려 충돌

하는 계급 이익과 사회적 정치적 헤게모니 쟁탈전을 조정하고 제어하는 임무를 다해야 한다고 믿습니다.

저는 바로 그런 문학으로 두 기본계급의 중간의 또 다른 기본계급으로 머물러 있고자 합니다. 저 쉽게 미치고 절망하고 잔인해지는, 그래서 일쑤 끔찍한 리바이어던을 만들어 내는 두 기본계급 사이에 위엄 있게 머물러 그들의 욕망을 조절하고 이해를 조화시켜 보겠습니다. 제게 그럴 힘이 있는지 모르지만, 문학이 그런 것이라면 그것은 한 남자로서도 일생을 걸 만한 일이 될 수도 있지 않겠습니까.

다행히도 아직까지는 제가 특별하게 세월을 낭비했다는 기분은 들지 않습니다. 시작할 때의 의도처럼 법을 이해하고 구체적으로 적용할 수 있는 수준까지는 이르지 못했지만 그래도 지난 2년 법학으로부터 제 문학을 위해 쓸 만한 몇 가지 도구 정도는 장만했다는 느낌입니다. 그 하나는 언어를 정확히 사용하는 것이고, 다른 하나는 논리의 중요성을 알게 된 것입니다. 하나 더 있다면 인간을 해석하는 냉정하면서도 엄밀한 태도 정도일까요.

하지만 지금 산을 내려가기는 해도 어디서 어떤 길로 그런 제 문학으로 돌아가게 될는지는 저도 잘 알지 못합니다. 또 이제 더 들어 보아야겠지요. 어쩌면 자수와 면소(免訴) 형식으로 병역기피 상태를 해소해 삶을 제 또래 보편적 형태로 되돌리거나 지극히 실용적인 결혼으로 또 한 삶의 전기를 맞이하게 될지도 모르지요. 말씀드릴 수 있는 것은 다만 제가 법 공부를 그만두었다는 것과 이제 공공연하게 문학을 제 일생의 추구 대상으로 확정했다는 것뿐입니다. 끝내 실패한 시인으로서 — 죄송하게도 저는 어린 시절부터 형님이 집 안에 남겨 두신 일기와 시작 노트들을 훔쳐보며 말과 글을 다루는 첫 훈련을 시작했습니다 — 형님께서 문학에 좋지 않은 선입견을 가지고 계셨으며 끝내는 그것들의 변형인 편견 속에 자신을 온전히 시에 던지지 못하셨음도 저는 잘 알고 있습니다. 실제로도 문학이 삶을 평온하게 채워 가는 데는 그리 신통치 못한 수단이 되지 못할 수도 있습니다.

그런데도 제가 그 문학을 일생 추구할 가치로 선택한 것은 어쩌면 끝내 도망가지 못할 것 같은 예감에 미리 굴복한 것일지도 모르지요. 불행으로 단정하지 마시고 그렇다고 대단한 성취도 기대하지 마십시오. 다만 그 아득한 영면(永眠)의 시공에서 따뜻한 이해와 연민의 눈빛으로 가만히 지켜보아 주시기만 해도 제게는 그보다 더한 격려가 없을 것입니다.

1972년 10월 30일

인철 올림

한 형께

삼무거사(三無居士) 문안이오. 내 일찍이 아비를 잃고 자라서는 스승을 섬길 인연이 없더니 이제 나라까지 없어져서 삼무거사로 자호(自號)하게 되었소. 주수구방(周雖舊邦) 기명유신(其命維新)이

어찌 이 나라의 시월에 가당키나 하겠소. 언젠가 선배 식자 중에 하나가 갈고닦아 내게 전수한 개념으로 변경이란 것을 떠들어 댄 적이 있었지요. 제3세계 이론에서 말하는 주변이란 개념과 역사주의적 제국 이론을 얼버무려 놓은 것 같은 얘기 말이오.

그런데 이렇게 되고 보니 어째 그 변경이란 상황 개념이 기막히게 맞아떨어진 것도 같소. 미국은 기왕에도 제국 변경의 여러 독재자들과 마음에도 없는 왈츠를 흥겹게 추어 왔소. 그들이 그 지역의 실권을 장악하고 있는 한, 그것은 반동 가리 제국의 어쩔 수 없는 선택일 것이오. 설 건드려 그들을 잃게 되면 단지 그들 하나가 아니라 그것이 소비에트 제국에 보태어짐으로써 실제로는 두 개를 잃는 꼴이 나기 때문이오. 이번 이 땅 남반부의 유신도 그 예에 따라 마침내는 미국의 승인을 받게 되겠지요.

산 위에 앉아 있어서 그런지 옛날과 달리 유신의 배경도 훤히 내려다보이는 기분이오. 정통성도 정당성도 결여한 권력이 일쑤 받게 되는 유혹은 보상적 정권의 길이오. 그리고 그 보상은 일쑤 경제적 보상으로 나타나게 마련이오. 지난 1960년대 우리가 귀에 딱지가 앉도록 들은 '잘살아 보세'란 노래는 바로 그런 그들의 구호일 것이오. 어떻게 보면 그들의 경제적 보상은 공업화 또는 산업화란 이름으로 상당한 성과를 이루었다 할 만하오.

하지만 기술도 자본도 자원도 없는 후진국에서 이만한 성취가 가능하려면 그 무리는 얼마나 크며 부조리는 또 얼마나 쌓였겠소. 개발 독재의 필연성은 틀림없이 거기서 싹트고 자랐을 것이오.

한일회담이나 월남 파병은 대외적인 무리수들의 예일 것이고, 외자 도입을 둘러싼 잡음들이나 군사정부의 여러 의혹 사건은 내부적인 무리수들의 예가 될 것이오. 작년에 있은 광주 대단지 사건 같은 것은 그 무리수와 부조리의 후유증일 것이며, 앞으로도 그것은 더욱 다양한 형태로 불거지겠지요.

각설하고, 내가 뒤늦게 아는 척, 눈 밝은 척, 이 나라의 정치 상황을 논하고 있는 게 한 형에게는 매우 기이하게 비쳐질 것이오. 하지만 까닭이 있소. 나는 그 와중에서 다시 길을 잃고 이제 산을 내려갈 생각이기 때문이오. 바꾸어 말하면 사법시험 준비는 이제 때려치우고 옛 임을 찾아 떠날 생각이오.

한 형이 그처럼 함께 남아 함께 우러르기를 권하던 그 임, 우리의 임, 문학 말이오. 내가 이 노릇을 집어치운 표면적인 이유는 어쩌면 유신으로 헌법과 공법(公法) 일부를 새로 공부하고 거기에 맞게 이로를 비트는 일이 귀찮다거나, 더욱 허세를 부리면 상처 받은 자유민주주의 이념 때문이라고 포장할 수도 있을 것이오. 그러나 적어도 한 형에게는 그러고 싶지 않소. 이제 진정한 동도(同道)로 돌아가는 길에 거짓이나 허세가 무슨 소용이겠소. 그보다는 그야말로 허심탄회하게 이 시월유신이 내게 갖는 의미를 밝히는 게 내 이런 결정을 이해하는 데 지름길이 될 수도 있을 거요.

의식이 걸음마를 시작하면서 나는 국외자 혹은 일탈자의 견지에서 우리 정부, 우리 사회를 곁눈질로 보아 왔소. 그리고, 어쩌면 짐작하시겠지만, 그런 내 의식의 밑바닥에는 아버지에게서 물려

받은 원죄 의식도 한몫을 했을 거요. 내가 저지른 것은 아니지만 내게는 이 체제에 그 어떤 지분도 요구할 권리가 없다, 이런 말 내게서 들어 보신 적 있으시지요? 하지만 근년 들어 나는 조금씩 국외자, 일탈자로서 살아가야 할 앞날이 아득해지기 시작하였소. 더 솔직히 말하면 시대의 주류에서 벗어나 외롭고 고단하게 살아야 할 남은 살이가 슬슬 고통으로 실감되기 시작한 거요. 그때 문학이 나타났소. 나는 거기서 한 구원을 본 듯한 느낌을 받았소. 국외자, 일탈자이면서 시대와 절연되지 않고 살아갈 길이 거기 있다고 본 것이오.

그러나 순수한 감동의 시기를 지나자마자 나는 거기 또한 내 원죄의 그늘이 짙게 드리워진 걸 보았소. 기억하시오? 문학회의 합평회 때 민주나 혁명, 자유, 평등 같은 말만 나오면 움츠러들던 내 태도를 말이오. 반정부 반독재, 자유민주주의 이상 같은 소리들을 짐짓 못 들은 체 외면하던 나를. 한사코 낭만주의 또는 초기 사실주의를 벗어나지 않으려고 애쓰던 내 주제들을. 더욱 일탈하고 소외되거나 아니면 보다 적극적으로 이 체제 속에 편입되지 않으면 안 되겠다 —. 그런 결의가 익어 간 것은 아마도 그 곤혹스럽던 합평회 때가 아니었던가 싶소.

그러다가 적극적으로 체제 편입을 선택하고 결행한 것이 사법시험 준비였소. 현실적으로 받아들여지느냐 않느냐의 문제는 여전히 남아 있지만 적어도 정신적으로는 이 체제의 주류 이데올로기와 나를 일치시키고 싶었던 거요. 설령 다시 문학으로 돌아오더라도 거기 의지해 시대를 향한 목소리를 높일 수 있는 어떤 근거를 마련하고 싶었던 것이오. 그런데 이 시월에 찾아온 유신이란 사태는 내게 실로 묘한 당혹감을 주었소. 이 시험을 준비하면서 닦아 온 논리로 보면 이 특이한 변경적 상황은 내가 편입을 시도했던 체제의 이데올로기를 거의 전면적으로 부정하는 것이오. 10월 17일, 유신 선포를 들으면서 내가 느낀 것은 애써 긍정하려고 한 체제가 하루아침에 무너져 내리는 걸 보는 황당함이었소.

단순 논리로 보면 적의 적은 동지이고, 부정의 부정은 긍정이 될 수도 있소. 완전히 위압될 때까지는 은근히 적 개념으로 대했던 지금까지의 남한 사회였던 만큼, 그 부정인 이 유신 체제는 마땅히 환영될 수도 있을 거요. 그런데 기묘한 자존심이 그걸 완강히 반대하는구려. 한 형은 아버지를 살해하기 위해 칼을 갈고 있다가 아버지가 이미 살해되었다는 소식을 듣게 된 오이디푸스의 낭패를 아시겠소? 정확한 비유가 아닐지도 모르지만 내게 시월유신은 꼭 그렇게 들렸소. 그리고 나름의 짐작이긴 하지만 그렇게 되었을 때의 오이디푸스는 이번에는 아버지의 원수를 갚기 위해 다시 칼을 갈게 될지도 모르는 일이오. 이렇게 말해 놓고 보니 내가 대단치도 않은 일을 그만둔 까닭을 너무 허풍스럽게 떠벌리고 있는 것이나 아닌가 걱정이오. 뿐만 아니라 내가 문학으로 돌아가려는 이유는 아직도 충분히 설명되지 않았소.

하지만 오늘 이쯤에서 글을 끝내고 싶소. 문학 얘기는 다음에 만나서 길게 다시 할 날이 있겠지요. 그곳은 지금 내가 이곳으로 오기 직전에 있었던 곳이니 우선 그리로 후퇴하는 것이란 정도로만 짐작해 주시오. 헤롯의 하관(下官) 되기를 포기한 변경의 얼치기 지식인에게 남은 길은 열심당이 되거나 성전(聖殿)에조차 좌판 펼치기를 서슴지 않는 장사치가 되는 길밖에 없겠지만, 이도 저도 못 해 하는 선택이라고 해도 좋소. 다만 이번 회귀의 진정성만은 믿어도 될 것이오. 그럼 다시 뵙게 되는 날까지 안녕히 계시오.

1972년 10월 30일

삼무거사 돈수

언제나 아득한 그대에게

이제 이리 늦어서야 그대를 향해 떠납니다. 지난날 나는 여러 형상으로 그대를 그리워하였으나 아직도 그대를 만나지는 못하였고, 여러 이름으로 애타게 불렀으나 그대는 한 번도 대답해 주신 적이 없었습니다. 한때는 그대가 이 세상에는 계시지 않은 것으로 단정 지은 적도 있었지요. 그러다가 재작년 대학에 가서야 언뜻 그대를 먼빛으로 뵈었습니다만 다가갈 용기는 없어 진정으로 내가 찾던 분인지는 속속들이 확인하지 못했습니다.

하지만 세상의 뜬소문만 믿고 또 다른 알지 못할 님을 찾아 떠나온 지 2년, 이제는 믿음을 가지고 그대를 찾아 돌아갑니다. 어떤 이는 이 믿음을 '믿기 위한 미신'으로 비웃을지도 모릅니다. 그래도 어쩔 수 없습니다. 그대 있던 자리를 떠나는 순간부터 자라

난 이 그리움은 그때 그 자리, 그대를 먼빛으로나마 뵈온 그곳이 아니고는 세상 어디서도 달랠 수 있을 것 같지 않습니다. 거기다가 드디어 내 날이 다했다는 느낌도 있습니다.

아무리 소중한 당신을 찾는 일이라 할지라도 더는 이 길 저 길을 헛되이 헤맬 시간이 내게 남은 성싶지 않습니다. 또 다른 뜬소문에 들떠 새로운 길로 나서기보다는 마지막으로 그대의 자취를 느낀 그곳으로 먼저 돌아가 보렵니다. 거기 그대가 없을지라도 돌아가 그곳에서 기다리겠습니다. 그리고 설령 그대를 향한 내 노래가 짝사랑의 노래로 끝날지라도 그치는 일은 결코 없을 것입니다.

부디 그때처럼 화안하게, 따뜻하게 그곳에 머물러 계십시오. 다시 아득한 그대에게.

스물넷의 어느 가을 새벽 돌아가는 길에

이허산인(以虛散人)을 자호(自號)하며.

(끝)

邊境

변경 12

신판 1쇄 인쇄 2021년 9월 17일
신판 1쇄 발행 2021년 9월 25일

지은이 이문열

발행인 양원석
편집장 최두은 **디자인** 김유진 **영업마케팅** 양정길, 강효경, 정다은, 김보미, 구채원

펴낸 곳 ㈜알에이치코리아
주소 서울시 금천구 가산디지털2로 53, 20층(가산동, 한라시그마밸리)
편집문의 02-6443-8844 **도서문의** 02-6443-8800
홈페이지 http://rhk.co.kr
등록 2004년 1월 15일 제2-3726호

ISBN 978-89-255-7977-1 04810
978-89-255-7978-8 (세트)

※ 잘못된 책은 구입하신 서점에서 바꾸어 드립니다.

※ 책값은 뒤표지에 있습니다.